Was nun Papa?

Band 1: Der kalte Hauch der Zukunftsangst /

Szenenwechsel

Für Birgit, Gordon, Kati, Noahbaby und natürlich Mama und Papa

Roman

Familiengeschichte nach dem gleichnamigen Konzept der Fernsehserie, an der viele verdienten, nur der Autor nicht

Impressum

Bibliographische Information der Deutschen Nationalbibliothek:

Die Deutsche Nationalbibliothek verzeichnet diese Publikation in der Deutschen Nationalbibliograhie; detaillierte bibliografische Daten sind im Internet über http://dnb.dnb.de abrufbar

© 2021 Tilmes, Jörg

Herstellung und Verlag: BoD – Books on Demand, Norderstedt

ISBN: 9783753492049

Zeichen 90 JS 447/07 StA Düsseldorf

Titelfoto: shutterstock.com/Ruslan Huzai

Episode 1: Der kalte Hauch der Zukunftsangst

Kai biegt mit seinem Sportcabrio in einen Feldweg ab, gibt noch einmal Vollgas und erreicht dann den nur mit leichten Schranken gesicherten Bahnübergang. Er legt eine Vollbremsung hin und stoppt mitten auf den Schienen. Die Lokalbahn nähert sich unerbittlich. Die automatischen Schranken schalten sich ein; der Vorgang des Schließens beginnt.

„Grüßt Euch erst einmal! Willkommen in meinem Leben! Macht es Euch bequem und erfahrt mehr darüber; alles, was los war bei mir in den letzten Tagen! Kai Klesper ist mein Name! Mit meinen 25 Jahren bin schon das in dieser Geschichte, was man gemeinhin als den ‚Held‘ einer solchen bezeichnet. Aber ist es wirklich heldenhaft, mitten auf den Gleisen eines Bahnübergangs zu parken und einer auf mich zurasenden Lokomotive in die Augen zu sehen, an der ein ganzer Zug hängt? Auge um Auge, Zahn um Zahn? Ob so etwas gut ausgeht? Soll es das überhaupt? Fühlt Euch eingeladen, dies selbst zu entscheiden!"

Mailand?

Die kleinen Finger eines Mädchens falten liebevoll Bastelpapier und bringen es in eine Dreiecksform. Behutsam, viel mit Fingerspitzengefühl. Der Sechsjährigen ist die Arbeit offenbar wichtig; ihr Gesichtsausdruck vermittelt eine Professionalität, wie sie sonst beim Spiel von Kindern nicht festzustellen ist. Sie ist vollkommen bei der Sache, hochkonzentriert. Das Dach nimmt langsam Form an. Mit einem leichten Druck auf die Tube des Papierklebers bringt die Kleine ein wenig Klebemasse auf den Papierfalz auf. Mit großen, blauen Kulleraugen setzt die zierliche, fast zerbrechlich wirkende Nachwuchs-Architektin im Anschluss das gefaltete Papierdach auf ein Haus in einer kleinen bunten Papierstadt, die bereits vor ihr auf dem Tisch steht. Fertig! Zufrieden! Für ein paar Sekunden schaut sich das jetzt fröhlich lächelnde Kind mit dem gelockten, blonden Haar sein Werk an.

Überglücklich stürmt Marie im Anschluss aus ihrem mit Bildern von Katzen, Hunden und Pferden verzierten Kinderzimmer in der ansonsten heruntergekommenen Wohnung einer Hochhaussiedlung am Rande der Stadt, um ihre Mama auf ihr Werk aufmerksam zu machen.

Doch als sie in dem langgezogenen Flur ein Streitgespräch hört, verlangsamt sie ihr Tempo schlagartig und tastet sich vorsichtig durch den Gang. Eben noch voller Stolz auf ihre Arbeit ist es nun die Angst, die in Marie die Oberhand gewinnt. Vor der Küchentür bleibt sie stehen, um die Diskussion zwischen ihrer Mutter Mareike und deren Freund Ludger zu verfolgen. Am Türpfosten lehnend; so, als wolle sie bei diesem Schutz suchen.

Marie hasst es, wenn ihre Mutter und Ludger streiten. Sie ist zu klein um ihre Abneigung gegen den stets mit Gel im Haar herumlaufenden, rundum schmierig wirkenden Typen überhaupt als solche begründen zu können. Aber sie registriert sehr wohl, dass er in den letzten Wochen und Monaten immer öfter laut wird und ihre Mutter anschließend in Tränen ausbricht. Ihre Mama weinen zu sehen – das wiederum löst Bauchschmerzen in ihr aus; nicht vor Hunger, sondern in der Panik begründet, die Marie in diesen Momenten ausfüllt. Wäre die Kleine erwachsen, dann wüsste sie, dass es sich um den 30-jährigen Ludger Beermann um einen echten Verlierertyp handelt, der vom großen Geschäft träumt, aber nicht im Ansatz das Wissen hat, wie man so etwas durchzieht. Mal sind es Ölgeschäfte, mal der Kunsthandel, ein anderes Mal der Verkauf von Verträgen im Mobilfunkgeschäft – aber nichts was bei ihm auf Dauer funktioniert. Ein Mann, der sich selbst einer unwiderstehlichen Anziehungskraft auf Frauen rühmt, ohne wirkliche Empathie für die Damenwelt und somit auch ohne Gespür dafür, wie sehr diese sich über den Stadt-bekannten Blender lustig macht. Ludger operiert im Auftreten wie auch auf dem Bankkonto an der Grenze zum Versager, ist ohne jedes Pflichtbewusstsein und hat nur den im Grunde unerreichbaren Profit sowie den Spaß des Au-

2

genblicks im Kopf. Er ist derjenige, der die sprichwörtliche Großmutter verkaufen würde, wenn er noch eine hätte. Denn Ludger hat keinerlei Familienanschluss mehr, raucht Kette und ist alles andere als kinderlieb. Dass er es dennoch im Haushalt von Mareike und Marie aushält, ist nur seiner ständigen Geldnot geschuldet. Im Grunde geht ihm seine Kleinfamilie auf die Nerven. Was er Marie vor allem dann spüren lässt, wenn deren Mutter Mareike nicht im Haus ist. Dass ihre Mama eigentlich einen besseren Papa für sie bekommen müsste, dessen ist sich Marie sich trotz ihres zarten Alters schon bewusst. Denn Mareike ist mit ihren 27 Jahren eine attraktive Frau; kein Model Typ zwar, aber dennoch durchaus von natürlicher Schönheit, die die Aufmerksamkeit der Männer auf sich zieht.

Eine junge Frau von heute mit Zielen, Wünschen und Träumen, die sie aber bisher nicht verwirklichen konnte, denn die frühe Mutterschaft kam unerwartet. Mareike hadert demnach oft mit ihrem Schicksal: Waise gewesen zu sein und nicht wirklich das Leben führen zu können das sie eigentlich will. Wobei: Konnte sie damals überhaupt wissen, was sie wollte? Früh auf sich selbst gestellt kämpfte sich das Findelkind aus den Mauern eines Klosters durch die Ausbildung hinein in ein normales Leben ohne eng gefasste Grenzen und Betschwestern. Doch heute kümmert sich Mareike um ihre Tochter so gut sie kann und gibt den Kampf um eine Zukunft, wie sie sie sich wünscht, nicht auf. Wozu die Sehnsucht danach gehört, die schlechte Vorstadtgegend zu verlassen, in der sie mit Marie und Ludger lebt.

Angewidert vom Ausblick auf die graue Fassade des gegenüberliegenden Wohnkomplexes schließt Mareike das Küchenfenster und widmet sich wieder dem Redefluss ihres Freundes. „Jetzt sei ehrlich! Willst Du in dem Dreck hier versauern? Das kann doch nicht Dein Ernst sein!" Ludger reißt das Fenster auf und zeigt hinaus: „Da, schau selbst – Mief, Abgase, Dreck! Den ganzen lieben langen Tag lang! 24 Stunden, rund um die Uhr! Frei Haus! Ist es wirklich das, wovon Du träumst?" Mareike spürt, dass in ihr eine unbezwingbare Wut aufkommt: Auf die

3

Fassade gegenüber, ihr Leben, ihr Unvermögen, etwas daran zu ändern, auf Ludgers Gerede und auf sich selbst, weil sie nicht endlich einen Schlussstrich unter die Beziehung zu Ludger zieht. Verstärkt durch sein fehlendes Verständnis für ihre Situation als Mutter. „Was soll aus Marie werden? Ich habe eine Tochter, um die ich mich kümmern muss! Ich kann nicht einfach sang- und klanglos nach Mailand. Keine Ahnung, wieso Du das nicht begreifst!", so die Alleinerziehende aufbrausend. Ludger zieht Mareike an sich: „Mailand ist die Chance unseres Lebens, Süße! ... Seit Jahren wünschen wir uns etwas Eigenes; eine Boutique, in der Du eigene Kreationen verkaufen kannst. Und wenn unsere Chance da ist, kneifst Du? Sorry, aber wenn Du dabei bleibst, geh ich allein!"

Allein, dieses Wort kennt Marie allerdings bereits in seiner ganzen Bedeutung. Zu oft ist Ludger unterwegs; zu oft weint sich ihre Mama dann die Augen aus im Glauben, dass ihre Tochter davon nichts bemerkt. Marie versteckt sich jetzt hinter einem Vorhang, der eine Abstellnische von der Diele trennt. Sie verfolgt den Streit der beiden Erwachsenen von dort aus weiter. Mareike appelliert eindringlich an das Verständnis des Freundes: „Von wegen kneifen! Ich habe ein Kind, für das ich sorgen muss, hörst Du? Eine Tochter! Die ein geregeltes Leben braucht! Ich kann nicht einfach kommen und gehen, wann ich will! So wie Du! Bloß auf ein Hirngespinst, eine Fata Morgana hin!" – „Fata Morgana also? Na, krass, jetzt weiß ich wenigstens, wie Du zu meinen Ideen stehst! Und zu mir! Ganz große Klasse! ... Wozu sonst bist Du Designerin geworden? Eine Boutique! In Mailand! Italien! Mit Partnern, die einflussreiche Kontakte haben! Ein Volltreffer! So eine Gelegenheit kriegen Du und ich nie wieder! Baby, mit Dir an meiner Seite schaffe ich es! Überleg' Dir das doch noch einmal ganz gründlich!" – „Deine Sprüche kenne ich! Was sind das für Partner? Italien? Mafia? Erst ist alles Himmel hoch jauchzend und am Ende bleiben nur Schulden übrig! Du willst allein weg? Okay! Von mir aus! Hau' ab!" Urplötzlich Schweigen. Stille!

4

Für einen kurzen Moment herrscht eine gespenstische Ruhe, die die Angst von Marie noch verstärkt. Ludger atmet tief durch: „Wie Du meinst! Allein! Okay! ... Der Erzeuger von Deiner Tochter zahlt schon seit Monaten nichts, Du hast keinen Job ... wie willst Du denn über die Runden kommen mit dem Kind am Bein? Auf den Strich gehen? Wie damals, als wir uns kennengelernt haben? Und abgesehen davon ... ohne mich kannst Du doch gar nicht sein, ich fehl' Dir doch schon, bevor ich das Haus verlassen habe!" Ludger versucht Mareike urplötzlich und gegen ihren Willen zu umarmen und zu küssen.

Da dreht sich Marie in die Küche hinein. Sie hat Tränen in den Augen. Mareike schaut ihre Tochter wortlos an. Ludger spürt, dass seine Zukunft jetzt an einem Scheideweg steht und weiß, dass er einen Gang – besser zwei – hinunterschalten muss. Er nimmt die Hände seiner Freundin, spricht versöhnlicher: „Mareike ... ich will das doch auch für die Kleine! Wir holen sie nach, versprochen! Bei ihrem Vater ist sie für den Übergang gut aufgehoben! Zwei, drei, vier Wochen, länger nicht ... ich verspreche es Dir, ehrlich! Aber ich brauche Dich jetzt auch, wirklich, bitte!" Mareike weiß nicht, was sie tun soll, zittert vor Nervosität und weicht den flehend-ängstlichen Blicken ihrer kleinen Tochter aus.

Im Einkaufszentrum: WNP-Kauf in Pempelfort

Auf dem Vorplatz des stark frequentierten Einkaufszentrums WNP-Kauf herrscht der alltägliche Wahnsinn. Unzählige Autos suchen Parkplätze; Kunden mit Tüten und Einkaufswagen wuseln zwischen den fahrenden oder abgestellten Fahrzeugen hin und her, dazwischen auf die Autos schimpfende und gleichzeitig Fußgänger gefährdende Fahrradfahrer, Hunde bellen andere Hunde an und an der Rampe für die Lieferanten stauen sich die Lastwagen der Handelskette im für die Marke typischen Gelb-blau-rot. Der Supermarkt in der Stadtmitte von Düsseldorf – an der Grenze zum Stadtteil Pempelfort – erfreut sich wenigstens einer großzügigen Parkfläche und bietet seinen Kunden damit viel Freiraum für einen stressfreien Einkauf.

Dieser zentral gelegene Stadtteil mutet mit seiner Mischung aus Cafés und Buchläden, Fashion Stores und Agenturen an wie eine Kleinausgabe von Berlins Prenzlauer Berg. In den teils historischen wie neu gebauten Häusern mit ihren bunten bzw. reich verzierten Fassaden arbeiten zahlreiche Unternehmen der Kulturbranche und Kreativwirtschaft. Genau wie in der Hauptstadt steigen die Mieten in Pempelfort ebenso rasant, wie die Sportwagen auf den Straßen vor den vielen angesagten Restaurants des Bezirks zum Schaulaufen auffahren; hier nicht anders als auf der nur Minuten entfernten Königsallee auf der Suche nach einem Parkplatz zur Einnahme des Mittagessens. Alteingesessene Einwohner, Neuankömmlinge unterschiedlichster Herkunft, Studentinnen und Studenten, Schülerinnen und Schüler, Ärzte beiderlei Geschlechts mit ihren Kindern: im Bereich oberhalb der Nordstraße treffen sie zusammen. Die meisten Menschen in einem Look, der die Prospekte der Modewirtschaft bzw. den Look in der Kleidung der dort gezeigten Models nachzueifern versucht. Was aber nicht immer gelingt. Der Stadtführer ‚Die 99 besonderen Seiten der Stadt Düsseldorf' zitiert einen der beliebtesten Gastronomiebetriebe in Pempelfort, die Botschaft Mitte, wie folgt: „Shabby und chic. Ein bisschen wie bei Muttern, ein bisschen Szene, ein bisschen jenseits von Gut und Böse. Klingt komisch, hat aber Klasse!" Zeilen des Lokals auf der Tußmannstraße, die aber auch den Spirit des Stadtteils trefflich beschreiben.

Das Gebäude von WNP-Kauf beherbergt einerseits den namensgebenden Supermarkt, mit einem breiten Warenangebot mittlerer und gehobener Preisklasse, sowie andererseits weitere verschiedene Läden zur Deckung des täglichen Bedarfs. Der modern gestylte Flachbau im Landhausstil mit Walmdach wirkt einladend, hell, freundlich und ist farbenfroh gestaltet. Ein Plakat in Übergröße wirbt für Nachhaltigkeit und dafür, sich neu in seine Kleidung zu verlieben, sie zu waschen, statt wegzuwerfen und sie zu verschwenden: „Eine Milliarde Kleidungsstücke in deutschen Schränken werden nie getragen!" Große Glaswände mit Markisen lassen das Gebäude eher wie einen überdimensionalen Marktstand aussehen. In dem mit einem zusätzlichen, separaten Eingang versehenen Getränkeshop gibt es alles an Flüssignahrung was das Herz begehrt: Limonaden, alle möglichen Sorten Bier, neumodische Lifestyle-Drinks in Dosen und Spirituosen sowie Weine. Die stilvolle Weinstube ist jedoch nicht wie mancherorts üblich rustikal dekoriert, sondern viel moderner: Große Glasflächen in Kombination mit Sichtbeton; mit minimalistischer Einrichtung ausgestattet und viel Licht in den hochwertig möblierten Bereich lassend, in dem die Verkostung stattfindet. Inklusive einer kleinen Bar mit ein paar Hockern davor. Kunden gehen durch und schauen sich um. Hier wird deutlich: Die Liebe zum Produkt steht im Mittelpunkt. Und zwischen den Displays arbeiten Lisbeth und Narumi.

Lisbeth ist die Chefin vom Ganzen. Die langjährige Erfahrung im Einzelhandel hat sie nicht nur an die Spitze des mit 50 Leuten eher größeren Marktes gebracht, sondern auch gegen alle Widerwärtigkeiten dieser Branche abgehärtet. Die 45-Jährige wurde im Laufe ihres Berufslebens zu einer resoluten Geschäftsfrau; schlank, business-stylish schick frisiert und von einer gewissen Schönheit, die jede vordergründig-jugendliche Oberflächlichkeit längst abgelegt hat und die Frauen dieses Alters erst begehrenswert macht. Nicht wenige halten sie für die einen Tick ältere Schwester eines Models, das im Fernsehen Nachwuchs für den Laufsteg züchtet. Realschulabschluss, Lehre, Einzelhandelskauffrau von der Pike auf und heute Leiterin des bestlaufenden Einkaufszentrums der Landeshauptstadt von Nordrhein-Westfalen. Das Haus wurde erst kürzlich vom Onlinemagazin Stories Aktuell mit einem 1. Preis ausgezeichnet. Übrigens nicht nur wegen des blitzsauberen Erscheinungsbilds, sondern auch wegen des angenehmen Klimas innerhalb der Belegschaft. Soziale Kompetenz innerhalb des Teams – Lisbeths Lieblingsthema bei der Mitarbeiterführung und so erfolgreich umgesetzt, dass sich die gute Stimmung im Haus auf die Kunden überträgt und diese den Umfrageergebnissen gemäß gerne wiederkommen.

Doch der beruflich gerade Weg Lisbeths wurde von ein paar Fehltritten begleitet. So beispielsweise von dem der Affäre mit einem der Konzernlenker. Aber das ist längst vorbei! Jetzt ist Lisbeth fest mit dem Bankangestellten Eckart Bücken liiert und Mutter des gemeinsamen Sohnes Max. Nur ihr Gesundheitszustand und die Intrigen ihres Stellvertreters machen Lisbeth zu schaffen. Relativ gelassen begegnet sie bisher der Doppelbelastung, die sich aus dem Job wie aus dem Privatleben ergibt. Doch sie spürt, dass die Jahre des harten geschäftlichen Alltags nicht spurlos an ihr vorüber gehen. Glücklicherweise – so sagt Lisbeth sich jeden Morgen – ist Max jetzt wenigstens volljährig und damit aus dem vielzitierten Gröbsten raus. Was aber nichts daran ändern, dass Lisbeth sich heute unkonzentriert und müde fühlt.

Die Filialleiterin schaut dennoch gemeinsam mit einer jungen, motiviert wirkenden Mitarbeiterin japanischer Herkunft die Bestandslisten der Weinabteilung durch und kontrolliert die Zahlen: „Der Null-Vierer läuft überhaupt nicht! Die ganzen Handzettelaktionen, die Flyer und die Radiospots haben nichts gebracht! Das kann man vergessen! Düsseldorf ist voller guter Werbeagenturen; aber die Konzernleitung drückt uns diese Versager aus Bremen aufs Auge, die Marken gestalten wollen und letztlich nur für Schlagzeilen in der Presse gut sind, weil sie mit ihren nicht eingelösten Zahlungsverpflichtungserklärungen unangenehm auffallen!"

Narumi pflichtet ihrer Chefin bei: „Stimmt schon! Geld zusagen und das Versprechen dann nicht zu halten ist unterste Schublade. Einen armen Schriftsteller zu betrügen, dessen Drehbuch als von der Werbeagentur erfunden auszugeben und damit hinter dessen Rücken cash zu machen, sein Leben zu zerstören, das ist unfassbar! Ich kann nicht verstehen, wieso der Konzern an dieser Agentur festhält oder überhaupt noch jemand mit dieser Betrügerbande arbeitet!" – „Ihre Einstellung gefällt mir! Haben Sie das Thema in den Medien verfolgt? Knapp eine halbe

Million Euro haben die Bremer erbeutet!" – „Ich achte sehr genau darauf, was um uns herum passiert! Das habe ich von meinem Vater gelernt. Smartphone sei Dank ja unterwegs jederzeit möglich! … Wollen Sie den Null-Vierer aus dem Programm nehmen?", schaut sie Lisbeth über die Schulter. „Weiß nicht … was würden Sie tun, Narumi?"

Narumi Ishiguro ist nicht nur als einzige Japanerin bei WNP-Kauf eine Ausnahmeerscheinung innerhalb der Belegschaft. Ihre langen, schwarzen Haare unterstreichen die weichen Gesichtszüge; ihre bestechend schönen, dunklen Augen versprechen etwas Mysteriöses, ein Geheimnis, doch selbst nach intensivem Blickkontakt nichts über dessen Inhalt verratend. Lisbeth weiß sehr genau, was sie an der warmherzigen Asiatin hat: Liebevoll, Boden-ständig, ein wenig verrückt auch und schlagfertig ist sie seit drei Jahren eine große Bereicherung für das Team von WNP-Kauf. Sie will stets hinter die Fassade schauen; mit oberflächlichen Erklärungen gibt sich Narumi niemals zufrieden; sie denkt oft in komplexen Zusammenhängen, hinterfragt alles und analysiert gerne Verhaltensmuster von anderen Personen. Dies sehr schnell und damit allerbestens im Kontakt zu Kunden; auf deren Wünsche gezielt eingehen könnend. Die Marktleiterin hat den Ehrgeiz der vollständig in Deutschland aufgewachsenen 26-Jährigen schon früh entdeckt und ihren Beschluss, die praktische Ausbildung Narumis nach deren Studium zu fördern und ihre Position im Markt zu stärken, bis heute nicht bereut.

Die zierliche junge Frau ist eine Harmonie-bedürftige, sehr schlaue Person mit hohen Ansprüchen an den Charakter anderer Menschen. Damit, dass sie rege Anteil am Schicksal ihrer Mitbürger nimmt, hat sie viele Freundschaften im Kundenkreis und bei den Kollegen schließen können. Narumi sehnt sich nach Liebe, hat jedoch gleichzeitig Angst, enttäuscht oder gar verletzt zu werden und verzichtet daher lieber auf eine schnelle erotische Begegnung. Treffen dieser Art könnte sie andauernd verabreden. In puncto Kleidung ist Narumi – von ihren Freunden kurz Nana genannt – eine typische Düsseldorferin: Breit gefächert und jedem Anlass gewachsen. Sie engagiert sich gegen Tierversuche und hat deswegen ständig Probleme mit ihrem Vater, dem Vorstandsvorsitzenden eines Pharmakonzerns. Seine Vorschläge, ihr Berufsleben betreffend, hat Narumi stets verworfen: Auf eigenen Beinen stehen wollen; darin unterscheidet sie sich nicht von vielen anderen Frauen ihrer Generation. Nach dem Studium nah ran an die Menschen, rein in die Praxis, das war ihr Plan, den sie umgesetzt hat. Sie verheimlicht ihr reiches Elternhaus jedoch ihren Mitmenschen gegenüber und fühlt sich unwohl mit der Vorstellung, eventuell so werden zu können wie die zahlreichen Schicki-Tussis von der Königsallee. Denn sie könnte den Flitzer aus ihrem Sparguthaben bar bezahlen, von dem die aufgedonnerten Möchtegernmodels der City nur träumen. Dennoch: In Bezug auf ihre Familie hält Narumi dicht.

Und überlegt sich die Antwort für ihre Chefin genau: „Ich würde das Zeug aus dem Sortiment streichen! Nicht weiter gutes Geld schlechtem hinterherwerfen und noch mehr Werbekostenzuschuss verbraten." Lisbeth freut sich über den Entschluss ihrer Mitarbeiterin: „Gute Entscheidung! Machen wir so!" – „Danke Boss!" Narumi strahlt zunächst übers ganze Gesicht, merkt dann aber, dass mit Lisbeth etwas nicht stimmt: „Alles klar mit Ihnen? Ist irgendwas?" – „Geht schon. ... Danke!" Doch der Kalte Schweiß auf Lisbeths Stirn spricht eine andere Sprache. Narumi bleibt skeptisch: „Kann ich etwas für Sie tun?" – „Ja, machen Sie weiter wie bisher! Seit Sie und Ihre Freundin Vanessa die Getränkabteilung leiten, haben sie 14 Prozent mehr Umsatz gefahren. Gefällt mir! ... Wo ist Vanessa eigentlich?" – „Keine Ahnung! Sich bestimmt wieder frisch machen. Macht sie ja ständig! Aber sie gleicht das aus, in dem sie länger bleibt, da achte ich drauf!" Lisbeth lächelt: „Jetzt brauchen wir nur noch einen Weinfachmann! Aber heutzutage einen Sommelier zu finden, der in einem Laden wie dem hier arbeiten will, ist ziemlich schwer."

Narumi: „Was ich nicht verstehe! Gegenüber der Gastronomie gibt es geregelte Arbeitszeiten. Um 22:00 Uhr ist

Schluss! Viel besser als um weit nach Mitternacht die Schnapsleichen aus den Restaurants und Bars zu kehren und dann auch noch für den nächsten Tag einzudecken!" – „Vielleicht sollten wir selbst eine Anzeige aufgeben und das nicht den Deppen aus Bremen überlassen, deren Kreativität gerade eben für Handzettel reicht. Der Umsatz bleibt auf jeden Fall unterhalb unserer Möglichkeiten." Lisbeth erkennt an den Listen, dass es dringend nötig ist einen Fachmann für den Wein zu finden. Da taucht Andersen auf. Sofort verfinstert sich der Gesichtsausdruck von Lisbeth und Narumi.

Dietmar Andersen, ein sportlicher nordischer Typ. Sein Markenzeichen: Im Kittel stets mit verbissenem Gesichtsausdruck unterwegs zu sein, abweisend wirkend; er ist kein Mann, auf den man sich gerne einlässt. Nicht, weil er schlecht aussieht – ganz im Gegenteil – aber seine verschlossene Haltung gepaart mit einer Spur Arroganz führt zu einer ihn umgebenden eisigen Aura, die den durchtrainierten Mann alles andere als anziehend macht. Ganz gleich, ob privat oder geschäftlich. Andersen ist ein eiskalter Karrierist, der über Leichen geht, aber nach oben hin buckelt und schleimt und intrigiert, was das Zeug hält. Dass dies so ist, weil der stellvertretende Marktleiter keinen Anschluss findet und sich einsam fühlt, davon weiß bei WNP-Kauf niemand etwas. Vor allen Dingen deswegen, weil sich keiner wirklich für den 35-Jährigen interessiert; dafür was ihn bewegt ebenso wenig wie was er privat treibt oder welche Sorgen er hat. Und erst recht nicht dafür, welches dunkle Geheimnis er in sich trägt. Wirklich; nicht nur in den Augen wie bei Narumi.

Andersen hat offensichtlich den letzten Satz Lisbeths beim Reinkommen gehört: „Wenn ich den Laden führen würde, dann hätten wir längst jemanden gefunden!" Lisbeth reagiert genervt: „Herr Andersen, ich weiß, dass Sie auf meinen Job scharf sind, das müssen Sie mir nicht bei jeder nur denkbaren Gelegenheit aufs Brot schmieren." Krusche ignoriert Lisbeths Bemerkung: „Soll ich beim Arbeitsamt anrufen?" – „Um einen Job für Sie, für mich oder einen Weinfachmann zu finden?", erwidert Lisbeth angriffslustig. „Bisschen runter mit den Nerven? Schlecht! Ganz schlecht fürs Geschäft! Aber das wissen Sie sicher selbst! Erfahren genug sind Sie ja!", kontert der Stellvertreter. Narumi mischt sich ein: „Nicht aufregen, Chefin! So is'er eben, Ihr Herr Kollege!"

Der nimmt daraufhin die Mitarbeiterin ins Visier: „Und Ihnen stopf' ich auch noch Ihr loses Mundwerk!" Narumi lässt den Vorgesetzten einfach stehen. In Momenten wie diesen ist sie froh, durch ihr Geld und ihren Vater mehr als wirtschaftlich abgesichert zu sein, wenn sie ihren Job verlieren sollte; da verdrängt sie alles, was sie an der Pharmaindustrie auszusetzen hat. Aber nur für einen ganz, ganz, ganz kurzen Augenblick. Andersen versteht und geht: „Wir sehen uns!" Lisbeth wendet sich wieder an Narumi: „Keine Sorge, den halt' ich schon auf Abstand. Ist ja kein schlechter Mann, nur menschlich irgendwie ... naja, ich sag besser nichts, gibt eh nur wieder Ärger. Nochmals aber an Sie: Gute Arbeit! Weiter so!" Lisbeth reicht Narumi die Listen und greift nach ihrem Mobiltelefon. Sie bemüht sich um ein Lächeln, doch als sie sich von Narumi abwendet, um den Getränkeshop zu verlassen, wird Lisbeths Gesicht ernst und wirkt plötzlich wie um Jahre gealtert.

Kai, Jenny und die Königsallee

Die Königsallee ist der Mittelpunkt des Großstadtlebens von Düsseldorf; so, wie etwa der Kurfürstendamm für Berlin. Alles ist erhältlich: Aufmerksamkeit, Arroganz, Empathie wie Ablehnung, arm und reich. Juwelen, Stereoanlagen, Fernseher und Handies der Luxusklasse, Aktien, Schönheit per Fettabsaugung, Schmuck, neue Zähne, Schönheit durch Faltenglättung und Botox, neue Haare zum Ausgleich verlorener Haarpracht bei den Männern und hair extensions für die Frauen, Rasierer, Mode für Herren, Mode für die Damen und die Kids, noch mehr Mode bis zum Bersten der Kleiderschränke. Mode, Mode, Mode bzw. Fashion, Fashion, Fashion, das sind Düsseldorf und die Kö.

Nicht nur in Form von Büchern, als eBook, als Paperback oder Hardcover bis hin zum Einband aus Leder zu haben sind Geschichten: Über Affären, Liebe und Hass, Intrigen und neueste Gerüchte, den warmen Abriss verschuldeter Modegeschäfte – wieder Mode; in Düsseldorf geht es nicht ohne – unterhalten sich die Damen beim Gassigehen mit ihren überall hinpinkelnden Edelkötern und die Herren in Konferenzzimmern oder Zimmern der Begegnung horizontaler Art. Bilanzen werden gestaltet; Geld verschoben, Business auf die Spitze getrieben. Bis zum Feierabend, zu dem meist ein leckeres Altbier beim ‚Uerige‘ in der benachbarten Altstadt getrunken wird. Immer mit dem Attribut „lecker" versehen; als müssten sich die Düsseldorfer bei jedem Schluck ins Gedächtnis rufen, dass ihnen ihr dunkles, obergäriges Bier auch tatsächlich schmeckt.

Auf ihren 852 Metern Länge bietet die Pracht- und Einkaufsmeile mit ihrer Vielzahl an Niederlassungen international bekannter Modelabel ein echtes Gegenprogramm zum Einkaufszentrum WNP-Kauf. Die Glitzerwelt mit ihren Flagship-Stores auf der Ostseite und der Bank- und Büropaläste auf der Westseite unterscheidet sich gravierend von Lisbeths Reich. Die weltweit als Shoppingparadies bekannte Königsallee erhielt ihren Namen um 1854 als Wiedergutmachung für das Pferdeäpfel-Attentat auf den preußischen König Friedrich Wilhelm IV. Die Westseite hörte bis zum 14. Februar 1905 auf den Namen Canalstraße. Nach der Umbenennung siedelten sich dort neben den Banken das Görres-Gymnasium und das WZ-Center an. Von da an begann der Aufstieg der liebevoll Kö genannten Straße zum Luxus-Boulevard. Fast majestätisch anmutend erheben sich die Kastanienbäume rechts und links vom Kö-Graben, in dem die Düssel ihre Bahn zieht. Zumindest sieht es so aus. Gesäumt von jeweils zwei Flanierbürgersteigen pro Uferseite sind die beiden Fahrspuren angeordnet, auf denen vor allem am Wochenende ein Sehen- und Gesehenwerden der Sportwagen und Luxuslimousinen zelebriert wird, die sich um Parkplätze vor den Gastronomiebetrieben balgen.

Obwohl diese von der Bevölkerung nicht als Ersatz für die längst verblichenen, aber unvergessenen Lokale Benrather Hof, Café Eicken oder Café König gesehen werden sind sie doch voll besetzt; wenn auch überwiegend von Touristen und Messegästen der Landeshauptstadt. Sie alle erfreuen sich eines gehobenen Umfelds in Look and Feel sowie Fassaden aus z.b. Glas, Granit und goldfarbenem Edelmetall, hinter denen tatsächlich noch echte Familienunternehmen ihre Waren anbieten: Das Restaurant La Terrazza mit dem Blick über die Kastanienbäume hinweg zum Beispiel, die Stadtparfümerie Pieper, die Schmuckmanufaktur Jafarov oder das Lifestyle- und Living-Unternehmen Franzen sind vom Namen her Legenden.

Die Malls Kö-Galerie und Kö-Center sowie die Fünf-Sterne-Luxushotels Breidenbacher Hof, Steigenberger Parkhotel und InterContinental bringen nicht nur Glanz und Glamour, sondern dazu viele prominente Gäste, Fürsten und Scheichs, A- sowie C-Promis an die Königsallee. Als Krone derselben gilt seit seiner Eröffnung im Jahr 2013 das vom New Yorker Architekten Daniel Libeskind entworfene, zweiteilige Gebäudeensemble Kö-Bogen. Mit diesen Häusern erhält das Nordende der berühmten Einkaufsstraße sein historisches Gesicht zurück: Der Landskrone genannte, von der Düssel gespeiste Weiher wurde nun wieder an die Königsallee angebunden; möglich geworden durch die Verlegung einer Querstraße unter die Erde. Dadurch konnte der südliche Ausläufer des Hofgarten-Parks bis an die Kö herangeführt und somit die Situation annährend wiederhergestellt werden, die der Gartenbaumeister und Stadtplaner Maximilian Friedrich Weyhe in den Jahren seines Lebens zwischen 1775 und 1846 geschaffen hatte. Der hätte sich bestimmt erfreut an der Neugestaltung des Kö-Bogens: Einerseits das Haus Königsallee mit Büros und Läden; andererseits das Haus Hofgarten mit der Düsseldorfer Niederlassung des Lifestyle- und Fashion-Kaufhauses Breuninger. Dessen Department Store wirkt als Publikumsmagnet und zieht die Leute nicht nur in Sachen Fashion an. Als Krönung der Erneuerung dieses Quartiers aus

Sicht des Gartenbaumeisters dürfte dieser den im historischen Kontext überarbeiteten Corneliusplatz verstehen; dessen Mitte ergänzt um den Schalenbrunnen.

Die ‚Sansibar by Breuninger' im Kö-Bogen gilt dagegen als Ort der Glücksseligkeit für die Gourmets gleich des ganzen Rheinlandes. Steaks von Rindern aus dem Hochland von Argentinien, Weine und Drinks, die eigentlich für Normalbürger unbezahlbar, dafür aber gut sind sowie natürlich die berühmte Currywurst, die der aus Schwaben stammende Koch und Sansibar-Gründer Herbert Seckler mit einer markanten Sauce zu einem unverwechselbaren Genuss veredelt. Immer wieder sind im ersten Festland-Ableger der berühmten ‚Sansibar' auf Sylt aus dem Gemisch unterschiedlicher Sprachen der Gäste aller Nationen von Begeisterung geprägte Kommentare zu hören; nicht nur was Breuninger angeht, sondern auch in Bezug auf die Gestaltung der von begrünten Cuts unterbrochenen Fassadenverkleidungen des mehrfach preisgekrönten Gebäudes aus hellem Naturstein. Im Grundriss ein Bogen, im Aufriss auf- und absteigende Kurven. Der Kontrast von harten Wellen mit weichen, aus Sicht des weltbekannten Architekten fast wie Stoff anmutenden Formen, schafft die inhaltliche Verbindung zur Modestadt Düsseldorf.

In den Augen sachverständiger Zeitgenossen gilt das Kö-Bogen-Gebäudeensemble eben deswegen als die Krone der Königsallee. Aber es bietet zudem ganz pragmatisch rund 680 Meter Schaufensterfläche: Etwas, woran sich Jenny zum Leidwesen von Kai gar nicht satt sehen kann und immer noch daran klebt, während er längst einen Platz in der Trattoria Palio Poccino in Beschlag genommen hat. Die aus edlen Hölzern gezimmerte Außenmöblierung zeugt von Geschmack und Stilsicherheit der Innenarchitekten des italienisch-deutschen Geschäftsführergespanns, auf dessen jahrzehntelanger Zusammenarbeit in den benachbarten Schadowarkaden das Palio Poccino aufbaut. Über neueste Internetzugänge und dezente Flatscreens bleiben die Gäste mit den Ereignissen der Welt in Verbindung. Das über drei schmale Etagen angeordnete Restaurant bietet Raum für vertrauliche Business-Talks: Ob sie alle so sauberen Inhalts sind, wie das edle Mobiliar poliert? Diskretes Liebesgesäusel findet abends statt in der weltstädtisch-eleganten Cocktail-Bar. Das Palio Poccino innerhalb des Kö-Bogens wird als Hotspot der Metropole am Rhein zu jeder Tageszeit von vielen Fans besucht; auch der Düsseldorfer Kai Klesper liebt den Blick über die zum Hofgarten-Park angelegten Terrassen und das dazwischenliegende Teilstück der Düssel. Gerade jetzt, im Sonnenschein und zu den angenehmen Temperaturen eines Spätsommertages, kann er sich nicht satt sehen an den Menschen, ihren Auftritten und der Location. Er schmunzelt, als ihm dabei das Zitat des Kabarettisten und Düsseldorfer Urgesteins Manes Meckenstock in den Sinn kommt: „Wissen Sie, was der Lieblingssport der Düsseldorfer ist? Na, 400 Meter blöd gucken – auf der Kö!"

Volles Haar, ein kräftig durchtrainierter Körperbau von rund 1,83 Meter mit der breitschultrigen Statur eines Schwimmers, stahlblaue Augen in einem Gesicht mit jungenhafter Ausstrahlung samt Dreitagebart und in diesem verlockend-heißen Gesamtpaket gerade einmal 25 Jahre jung. Doch trotz der Schönheit des attraktiven Düsseldorfers hätte Jenny trotzdem nicht mehr als einen flüchtigen Blick für Kai übrig, wenn er nicht auch aus wohlhabendem Hause stammen würde, stets seine Kreditkarte mit sich führen würde und mit seinem zweisitzigen Cabriolet Stuttgarter Herkunft immer für einen entsprechend mondänen Auftritt gut wäre. Kai Klesper ist der einzige Sohn eines Bauunternehmers und dessen Gattin: Von Beruf Student, in erster Linie aber Sportwagenliebhaber, Frauenliebhaber, Spaßliebhaber – nur mit dem Arbeiten hat es der gutaussehende Blonde nicht so. Die Uni und das Architekturstudium sind Nebensache; die Übernahme des väterlichen Unternehmens sei ihm sowieso sicher, so Kai in seiner Überzeugung. Dass er hin und wieder mit seinem Vater wegen finanzieller Dinge aneinandergerät, daran hat Kai sich gewöhnt. Dass seine Mutter ihn immer wieder in Schutz nimmt und sein Konto füllt, hilft immens weiter. Aber Kai sammelt Pluspunkte im Altenheim, wo er – etwas verspätet, weil er zuvor immer versucht hat sich davor zu drücken – seinen Zivildienst leistet. Mit den alten Damen dort kommt er gut klar. Sie lieben den Sonnyboy und seine entspannt lockere Laune, die ihm scheinbar niemand verderben kann.

Aber diese scheint Kai ausgerechnet am Kö-Bogen dann gerade doch zu vergehen: Drei junge Männer – ganz offensichtlich männliche Models – nähern sich Jenny und baggern sie unverhohlen an. Obwohl Kai nicht mithören kann und mit welchen Sprüchen die Jungs bei seiner Freundin landen wollen, wird er sauer. Jenny entgeht das nicht; sie freut sich über seine unübersehbare Missbilligung, kommt dann aber auf ihn zu und setzt sich neben den Freund: „Eifersüchtig?" – „Auf wen? Auf die Milchbubis da?" Kai schüttelt lachend den Kopf. Jenny streicht sich ihre Haare aus dem Gesicht, beugt sich zu ihrem Freund und küsst ihn lange und intensiv vor dem Publikum der voll besetzten Terrasse. Kai genießt das Leben an der Seite seiner Freundin Jenny aus vollen Zügen.

Hat es damit zu tun, dass die 27-jährige modelhafte Schönheit aus einer alten Adelsfamilie stammt oder schlicht damit, dass sie zu den Aufsehen-erregendsten Frauen der Rheinmetropole gehört? Ein makelloses Gesicht, rotbraune Haare, die bis zum Ende ihres Rückens reichen, ellenlange Beine und einen Körper wie ihn der liebe Gott besser proportioniert nicht hinbekommen hätte können. Dazu passend eine Eleganz in der Bewegung, durch die allein sie wie ein Filmstar wirkt; ein gewisses Maß an Glamour auch dadurch ausstrahlend, in dem sie sich geschmackvoll und teuer kleidet. Die Auslagen im Schaufenster des Department Stores im Kö-Bogen jedenfalls üben einen magischen Reiz auf Jenny aus, den sie mit einem Glas aus der Champagnerbar vor dem Modehaus auszukosten versteht. Die Studentin der Betriebswirtschaft muss sich weder um Geld noch um ihre Zukunft sorgen, denn die Familie der jungen Adeligen aus der Düsseldorfer Hochfinanz gehört zu den reichsten Dynastien der Stadt. Was dazu führt, dass Jenny eher überlegt mit wem sie sich sehen lässt als was sie anzieht. Mit dem Glas

17

Schampus in der Hand betrachtet sie die neuesten Kleider aus Paris; nicht ohne jedoch auch Kai Klesper im Auge zu behalten. Aus ihrer Sicht genau der richtige Begleiter derzeit. Exakt der richtige Moment, diesen Augenblick mit einem Paar-Selfie auf Instagram zu posten. „Neue Treter brauch ich auch noch! 25.000 Paar Schuhe bei Breuninger wollen von mir entdeckt werden!" – „Wenn es unbedingt sein muss! Aber erst noch einen Drink, okay?" Jenny nickt und sortiert anschließend ihre bisher schon stattliche Beutesammlung, also die zahlreichen Einkaufstüten. Kai winkt den Kellner heran; die junge Frau dabei verliebt anhimmelnd und nicht aus den Augen lassend. Was sie erwidert. Es knistert spürbar. In diesem Moment achten weder Kai noch Jenny auf den kleinen Jungen, der am Nachbartisch mit einer Eiskugel kämpft. Die will offenbar nicht so wie er, und so landet die Kugel auf Kais Hosenbein.

Kai ist not amused: „Ey! Was soll das denn? Scheiße Mann, Kinder! Gehen ja gar nicht!" Zunächst sieht es so aus, als wolle er dem kleinen Kerl eine scheuern, aber als Kai in die ängstlichen Augen des kleinen Jungen schaut, reißt er sich zusammen. Dessen Mutter will mit einer Serviette helfen. Kai jedoch wiegelt ab: „Macht doch nichts! Wozu gibts Reinigungen?" Der Mutter aber ist die Lage unangenehm: „Tut mir leid! Soll ich Ihnen das Geld dafür geben?" – „Nein, muss nicht! Lassen Sie's gut sein!" Dann blickt er auf die Uhr, schreckt auf. Jenny: „Was ist?" Kai bedauernd: „Shit, wir können doch nicht bleiben! Die Mädels warten!" Jenny seufzend: „Die Mädels ... na klar, wer sonst?" Auch wenn's ihr schwerfällt: Sie nimmt ihre Tüten, gibt Kai noch einen fetten Kuss und geht mit ihm zu seinem teuren Sportcabriolet, das in den Parkbuchten vor dem Steigenberger Parkhotel auf seinen Halter wartet; unmittelbar neben dem Kö-Bogen. Ein privilegierter Abstellplatz, wie ihn nur die Reichsten und Schönsten der Stadt in Anspruch nehmen dürfen. Wozu eben auch Kai gehört. Der Kö-Bogen, Düsseldorf und das Palio Poccino – das ist Kais Heimat; hier ist er zu Hause! Hier, mitten in der schönsten Stadt am Rhein, sind seine Wurzeln und nichts und niemand – so ist der gutaussehende Düsseldorfer felsenfest überzeugt – kann daran etwas ändern.

An dem Parkhotel mit der unvergleichlich exklusiven Anschrift Königsallee 1A, vor dessen Portal sein Sportcabrio parkt, klingelt Kais Smartphone neuester Prägung: „Hallo?" Eine junge Frau ist am anderen Ende der Leitung: „Kai?" – „Ja? Wer ist da?" Er erkennt die Anruferin sehr wohl, will aber nicht wahrhaben, dass er sich in diesem Augenblick mit ihr auseinandersetzen soll. Mit der Funkfernbedienung öffnet Kai das Sportcabrio für Jenny, die bereits vom Doorman des 1902 fertiggestellten und mit seiner feudal gestalteten Prunkfassade beeindruckenden Grand Hotels erwartet wird. Sie reicht ihm die Einkaufstüten, die der Angestellte zuvorkommend im Kofferraum des Luxusautos mit Kais Initialen im Kennzeichen verstaut. Der führt indes sein Gespräch fort; sein Gesicht vermittelt Anspannung und Widerwillen: „Ja?" – „Mareike hier!" – „Mareike?!? Lange nichts von Dir gehört." Die kommt sofort zur Sache: „Kai, ich habe nicht viel Zeit, ich muss eine Zeitlang nach Italien!" Der unterbricht; er hat absolut keine Lust, mit Mareike zu sprechen: „Glückwunsch! Ja, ehrlich, find' ich mega! Nur … was habe ich damit zu tun? Du rufst doch sonst nie an, um mir von Deinen Erfolgsgeschichten zu erzählen!" Doch dann ergreift eine Vorahnung Besitz von dem jungen Düsseldorfer: „Moment, Du willst doch nicht jetzt irgendwie auf die Kleine hinaus?" – „Ich werde Marie zu Dir bringen! Für ein paar Wochen! Du hast Dich sechs Jahre lang um die Verantwortung für Deine Tochter gedrückt! Jetzt bist Du an der Reihe, ganz einfach!" – „Hat doch bisher auch ohne mich funktioniert!"

Kai bemerkt, dass Jenny langsam ungeduldig wird. Mareike wird aggressiv als sie realisiert, wie entspannt abweisend der Erzeuger ihrer Tochter ihrem Anruf begegnet: „Sicher! Aber vielleicht kannst selbst Du Dir vorstellen, dass auch ich mein Leben nach vorne bringen und mich weiterentwickeln möchte! Und abgesehen davon – Dein Vater zahlt auch nichts mehr! Seit drei Monaten ist das Geld für Marie ausgeblieben! Das geht so nicht weiter!" Kai erkennt, dass es Mareike sehr ernst ist. In diesem Moment fährt ein italienischer Hochleistungssportwagen vor und lässt seine zwölf Zylinder dermaßen martialisch aufbrüllen, dass die Porzellantässchen der Gäste auf der Terrasse des Grand Hotels klirren und das Telefonieren unmöglich wird. Kai nutzt die Chance: „Mareike? Hörst du mich noch? Ich kann Dich nicht mehr verstehen! Ich melde mich später, okay?" Kai beendet das Gespräch abrupt, schaltet sein Smartphone komplett aus und tritt mit einem ‚Gerade noch mal gut gegangen!'-Gesichtsausdruck zu Jenny: „Sorry, die Mädels werden schon ungeduldig. Die Heimleiterin war dran!"

Abschied?

Das Altenheim hat seinen Sitz in einem ehemaligen Schloss unweit des wohl ältesten Stadtteils Düsseldorfs – Gerresheim. Kai fährt mit seinem Sportcabrio rasant durch die Allee zu dem alten dreigeschossigen Hauptgebäude, das im rückwärtigen Teil um moderne Anbauten ergänzt wurde, aber sein Altrosa auf der Fassade behalten durfte. Damit erinnert es an Schloss Benrath oder Schloss Jägerhof, die jeweils für sich als beliebte Sehenswürdigkeiten der Stadt gelten. Einige ältere Menschen sind im Park unterwegs; teils mit, teils ohne Begleitung. Kai bremst vor dem Haus ab, steigt aus dem Wagen und eilt ins Haus. Im Foyer wird der Sonnyboy bereits von Oberschwester Hannelore erwartet. Sie ist genauso ein Typ Pflegekraft, wie man ihn sich seit dem Debüt der Schauspielerin Eva-Maria Bauer in der Rolle der Oberschwester Hildegard aus der ‚Schwarzwaldklinik' vorstellt: Stabil gebaut, die Hände auf die Hüften gestützt und einen Gesichtsausdruck aufsetzend, der sie zum Schrecken jeder Geisterbahn qualifiziert. Entsprechend ruppig fällt die Begrüßung aus: „Wieso kann jemand, der so ein schnelles Auto fährt, nicht pünktlich zum Dienst erscheinen?" – „Oberschwester, tut mir leid, dringende Verpflichtungen! Aber jetzt gilt: Nur der Zivildienst zählt!" Mit einer entwaffnenden Freundlichkeit aufgetischte Worte, untermalt von einem unterwürfigen Augenaufschlag: „Können Sie diesem Jungen ernsthaft böse sein?" – „Ich glaube Dir kein Wort! Nicht eine einzige Silbe davon!" Doch ihrer Erwartung, dass Kai sich auf eine Diskussion mit ihr einlässt, entspricht der Spät-Zivi nicht; von einer auf die andere Sekunde ist Kai Klesper durch eine Tür verschwunden. Hannelore setzt ihren Weg kopfschüttelnd fort.

In der Umkleide streift Kai alle Klamotten bis auf die Boxershorts ab, sieht in den großen Wandspiegel und betrachtet kurz zufrieden die Muskeln seines sportlich durchtrainierten Bodys, streicht sich über den Waschbrettbauch und checkt den Umfang seines Bizepses, bevor er die wenig kleidsame Uniform eines Altenpflegers anzieht. Eine Viertelstunde später schiebt Kai den Rollstuhl von Regina Meinhardt durch den gepflegten Park mit seinen umfangreichen Beständen an Platanenbäumen. Kai kümmert sich aufmerksam um die alte Dame: „So ruhig kenne ich Sie gar nicht! Sonst zetern und schimpfen Sie über Gott und die Welt! Was ist los?" – „In meinem Alter hat man schon mal stillere Tage, lieber Kai! Halten Sie bitte da vorne an! Ich möchte ein paar Schritte gehen!" – „Ihr Wunsch sei mir Befehl!", stoppt Klesper jr. den Rollstuhl an einer kleinen Lichtung mit einer Wiese, an deren Ende ein schöner Ausblick über die Parkanlage sowie deren Teich zum Verweilen verführt. Zu hören ist in diesen Minuten nur das liebliche Zwitschern der Vögel. Die zierliche alte Frau erhebt sich mit Kais zuvorkommender Hilfe aus dem Gefährt und geht wacklig zu einem der Bäume, an dessen Stamm sie sich abstützt. Die Jahreszeitbedingt inzwischen nicht mehr ganz so hoch am Himmel stehende Sonne scheint ihr ins faltige und traurig wirkende Gesicht, in dem die 72 Jahre ihres Lebens Spuren hinterlassen haben. Wie in eine andere Dimension entrückt scheint es so, als nehme sie Abschied von dem friedlich vor ihr liegenden Park. Kai empfindet eine Unheil-verheißende Unruhe in sich aufsteigen. Er sucht den richtigen Anker, um herauszufinden, was seinen Schützling beschäftigt: „Habe ich etwas falsch gemacht, Frau Meinhardt? Tut mir leid, wenn ich was zu spät war, vorhin!" – „Nein, alles in Ordnung! Machen Sie sich keine Sorgen!"

Sie greift hinter sich nach seiner Hand. Kai streckt sie ihr entgegen. „Es ist nur…", spricht sie bedächtig nach Worten suchend weiter, „…wissen Sie, wenn das einzige Vergnügen unsereins darin besteht, durch den Park geschoben zu werden, jeden Tag, dann kann einen das ganz schön traurig machen! Wenn Sie wüssten, wie mir das Leben fehlt. Das richtige Leben meine ich! Haben Sie eigentlich noch eine Großmutter?" Kai verneint: „Ich kann verstehen, was Sie meinen!" – „Wirklich? Ich sage Ihnen, wenn man ganz allein ist, keine Aufgabe mehr hat und überhaupt niemand mehr nach einem schaut, es keine Enkel gibt, keine Kinder oder jemanden sonst, der das könnte, Freunde, dann sehnt man sich oft danach, dass es mit einem selbst endlich zu Ende geht." Kai nimmt eine Widerspruchshaltung ein, sie aufmuntern wollend: „Jetzt machen Sie's aber halblang! Zu Ende … Sie sind doch das blühende Leben! Und für alles andere sind wir doch da!" Regina dreht sich jetzt zu Kai um und lächelt ihn an; seine Hand dabei fester drückend: „Ach, Kai, für einen … wie sagt man, einen Zivi sind Sie ein feiner, feinfühliger Kerl! Sie geben mir ein so gutes Gefühl! Das ist schön, wenn Sie und keine Ihrer Kolleginnen oder Kollegen mich durch den Garten schieben. Wenn Sie wüssten, wieviel Freude Sie uns allen im Heim hier bereiten! Mit Ihnen ist es weniger langweilig als, mit den Schwestern, von denen ich nur den Eindruck habe, dass die eine Pflicht erfüllen, wir denen aber im Grunde egal sind. Naja, das ist vielleicht ein wenig übertrieben und vielleicht auch ungerecht. Bestimmt sogar! Pflegekräfte werden von ihren Arbeitgebern wirklich schlecht behandelt, schlecht bezahlt obendrein; eigentlich sind sie Helden, denen eine viel höhere Wertschätzung zusteht! Aber die Langeweile, unter der man hier leidet, die lässt einen schon auf komische Gedanken kommen." Kai grinst: „Ihnen ist langweilig? Sie sagten, Ihnen sei langweilig? Na, dann warten Sie mal ab!"

Eine gute Viertelstunde später ist Kai immer noch mit Frau Meinhardt unterwegs. Doch den Rollstuhl haben sie gegen das Sportcabriolet getauscht. Über die sich wie eine Schlange durch die hügelige Landschaft ziehende Bergische Landstraße gelangt Kai in die Altstadt von Gerresheim, wo die 1236 im rheinischen Übergangsstil zwischen Romantik und Gotik gebaute Pfarrkirche St. Magdalena den Gerricusplatz krönt, um den herum eine Mischung aus malerischen alten Fachwerkhäusern und neuzeitlichen Steinbauten aktueller Architektur nebst einer umlaufenden Baumbepflanzung offenbart, wie schön Düsseldorf abseits des Stadtzentrums sein kann. In dieses lenkt Kai sein Sportcabriolet im Anschluss durch die Rethelstraße in Düsseltal, die mit ihrer Gastronomie und den Geschäften aller Genres als eines der schönsten Nebenzentren empfunden wird. Besonders ‚Gordons Cabinet' sticht hervor; ein kleiner, aber feiner Antiquitätenladen mit abwechslungsreichem Angebot von Antiquitäten verschiedenster Epochen. Frau Meinhardt bittet Kai dort um einen Zwischenstopp und erfreut sich an den kleinen Porzellanelefanten – einzige Gelegenheit für einen Wortwechsel, denn eine Fahrt im Cabriolet mit einem röhrenden Sportwagenmotor im Heck und einer Lederkappe auf dem Kopf lässt einer Unterhaltung nur wenig Chancen, sich gegen die Geräuschkulisse durchzusetzen. Wenig später umrundet Kai den Kö-Bogen, bevor es den Rhein entlang zurück in den Norden der Stadt und von da aus Richtung Osten nach Gerresheim geht. Regina genießt die Fahrt in dem schönen Sportcabrio; die Kappe steht ihr gut. Auch Kai hat Spaß an der Tour und freut sich darüber, der alten Frau einen außergewöhnlich aufregenden Nachmittag bereitet zu haben.

Schweiß auf der Stirn

Das Marktleiterbüro von WNP-Kauf ist ein zweigeteilter Glaskasten. In dem einen, größeren Büro in dem Lisbeth sich jetzt befindet, stehen Schreibtisch und Aktenschränke in etwas besserer Qualität, aber mit Akten überhäuft und den Eindruck, ein ziemliches Chaos zu sein, hinterlassend. In dem Arbeitsbereich nebenan sieht es ordentlicher aus. Dem penibel aufgeräumten Schreibtisch gegenüber ist eine Reihe von Monitoren installiert, über die Andersen per Mausklick das Geschehen innerhalb und außerhalb des Gebäudes im Auge behalten kann. Wovon er auch regen Gebrauch macht und ihm den Spitznamen Stasi eingebracht hat. Was er weiß, was ihn aber nicht stört. Lisbeth kann Jalousien herunterlassen, um vor den neugierigen Einblicken Andersens in ihren Büroalltag geschützt zu sein. Und genau diese nutzt Lisbeth in diesem Augenblick. Der kalte Schweiß steht ihr auf der Stirn. Sie setzt sich an ihren Schreibtisch, lehnt sich für ein paar Sekunden zurück, tupft sich den Schweiß von der Stirn und greift dann zum Telefonregister. Sie sucht und findet eine Nummer. Die ihres Arztes, Dr. Jochen Schweiger, Internist.

Zwei Stunden später befindet sich die Marktleiterin im Sprechzimmer des Mediziners. Der sieht Befunde durch, gibt sich einfühlsam, geduldig, untersucht Lisbeth gründlich und bedient sich eines bestimmenden Tonfalls: „Leicht erhöhter Blutdruck, aber okay! Blutzucker, Puls, EKG, Cholesterin. Also, beim besten Willen, Frau Berger, ich kann nichts Bedenkliches finden nach unserer gestrigen Untersuchung." – „Das kann nicht sein! Meine Schweißausbrüche, das Herzrasen, irgendwoher muss das doch alles kommen!" – „Ich würde die Ursache dafür nicht in Ihren Organen suchen. Eher in Ihrem Kopf! Haben Sie Ärger? Zu Hause bei Ihrem Mann? Oder vielleicht in Ihrem Supermarkt? Stress?" – „Nein, alles in Ordnung! Auch im Laden ... wie immer. Das kann es nicht sein." – „Ich bin jetzt seit zehn Jahren ihr Hausarzt. Zu den Hypochondern in meiner Praxis haben Sie bisher nicht gehört. Ich denke, irgendwo haben Ihre Symptome psychische Ursachen; genau die müssen wir finden!" – „Sicher ein grippaler Infekt oder sowas!" – „Frau Berger, die Diagnostik überlassen Sie doch bitte mir, in Ordnung?" Schweiger schüttelt den Kopf: „Sehen Sie, nicht einmal Ihrem Hausarzt gegenüber können Sie aus der Rolle, Chef zu sein, schlüpfen! Da vermute ich auch die Ursachen für Ihre Beschwerden!" Lisbeth schluckt. Irgendwie fühlt sie sich ertappt.

Zu Hause bei Kai

Kai parkt das Sportcabrio hinter der älteren Limousine seines Vaters, schwingt sich gut gelaunt aus dem Auto, nimmt zwei Einkaufstüten mit und eilt über die Terrasse direkt ins Wohnzimmer. Das Einfamilienhaus der Familie Klesper steht im Stadtteil Golzheim, nördlich gelegen und unweit der Messe und des Nordparks. Die Siedlung zwischen Rotterdamer und Kaiserswerther Straße ist zum Rhein hin von Einfamilienhäusern geprägt, die in den 1950er Jahren aufwärts entstanden und vornehmlich in weißer Farbe gestrichen sind. Trotz nach außen zur Schau getragener Schlichtheit haben es die Bauten oft in sich, zählen zur Luxusklasse der Wohnbebauung, sind aus edelsten Materialien errichtet und mit feinstem Innenausbau versehen worden. Das Anwesen der Klespers verfügt über eine im Vergleich zu den Nachbarn etwas größere Parzelle; das gepflegte Haus ist eineinhalbgeschossig und über eine Vorfahrt auf das Grundstück zu erreichen. Jedem Passanten wird so deutlich, dass in diesem Objekt keine armen Leute wohnen. Doch oft trügt der Schein; die ältere Limousine des Hausherrn beispielsweise will nicht recht zum Gesamteindruck passen. Kais Sportcabriolet dagegen schon eher.

Dorothee liegt auf der Couch im Wohnzimmer und schreckt hoch, als ihr Sohn urplötzlich vor ihr steht. Der begrüßt die Mutter mit einem Kuss: „T'schuldige Mutsch, hast Du den Wagen nicht gehört? Hab' ich Dich geweckt?" Die Dame des Hauses rappelt sich hoch, wirkt blass und geschwächt. Aber sie hat sich nur einen kurzen Moment später im Griff, steht vor ihrem Sohn und entwickelt in diesem Augenblick die Eleganz, die einer wohlhabenden Dame von 55 Jahren oft zu eigen ist. Ihr Kleid ist von guter Qualität und war einst teuer, doch es hat schon bessere Tage gesehen. Dennoch verhilft es seiner Trägerin zu einer Ausstrahlung, die den Damen der besseren Düsseldorfer Gesellschaft entspricht. Dorothees Augenbrauen zucken nervös; ihre vorwurfsvollen Blicke fallen auf die Tüten: „Wir haben mit dem Mittagessen auf Dich gewartet." Kai drückt seiner Mutter einen oberflächlichen Kuss auf die Wange: „Tut mir leid, Mutsch! Da waren noch ein paar Sachen, die ich brauchte, war mit Jenny in der Stadt im Palio Poccino. Im Heim musste ich auch noch einspringen!"

Kai verlässt den Raum. Dorothee folgt ihm: „Deine Schränke sind voll! Ich habe keine Ahnung, was Du noch so alles brauchst!" Kai schlägt den Weg in die Küche ein, schaut in den Eisschrank: „Na viel ist da nicht drin, ach, übrigens … ich habe kein Kleingeld mehr!" Dorothee schluckt, wirkt durch den Wind, nicht ganz bei sich. Beim Stichwort Geld zuckt sie zusammen. Da klingelt Kais Handy: „Moment bitte! … Ja, hallo? Ach Tobi, hey! Was geht? … Einkaufen, Party heute Abend? Okay! Wann, wo?" Er lauscht einen Moment Tobias' Ausführungen. „Alles klar! Bis gleich!" Dorothee nimmt den Gesprächsfaden wieder auf: „Hör mal, wegen des Geldes…" – „Nur 'nen Fuffi. Ich bin blank! So ganz ohne Bares ist mir unwohl!" Es fällt Dorothee sehr schwer, in die Tasche zu fassen und ihre Geldbörse herauszuholen. Denn da sind nur ein paar Münzen drin: „Ich habe auch nichts da. Wir fahren sowieso gleich zur Bank!" – So spät noch? Es ist fast Feierabend!" – „Ja, ist wichtig! Nimm' die Karte und zieh' Dir was oder zahl' doch direkt mit PIN! Ich füll' Dein Konto auf. Solange das noch geht." Kai hört diese mit bitterem Tonfall ausgesprochenen Worte, lacht aber drüber: „Ah, Mama belieben heute zu Scherzen! Hast Du einen Clown gefrühstückt? Du bist die Beste!" Mit einem Kuss will Kai sich von der Mutter verabschieden, doch aus dem Arbeitszimmer vernimmt er die Stimme seines Vaters: „Kai, kommst Du bitte zu mir!?" Das passt Kai offensichtlich nicht. Ärgerlich legt er die Taschen neben dem Klavier ab und geht zu seinem Vater. Die Mutter bleibt zurück.

Walter Klesper ist schon 61; lange Zeit haben die Eltern von Kai geglaubt, gar kein Kind mehr zu bekommen. Als sie sich nach den Möglichkeiten einer Adoption erkundigten und Dorothee das zwanghafte Versuchen schwanger zu werden aufgegeben hatte, meldete sich mit Kai dann doch noch Nachwuchs an. Für Walter war das nicht immer einfach, denn der Macher, Bauunternehmer und Architekt fühlte sich mehr zu seiner Arbeit als einer familiären Idylle hingezogen. Mit seiner eindrucksvollen Statur war Walter Zeit seines Lebens Chef im Ring – und dieser stand vornehmlich auf den bekanntesten Baustellen der Landeshauptstadt. Vom Typ her dem Schauspieler Curt Jürgens nicht unähnlich wusste sich Walter stets Vorteile zu verschaffen, wenn es darum ging, sich die vielversprechendsten Baugrundstücke in Düsseldorf zu sichern. Solide in der Arbeit und konservativ in den Ansichten; Walter ist ein zuverlässiger Partner, der jedoch realisiert, dass ihm mit zunehmendem Alter schwierige Zeiten bevorstehen: „Junge, wir müssen über die Zukunft reden!" Kai hat aber nun gar keine Lust, begegnet seinem Vater mit Unlust und Desinteresse: „Nicht schon wieder ... ich kümmere mich schon um die Uni. Ich werde unserer Firma alle Ehre machen und mein Architekturstudium mit Bravour abschließen. Mal vom Zivildienst ganz abgesehen. Oder kommen etwa irgendwelche Beschwerden?" – „Um die Uni geht es nicht!"

Das Sprechen fällt Walter schwer: „Ich muss ernsthaft über die Zukunft mit Dir reden! Wirklich ernsthaft!" Kai zeigt keinerlei Verständnis und geht zurück in das auf dem Stand der 1990er-Jahre eingerichtete Wohnzimmer: „Wieso? Die sieht doch gut aus! Ich bin doch sowieso schon Juniorchef bei unserer Firma, steig' nach dem Studium ein und schmeiß den Laden. Ganz easy, ganz locker! Wo ist das Problem?" Kais Blicke fallen jetzt auf das Klavier. Er klimpert beiläufig ein paar Takte. Das scheint seinen Vater aufzubringen. Der folgt Kai, unterliegt aber urplötzlich einem regelrechten Stimmungswechsel, wird fast böse: „Ach, so einfach ist das! So einfach stellt sich mein Herr Sohn seine Zukunft vor? Mal eben in die Firma kommen, bisschen auf dicken Max machen und Chef spielen! Na, wenn das so einfach geht, dann frage ich mich, wieso ganz Deutschland nicht nur aus erfolgreichen Juniorchefs besteht, mein Freund! Und das Klavier habe ich auch nur wegen Dir gekauft, doch was ist? Es staubt vor sich hin!" Kai mauert: „Du, tut mir leid, ich bin jetzt nicht drauf für eine Diskussion dieser Art." Walter ist fassungslos, kann die Reaktion seines Sohnes nicht nachvollziehen: „Der Herr Sohn ist nicht drauf! Dorothee, hast Du das gehört? Er ist nicht drauf! Unglaublich!"

Jetzt betritt Dorothee das Wohnzimmer: „Hört damit auf, bitte!" Kai legt noch einen drauf: „Ja, mich zu zoffen hab' ich auch keinen Nerv zu, sorry. Ich bin direkt wieder um die Häuser! Ciao!" Kai verschwindet ohne weiteren Gruß. Dorothee fasst Walter beruhigend an den Arm: „Lass ihn! Wir kriegen das schon hin!" Ihr Ehemann jedoch ist noch auf 180: „Wie lange soll das denn so weitergehen mit unserem Sprössling? Mittlerweile ist er doch alt genug, um zu wissen, wie das bei den Erwachsenen zu laufen hat. Mit dem Zivildienst ist's doch auch dasselbe! Den so lang aufzuschieben, bis er 25 ist! So eine Verschwendung von Lebenszeit! Verbaut sich die halbe Zukunft damit!" Dorothee geht nicht drauf ein: „Mach' Dich bitte fertig, Walter, wir müssen zur Bank!" Doch der Bauunternehmer regt sich nur schwer ab: „Ja, genau, das müssen wir wohl – leider!"

Abbiegespur

Frisch geduscht und umgezogen verlässt Kai die Villa Klesper. Er sieht, dass die Limousine seines Vaters nicht mehr auf dem gewohnten Platz parkt, setzt sich ins Sportcabrio, fährt los und gibt dabei Vollgas. Nichts kommt besser als eine Fahrt im offenen Porsche zu geiler Mucke und in einen späten Nachmittag im Sommer hinein. Aber die Diskussion mit seinem Vater ist auch an ihm nicht spurlos vorübergegangen. Es ist eben immer dasselbe: Kritik an seinem Lebenswandel, Kritik an seinem Studium, Kritik am verspätet angetretenen Zivildienst und natürlich an

28

den Benzinrechnungen für das Auto, die Monat für Monat ins Haus flattern. Was er denn dafür kann, dass die Spritpreise immer weiter steigen? Um den Gedanken loszuwerden, lässt er den Sechszylinder aufbrüllen. Was er als Gegenleistung für die Firma erbrächte – auf diese Frage antwortet Kai unisono damit, dass er nach dem Abschluss seines Studiums noch genug für Klesper Bau täte; den Rest seines Lebens der Firma gehöre. Kai stoppt an einem Geldautomaten an der Nordstraße; die Karte funktioniert. Daran, dass seine Eltern schweigsam und mit ernstem Gesichtsausdruck auf dem Weg zur Hauptstelle der Bank sind, daran verschwendet er keinen Gedanken. Ebenso wenig wie an Mareike, die in ihrer Wohnung Kleidung in einen Koffer packt; traurig beobachtet davon von der kleinen Marie. Und Narumi? Narumi trifft im Einkaufszentrum auf Tobias und Daniel aus der Clique um Kai, die in der Getränkeabteilung einfallen und damit beginnen, erste Flaschen in den Wagen einzuräumen.

Daniel hat eine Einkaufsliste in der Hand. Tobias zieht Narumis Aufmerksamkeit nicht nur mit einer Kapitänsmütze auf sich, sondern auch mit dem lauten Gerede an Daniels Adresse und der Unverschämtheit, leere Pappkartons einfach auf den Boden zu pfeffern: „Und ich sag' Dir eins: Wenn dieser Sommer vorbei ist, dann haben wir richtig Reibach gemacht! Nicht so Kleingeld, sondern so richtig Asche! Wir haben die angesagteste Strandbar in ganz Düsseldorf, shit, was sag' ich, in NRW, ganz Deutschland, der Welt ... und das wird sich auszahlen! Cash, Kohle, Moneten ohne Ende! Und Du hantierst immer noch mit Zetteln, anstatt die Einkaufsliste digital zu erfassen! Unbelievable!" Währenddessen fliegt eine Papp-Umverpackung nach der anderen auf den Boden. Narumi weiß, dass es jetzt nicht einfach wird für sie. Sie mag die beiden Jungs im Grunde ganz gerne. Nur deren selbstherrliches Auftreten und das Sprücheklopfen geht ihr auf die Nerven: „Jetzt reicht's! Kunde her oder hin, auch Kundschaft hat sich zu benehmen. Und uns einfach die Kartons vor die Füße zu werfen, das ist unterste Ebene und gehört sich nicht! Ich habe bestimmt nichts gegen Kunden mit gewissen

Eigenarten, denn auch durch die kann ich meine Miete zahlen und leben! Aber selbst vor dem Hintergrund, dass Ihr hier Stammkunden seid und für Eure Bar einkauft – ein bisschen weniger auf die Kacke hauen könntet Ihr schon! Oder, anders ausgedrückt, Euch besser benehmen!"

Tobias Schneider ist 26 Jahre, Studienkollege von Kai, aber bereits mit seiner eigenen Strandbar im Hafen Geld verdienend. Der Frauenliebling mit der Figur eines Bodybuilders ist im Kreis seiner Clique als gerissen und clever bekannt. Kopfschütteln löst sein Bemühen aus, sich im Sinne der Geschäfte seiner Bar stets im Piratenlook oder sonst irgendwie maritim kleiden zu wollen, womit er in Düsseldorf eher Kopfschütteln auslöst. Freundliche Hinweise, lieber auf die Looks der Standardlabel umzusteigen, schlägt er in den Wind. Dazu passend: Wallendes, schulterlanges dunkelblondes Haar. Für ihn ist wichtig für seinen Laden Werbung zu machen mit seinem Outfit; ob er sich damit der Lächerlichkeit preisgibt oder nicht ist dem Sohn eines Rechtsanwalts und Lokalpolitikers vollkommen gleichgültig.

Sein Kumpel Daniel ist immer an Tobias' Seite. Dies deswegen, weil der sportliche Rotschopf wenig Antrieb hat, um eigene Projekte zu entwickeln oder umzusetzen. Ihm reicht, was Tobias ihm übriglässt – das gilt für das Geschäftliche ebenso wie für die Frauen. Studium und geregeltes Arbeiten kommen für Daniel nicht in Frage; er schläft lieber lange und passt tagsüber auf die Strandbar auf, wird dafür und für seine Hilfe beim allabendlichen Arbeiten von Tobias bezahlt. Dass er so nicht ewig leben kann, darüber will Daniel nicht weiter nachdenken: Er will Spaß haben! Und seine besten und jungen Jahre nicht den Bach runterspülen, so Daniel, dabei das Lebensmotto von Tobias 1:1 übernehmend. Verpflichtungen, Disziplin, Steuererklärungen, das ist alles was für Loser, so die einhellige Meinung der beiden Freunde.

Bestens gelaunt – und auf eine Weise, aus der Unwissende schließen könnten, dass Tobias und Daniel das Einkaufszentrum gehört, weil sie scheinbar ungestraft machen können, was sie wollen – benehmen sich die beiden best friends in der Getränkeabteilung regelmäßig daneben, erwischen dieses Mal Narumi aber auf dem falschen Fuß. Tobias verneigt sich gespielt theatralisch; dabei die Kapitänsmütze lupfend: „Ah, die Majestät aller Majestäten der Getränkebüchsen bedient uns heute wieder höchstpersönlich. Dann kann ja gar nichts schiefgehen! Einen wunderschönen guten Tag die Dame!" – „Oh, es ist schon Nachmittag. Haben Sie denn so spät noch Ausgang aus ihrer Anstalt?" – „Ja, wir haben die Pfleger überredet uns gehen zu lassen, um der Düsseldorfer Partyszene einen unbeschreiblich schönen Abend bereiten zu können!" – „Was darf's denn heute sein? Klasse und Intelligenz bietet die Getränkeindustrie leider nicht im Sixpack an!", antwortet Narumi spitz. „Sixpack? Das habe ich sowieso schon! Willst Du es sehen?" Ehe Tobias sein Shirt hochziehen kann, verdreht Narumi die Augen und wehrt ab. „Nein, danke! Da bräuchte ich 'nen Schnaps drauf und Alkohol ist während der Arbeitszeit bei uns selbstverständlich verboten!" Stattdessen räumt sie die Pappkartons zusammen.

Tobias weist Daniel mit einer Geste an, ihr zu helfen. Er selbst krümmt keinen Finger; findet weder am Aufsammeln noch an dem Dialog Gefallen: „Wenn Ihr beide jetzt fertig seid ... wir haben keine Zeit zum Labern!" Tobias rupft Daniel die Einkaufsliste aus der Hand: „Die anerkannt beste Bar der Stadt – unsere Bar! – braucht neue Drinks. Zeig' her!" Narumi wirft von der Seite einen Blick auf den Zettel: „Ihr schreibt ja echt noch von Hand! Ich dachte, Ihr würdet 'ne App fürs Einkaufen benutzen! Bisschen von gestern seid Ihr schon noch, oder?" Tobias ärgert sich über die Schwachstelle und wirft Daniel einen bösen Blick zu, kontert aber loyal: „Diese sympathische Randbemerkung wollen wir Dir verzeihen, wenn Sie uns eine Kostprobe aus ihrem Wein Shop kredenzen. Was halten Sie davon, gnädige Frau? Wir dürfen hier trinken; wir sind Kunden und – bei aller Bescheidenheit aber wie Sie eben selbst festgestellt haben – sogar gute Stammkunden!" Es ist Teil seines Spiels, zwischen den Anredeformen hin und her zu wechseln. Daniel: „Kommt Kai auch

31

noch?" Tobias: „Yep! Der kann dann richtig zupacken, der Gute!" Narumi: „Beim Einkaufen oder Trinken? Und das mit der Gratisprobe kannst Du vergessen! An Piraten schenken wir generell nichts aus!"

Bevor Tobias antworten kann, tritt Vanessa an Narumis Seite. Die mit einer prächtigen Oberweite und langen Haaren ausgestattete Blondine erinnert mit ihrem Aussehen an eine populäre VIVA-Moderatorin und bekommt glänzende Augen, als sie Tobias entdeckt. Narumi entgeht das nicht: „Ich weiß ja, dass Du auf der Suche nach einem Traummann mit Muskeln am Körper und in der Geldbörse bist, aber denke immer dran, dass in Verpackungen oft nicht drin ist was draufsteht. Außer bei unseren Produkten natürlich!" Dass Tobias Vanessa gefällt, daran lässt die Angestellte von WNP-Kauf keinen Zweifel. Sie schaut auffällig an ihm herunter: „Tolles Profil hat er ja." Narumi schüttelt den Kopf: „Ist nur der Schlüsselbund, Nessi, nur der Schlüsselbund!" Vanessa fühlt sich ertappt: „Du denkst wohl auch, ich denk nur an das Eine!" – „Und, liege ich damit etwa falsch? Ist doch genau Deine Sicht der Dinge!" Vanessa bleibt eine Antwort schuldig und geht gespielt schmollend und mit einem freundschaftlichen Augenzwinkern zum Ausgang.

Im gleichen Moment fährt Kai mit seinem Sportcabrio vor, parkt entgegen den Vorschriften unmittelbar vor der Eingangstüre, lässt den Motor noch einmal kurz aufbellen, zieht die Sonnenbrille ab und schwingt sich obercool aus dem Wagen – Vanessa praktisch in die Arme. „Hey! Hey, mein Traummann! Es gibt ihn wirklich!" Sie ist hin und weg! Kai lächelt, findet Vanessa durchaus eine Überlegung wert: „Danke! Aber ob meine Freundin es so gut finden würde, wenn sie mich mit einer so bildhübschen Frau im Arm vor dem Supermarkt erwischt, glaube ich eher weniger!" – „Entweder sie sind schwul oder vergeben", so Vanessa enttäuscht. Doch ihr entgeht dabei nicht, dass sich ein Blickkontakt zwischen Narumi und Kai aufbaut. Von etwas längerer Dauer. Bis Tobias und Daniel Kai entdecken und den Freund mit einem lauten Hallo begrüßen. Als Kai mit den Kumpels zwischen den Regalen verschwindet, schaut er sich noch einmal zu Narumi um, die den Blick erwidert. Vanessa spricht sie von der Seite an: „Hast keinen schlechten Geschmack, alle Achtung! Wird auch Zeit!" Narumi schreckt zurück: „Na klar! So weit kommt's noch, mir so 'nen Typen anzulachen! Geld, dicke Autos, nichts anderes im Kopf als Party – und damit jede Menge Probleme bis zu dem Tag, an dem du charmant, aber schnell wieder abserviert wirst, um der nächsten Flamme Platz zu machen! So was ist doch eher ein Fall für Dich, gib's zu!" Vanessa schmunzelt, hört Narumis Worte, grinst nur dazu und verkneift sich jedes weitere Wort angesichts dessen, dass Narumi dem gutaussehenden Sportwagenfahrer immer noch nachzuschauen versucht, dies aber vor Vanessa verbergen will. Was ihr misslingt.

Der kalte Hauch der Zukunftsangst

Die Eltern von Kai steigen indes vor der Bank aus der älteren Limousine aus und betreten das mit einer Hochglanzfassade verkleidete Gebäude. Ein Hightech-Objekt wie aus einem Architekturwettbewerb. Dem Ehepaar ist anzusehen, dass es ein schwerer Gang wird. Dorothee zupft Walter noch dessen Krawatte gerade: „Warte! Du musst doch perfekt aussehen!" Aber ihr Mann wehrt die Hilfestellung seiner Frau barsch ab. Die Glastüren fahren zur Seite. Urplötzlich tritt ein nach Handwerker aussehender Mann auf das Ehepaar zu und stürzt sich voller Wut auf Walter: „Sie verdammter Gangster! Das passt gut, dass ich Sie vor Ihrer Bank treffe. Wie sieht's denn aus? Zahlen Sie jetzt meine Rechnungen, oder was? Wir können sofort zur Kasse gehen!" – „Markgraf, was wollen Sie denn hier? Ich habe einen Termin, ja. Dorothee, das ist Karl Markgraf, einer unserer Schreiner!" – „Haben Sie sich jemals über meine Arbeit beschweren müssen? Ist es jemand zu Reklamationen gekommen? Waren meine Dachstühle nicht immer die besten und immer im Zeitplan? Und da fällt Ihnen nichts anderes zu ein als einen verheirateten, mit 50 dicht an der Rente operierenden Handwerker in den Konkurs zu treiben?" Markgraf versucht Walter gegenüber handgreiflich zu werden, doch Dorothee geht dazwischen: „Herr Markgraf, wir reden jetzt mit der Bank. Lassen Sie uns in Ruhe! Wir melden uns dann bei Ihnen!" – „Das wird auch Zeit, Frau Klesper! Ich bin das Warten auf mein Geld ehrlich gesagt ziemlich leid!" Walter atmet tief durch; seine Wut nur schwerlich unterdrücken könnend: „Dann sind wir uns ja einig. Wir müssen ... Sie entschuldigen?" Walter und Dorothee verschwinden eilig in der Bank; Markgraf schaut ihnen nach, überlegt kurz, geht dann zu seinem Kleinlieferwagen.

Walter und Dorothee sitzen kurz darauf noch allein in dem Besprechungsraum der Großbank. Mit Blick über die Dächer Düsseldorfs: Rheinknie, die Rheinuferpromenade – alles von oben aus zu sehen. Es ist ein feines Hochhaus unweit der Königsallee das sich das Bankinstitut Graumann & Companie gesichert hat. Die traditionsreiche Berliner Privatbank unterhält ihren Hauptsitz am Kurfürstendamm und ist für die weltübergreifenden Engagements im Immobiliengeschäft wie auch in der Luftfahrt ein Begriff. Gerald Kruse ist der Düsseldorfer Statthalter des Instituts; wie in diesem Kreisen üblich ein kantiger, dynamisch auftretender Finanzfachmann von 55 Jahren mit messerscharfem Verstand und jeder Menge Menschenverachtung im Blut die er dann zeigt, wenn es gilt, die Position des Stärkeren auszuspielen. Vorschriftentreu, profitorientiert und verwitwet. Eine Vielzahl der Projekte – von denen aufwändig gestaltete Plakate an den Wänden hängen – sind mit seiner Arbeit verbunden und zeugen auch vom Erfolg und Wohlstand der Bank. Walter schaut sich diese an als die Tür aufgeht und Kruse in Begleitung von Eckart Bücken das glamourös eingerichtete Besprechungszimmer betritt. Dorothee beobachtet, dass ihr Mann Kruse gegenüber schon im Ansatz in die Knie, geht weil er seine Blicke von dem Bankdirektor abwendet und sich mit den Augen zu Eckart Bücken flüchtet. Ganz offensichtlich vertraut er eher Bücken als dem allgewaltigen Bankchef. Dennoch erhebt sich der Bauunternehmer und begrüßt zunächst Gerald Kruse und dann erst dessen Abteilungsleiter.

Bücken trägt Akten unter dem Arm. Kruse: „Oh bitte behalten Sie doch Platz! Ich freue mich, dass Sie es geschafft haben, heute noch zu uns zu kommen." Walter antwortet mit belegter Stimme: „Was bleibt uns denn anderes übrig?" Kruse: „Herr und Frau Klesper, Sie kennen Herrn Bücken, meinen Stellvertreter und Ihren zuständigen Abteilungsleiter?" Walter nickt: „Sicher! Er hat uns schon oft geholfen bei kniffligen Situationen." – „Genau, ja! Wie lange sind Sie schon Kunde bei uns?" Dorothee greift unter dem Tisch nach Walters Hand und antwortet auf Kruses Frage: „Zwanzig Jahre!" Kruse zuckt mit den Augenbrauen: „Schon? Eine lange Zeit! Wenn der Anlass für unser heutiges Treffen nicht so traurig wäre, wäre das glatt ein Grund zum Feiern." Bei Walter und Dorothee entgleisen alle Gesichtszüge. Walter geht dennoch in die Offensive und deutet auf die Akten: „Wir hatten Ihnen ein Sanierungskonzept reingereicht!" – „Ja, so schätze ich es bei Partnern, wenn sie ohne langes Geschwafel auf den Punkt kommen." Aber um es kurz zu machen, ich muss Ihnen eine Absage erteilen" Unsere Bank hat sich eingehend beraten, der Vorstand, Herr Bücken, ich, Abstimmung mit Berlin, Sie wissen schon. Aber…"

Walter zupft eine der Akten, die vor Eckart Bücken liegen, zieht sie zu sich und fällt Kruse ins Wort: „Schauen Sie! Wir bauen seit dreißig Jahren Häuser!" Er klappt die Mappe auf. Zahlreiche Fotos sind darin zu sehen. Walter zeigt Kruse eines nach dem anderen: „Hier, dieses an der Königsallee. Oder dieses hier in Kaiserswerth, oder dieses hier an der Immermannstraße, das Villenviertel in Oberkassel ... alles erstklassige Gebäude in besten Lagen und bester Qualität!" Kruse nickt: „Und zwar in so guter Qualität, die so teuer war, dass keines der Häuser, die Sie in der letzten Zeit gebaut haben, wirklich Gewinn abgeworfen hat! Sie haben wegen der aufwändigen Baubeschreibungen zu so hohen Preisen anbieten müssen, dass die Zwischenfinanzierungszinsen den Gewinn wieder aufgefressen haben, weil es zu lange gedauert hat, bis Sie einen Käufer gefunden hatten. Sie haben gut gebaut, das stimmt, aber sie konnten nicht zu den Preisen verkaufen, wie es ursprünglich geplant war. Ihr Verkaufskonzept ist von vorgestern! Demzufolge sind über die vergangenen vier Jahre nur Verluste aufgelaufen. Und Ihr einst so prächtiges Eigenkapital ist dahin. Es tut uns leid, Herr Klesper! Ihre Firma ist am Ende!" Er nickt Eckart zu. Bücken ist anzusehen, dass er mit Walter und Dorothee leidet. Der Angestellte von Graumann & Companie steht mit trauriger Mine auf, geht zur Tür, öffnet diese und bittet Heinz Speck hinein.

Eckart Bücken ist innerlich tatsächlich auf der Seite seines Kunden. Die Beziehung zwischen Walter, der Klesper Bau und der Bank hat nur deswegen so lange gehalten, weil Eckart und Walter ein enges Vertrauensverhältnis aufbauen konnten. Graumann & Companie war immer auf der Seite des Bauträgers, weil Klesper Bau hochwertige Arbeiten auf einer wirtschaftlich soliden Grundlage abgeliefert hat. Ärger mit Investoren wegen Baumängeln gab es zum Beispiel nie. Dass Klesper dabei immer den neuesten Trends entsprochen hat – bis hin zur Zertifizierung seiner Häuser als Green Building und damit besonders entlastend für die Umwelt – das hat Eckart stets mitgetragen; wenn auch zuletzt mit wachsenden Sorgen wegen der höheren Kosten. Doch am Ende waren diese nicht mehr aufzufangen und die Eigenkapitaldecke von Klesper Bau schmolz dahin, wie die sprichwörtliche Butter in der Sonne, weil auch brachliegende Grundstücke nicht so schnell zu Bauland umgewidmet werden konnte, wie es die Stadt dem Bauunternehmer versprochen hat. Bücken ist vom Typ Bilanzbuchhalter, großgewachsen, hager, mit dünnem Resthaar auf seinem Haupt, aus dem aber wache Augen blitzen. Der 45-jährige Düsseldorfer ist nicht der ganz große Macher, der sich für Führungspositionen qualifizieren oder gar bis dahin durchbeißen würde. Ein unauffälliger zweiter Mann, ohne besonderen Biss und ohne Mut zum Risiko, aber dafür auch liebenswürdiger und umgänglicher als manch ein Karrierist. Privat lebt er auch eher unauffällig: Eckart ist der

Lebensgefährte von Lisbeth und damit Vater des gemeinsamen Sohnes Max.

Jetzt bietet Eckart im Besprechungszimmer der Chefetage der Privatbank Graumann & Companie Heinz Speck einen Sitzplatz an. Speck – ein eher behäbig wirkender Typ – legt seinen Koffer unter Walters und Dorothees entsetzten Blicken auf den Konferenztisch. Kruse: „Sie kennen sich ja bereits, meine Herrschaften! Herr Gerichtsvollzieher Speck übergibt Ihnen nun sämtliche Vollstreckungspapiere, Pfändungsunterlagen, die Schuldenaufstellung, Vollstreckbare Ausfertigungen der Grundschuldurkunden, die Titel ... auch zu meinem Bedauern, übrigens. Wir pfänden damit die unverkauften Immobilien und Grundstücke, in deren Grundbücher wir uns zur Besicherung unserer Darlehen haben eintragen lassen!" Speck tritt genauso auf wie man sich einen Gerichtsvollzieher vorstellt: Kurze Haare, schwarze Jacke, noch schwärzerer Aktenkoffer. Unauffällig, aber Gründlichkeit liebend auf die Arbeit fixiert. Walter braust auf und läuft prompt vor Wut rot an: „Dreißig Jahre Bauunternehmen Klesper! Zwanzig Jahre bei Ihrer Bank. Wir sind stadtbekannt in Düsseldorf und Sie lassen uns fallen? Nach all den Gewinnen, die Sie mit uns gemacht haben?"

Dorothee fasst Walter an den Arm, will ihn beruhigen. Doch vergeblich. Der Schweiß bricht ihm aus; der kalte Angstschweiß. Kruse bringt die Haltung seiner Bank auf den Punkt: „Aber am Ende bleiben nur rote Zahlen. Was damals war, dafür können wir uns nichts kaufen. Bitte räumen Sie zum Monatsende Ihre Villa! Sie hatten sie uns ja ebenfalls sicherungsübereignet!" – „Das ist morgen!" – „Wir hatten Sie frühzeitig gewarnt und wollen sie so schnell wie möglich zur Deckung Ihrer Schulden veräußern! Das ist Ihnen ja bereits vor geraumer Zeit mitgeteilt worden. Und wenn sie sofort bezugsfrei sind, lassen sich Villen besser vermarkten. Herr Speck wird Ihnen die Einzelheiten erklären!" Doch Walter will davon nichts hören. „Warum so schnell? Wieso gewähren Sie uns nicht mehr Spielraum?" Keine Antwort; Kruse weicht Walters Blicken aus. Der steht auf und verlässt Wut-schnaubend den Raum. Dorothee wendet sich an Kruse; mit Tränen in den Augen: „Es tut mir leid! Sie müssen entschuldigen!" – „Wir tun auch nur unsere Pflicht!" Eckart dagegen schaut Dorothee verständnisvoll an, will seinen Boss zum Einlenken bewegen: „Wir hätten schon noch eine Option zur Prolongation des Kreditrahmens!" – „Sehe ich nicht so!", weist Kruse ihn barsch zurück. Speck zeigt dagegen keinerlei Emotionen. Für ihn ist so etwas Alltag. Dorothee eilt nach draußen, Walter folgend. Kruse zeigt keinerlei Anteilnahme, schaut auf seine Uhr. Für ihn ist die Sache damit erledigt. Feierabend.

Weinspezialist des Herzens

Narumi arbeitet mit einem Tablet an den Warenbeständen in der Weinabteilung. Sie achtet nicht darauf, dass Kai sich ihr nähert. Erst als er hinter ihr steht und er sie anspricht, wird sie aufmerksam: „Ist auch nicht gerade 'ne Tätigkeit mit Perspektive, so'ne Liste ausfüllen, oder?" Narumi lässt sich nicht aus der Ruhe bringen und gibt sich keine Mühe, ihre Verachtung Kai gegenüber zu verbergen: „Hauptsache Du hast eine bessere! Ist außerdem auch nicht die angesagteste Form der Begrüßung, aber mehr scheint Euch Yuppies heutzutage nicht mehr einzufallen, hab' ich das Gefühl. Mehr als zu glauben, dass Ihr was Besseres seid, scheint Ihr echt nicht drauf zu haben!" Kai grinst: „Scheinst schlechter Laune zu sein, heute, habe ich den Eindruck!" – „Ich? Nee, weiß Gott nicht! Nur Eure Bande bin ich leid! Keinen Bock mehr drauf! Immer dasselbe Getue! Da verschwinde ich lieber zwischen den Regalen. Allein!" – „Könnte ein Fehler sein!" – „Nö!" Auch wenn Narumi es sich nicht eingestehen will, so knistert es doch zwischen den beiden. Kaum zu übersehen in der kurzen Zeitspanne des Waffenstillstandes des Gespräches, die Kai beendet: „Heute Abend in Tobis Bar am Hafen steigt 'ne Party. Lust, vorbeizuschauen?" Bevor Narumi Gelegenheit hat zu antworten, kommen Guiseppe und Vanessa dazu.

Guiseppe Martinaro ist ein schlanker, kleiner, sportlich gebauter Italiener mit lustiger Brille, flippigem Auftreten, Lockenkopf: Trotz seiner bereits 27 Jahre ein immer zu Scherzen aufgelegter Spaßvogel sowie – ein toller Koch. Neben seinem Job im Supermarkt studiert er Jura. Und ist schwul, was natürlich La Mamma niemals erfahren darf. Auch Guiseppe ist Kai auf den ersten Blick sympathisch, doch würde er das weder Kai noch sonst wem gegenüber eingestehen. Dafür hat er viel zu sehr Angst Einreiseverbot in Italien zu bekommen, vom Papst verstoßen und von der Familie verachtet zu werden oder gar in die Hölle zu kommen, wenn bekannt wird, dass er auf Männer steht. Er hält sich mit seiner Lebensweise zurück und diese weitestgehend aus dem Alltag in den Kreisen der Kollegen und Freunde heraus.

Vanessa hat die Einladung von Kai aufgeschnappt; ihr gefällt Kai. Sie geht die Sache wesentlich entschlossener an: „Party? Am Hafen? Gute Idee! Kann ich auch kommen?" Ein Kunde unterbricht jedoch das Gespräch und platzt in die Runde, bevor Kai Vanessa antwortet. Er hat eine Flasche Wein in der Hand: „Kann mir mal jemand wegen dem Wein helfen?" Eine Frage, die bei Narumi große Unsicherheit auslöst. Sie erinnert sich sofort an das Gespräch mit ihrer Marktleiterin hinsichtlich des fehlenden Sommeliers. Weinflaschen zu zählen, das kann sie! Aber Wein verkaufen? Eher nicht! Weder Narumi noch Guiseppe oder Vanessa bemerken, dass Lisbeth auf dem Weg zu ihnen ist. Aber die hält sich überrascht zurück als sie registriert, dass Kai die Initiative ergreift und dem Kunden die Flasche aus der Hand nimmt. „Klar helf' ich Ihnen! Darf ich mal sehen? ... Gute Wahl! Vollmundiger Geschmack, vom Bukett her passend zu allen Gerichten rund uns Thema Fisch. Wenig Säure, gut verträglich. Klasse Anbaugebiet, hat 2014 den Deutschen-Wein-Preis gewonnen. Und er ist nicht mal der teuerste Tropfen ... kurz: Ein Genuss ohne Reue!" Der Kunde freut sich über die Information: „Vielen Dank! Kann ich da auch drei Kisten von haben? Wir haben eine Familienfeier, wissen Sie? Nichts großes, aber ein paar gute Flaschen muss ich schon anbieten können." – „Nein, von Ihrem Fest wusste ich nichts, aber jetzt weiß ich es! Und meine Kollegen helfen Ihnen sicher gerne weiter, damit Ihr Fest ein voller Erfolg wird, nicht wahr, Frau ...", schaut Kai zu Narumi und hofft auf diese Weise, ihren Namen zu erfahren. Die geht drauf ein und stellt sich mit ihrem Vornamen vor; den Nachnamen aber trotz Kais Nachhaken nicht verratend.

Selbst Guiseppe nutzt den Schwung der Unterhaltung und wagt sich aus der Deckung, um sich Kai vorzustellen. Er reicht ihm die Hand und erhält eine freundliche Erwiderung. Lisbeth beobachtet das alles ganz genau und stellt die Lauscher auf. Vanessa darf sich über einen formvollendeten Handkuss von Kai freuen. Sie ist im siebten Himmel: „Vanessa! Vanessa Schürmann! Wir hatten noch nicht das Vergnügen. Aber Vanessa reicht!" Kai: „Freut mich sehr, Euch kennenzulernen! Zeigst Du mir, wo die Kisten liegen, die der Kunde wünscht?" Vanessa bejaht und grinst wie ein Honigkuchenpferd, ohne wahrzunehmen, dass Kai nach wie vor Narumi im Fokus hat. Sekunden später verlässt er gemeinsam mit Vanessa und dem Kunden die Location und verschwindet mit ihnen zwischen den Weinregalen. Andersen jedoch hat eine eigene Sicht der Dinge: „Was war das denn jetzt? Seit wann bedienen hier Kunden andere Kunden?" Lisbeth tritt hervor: „Würde sagen, unsere Narumi hat einen neuen Verehrer. Aber das hat der gar nicht mal schlecht gemacht! Drei Kisten vom Null Vierer ... ich kann es nicht glauben!" Narumi nickt: „Verkaufen kann er! Aber ihn deswegen gleich heiraten?" Lisbeth stutzt: „Wer wen? Vanessa?" – „Sie will Nägel mit Köpfen machen, sagt sie. Und ich habe den Eindruck, eher früher als später." – „Na dann scheint sie ja ein Opfer gefunden zu haben. Wozu Supermärkte nicht alles gut sind..." Narumi lächelt; sich noch einmal zu Kai umdrehend. Wie auch er zu ihr! Wird das was? Nein, danach sieht es nicht aus. Oder?

Das hässliche Schmatzen berstenden Blechs

Walter sitzt am Lenkrad seiner Limousine und startet den Motor. Er ist stocksauer, voller Wut: „Das gibt es einfach nicht! Dreißig Jahre Arbeit für die Katz! Unsere ganze Existenz! Das glaube ich nicht! Das glaube ich einfach nicht!" Er schlägt auf das Lenkrad. Dorothee trocknet sich mit dem Taschentuch die Tränen. Ihr Mann setzt den Wagen zurück und beschädigt damit ein anderes Fahrzeug, wovon er nichts bemerkt. Dorothee ist vollkommen ratlos: „Ja, was machen wir denn jetzt? Wir sind obdachlos!", heult die Ehefrau und Mutter los. „Wir suchen uns eine andere Bank! Pass auf, ich geh' gleich zu Haueis, zu unserem Prokuristen! Wir müssen uns an eine andere Bank wenden! Sofort! Düsseldorf hat an jeder Ecke Banken. Die Meinecke-Bank wäre eine Alternative. Ich kenne den Direktor. Wir haben uns im Golfclub getroffen!" – „Das mit einer neuen Bank haben wir doch schon versucht. Das hat doch alles nichts gebracht! Die lassen uns im Regen stehen, eiskalt. ‚Gehen Sie doch zu Ihrer Hausbank!', mehr hörst Du von denen doch nicht. Das hat schon der Herr Keller gesagt, von der Versicherung!" Das vom überaus schlechten Verlauf des Bankgesprächs geschockte Ehepaar fährt mit dem Auto über die Graf-Adolf-Straße raus aus der Stadtmitte, die glamouröse Königsallee hinter sich lassend. Vor ihm liegen Fernsehturm und der Landtag Nordrhein-Westfalens, doch die Klespers haben keinen Blick für das, was draußen passiert. Zu sehr sind sie mit sich selbst und ihrer unsicheren Zukunft beschäftigt. Was nützt die schönste Umgebung, wenn Du vor dem Tod-bringenden Aus stehst?

Walters Gesichtsausdruck ist wie versteinert. Dorothee spürt aber, wie es in ihm brodelt. Sein Blick: Starr nach vorne gerichtet; auf den Verkehr achtet er nicht. Es ist der direkte Weg nach Hause. Dorthin zieht es ihn. Ins Büro zu fahren – diesen Vorschlag Dorothees hat er schon vor der Abfahrt barsch zurückgewiesen. Er könnte seinen langjährigen Angestellten jetzt nicht in die Augen sehen, sagte er. Noch nicht. Nicht ohne Plan!

Walter fährt über die Rampe vor der Rheinkniebrücke in das nach Norden führende Teilstück des Rheinufertunnels. Dessen Bau und Einweihung 1993 ermöglichte die Verlegung der Rheinuferstraße unter die Erde und damit den Bau der zwei Jahre später eröffneten Rheinuferpromenade, die bei den Düsseldorfern und ihren Gästen das beliebteste Ausflugsziel schlechthin ist. Die knapp zwei Kilometer lange Promenade ist mit ihrer Mischung aus Raum für Erholung und der dort angesiedelten Gastronomie vor allem deswegen Anziehungspunkt, weil sie mit dem Blick in den Sonnenuntergang über Oberkassel auf der gegenüberliegenden Rheinseite ein an Romantik und Schönheit unübertreffliches Naturschauspiel bietet. Mit dem Tunnel bietet die Promenade gegenüber früheren Zeiten eine erhebliche Fahrzeitverkürzung auf dem Weg vom Süden der Stadt in den Norden zum Messegelände.

Noch immer schweigsam nebeneinandersitzend verlassen Walter und Dorothee den Tunnel in Höhe der Kunstakademie. Walter fährt stur geradeaus. Er kennt den Weg, würde die Strecke auch blind bewältigen: „Die wollen uns in die Zwangsversteigerung treiben! Und da kaufen sie die Immobilien selbst; für viel weniger Geld, als sie eigentlich wert sind! Behalten sie privat oder machen Gewinn durch den Wiederverkauf, während sie uns ausnehmen bis aufs letzte Hemd! Und dann, Du wirst Dich wundern, dann kommt, wie aus heiterem Himmel, die Genehmigung, dass unsere Grundstücke bebaut werden dürfen, und die Bank macht richtige Gewinne, von denen wir zu diesem Zeitpunkt nichts mehr haben, weil es nicht mehr unsere Grundstücke sind." – „Auf diese Weise kommt die Bank schneller zu ihrem Geld, das leuchtet mir schon ein!" – „Aber auf unsere Kosten!", schreit Walter: „Deswegen machen die so viel Druck! Damit die den Gewinn einstreichen, nicht wir! Das ist alles geplant! Erst uns fertigmachen, dann mit den Immobilien ein Vermögen erwirtschaften! Und wir haben nichts mehr!"

Von da an herrscht Schweigen in dem alten Auto. In der Gegenrichtung sind zahlreiche schwere Lastwagen unterwegs, die ihre Fracht vom Messegelände abgeholt haben und sich auf dem Weg auf die Autobahnen nach Köln befinden. Walter hat dafür keinen Blick, findet jedoch unter Tränen seine Sprache wieder: „Es muss einen Weg geben! Es muss einen verdammten Weg geben! Gib mir mal das Handy! Es ist im Handschuhfach!" Dorothee lehnt ab: „Du sollst während der Fahrt nicht telefonieren!" Ihr Ehemann lässt sich durch diesen Einwand nicht beirren und brüllt seine Frau an: „Gib' mir augenblicklich das verdammte Handy!" Dorothee macht dennoch keine Anstalten, Walter das Gerät zu reichen. Deshalb streckt sich der Fahrer selbst zur Beifahrerseite, öffnet die Klappe und angelt nach dem Mobiltelefon. „Du hast schon genug Punkte wegen des Telefonierens am Steuer! Deswegen hast Du es Dir doch angewöhnt, es in das Fach zu legen!", protestiert Dorothee verärgert. Walter achtet in diesem Moment weder auf das Gezeter seiner Frau noch auf die Straße. Und bemerkt in dieser Sekunde somit nicht, dass sein Wagen in der Biegung vor den Rheinterrassen aus dem leichten Rechtsknick heraus die Spur verlässt. Als die Eheleute das Hupen des schweren Lastwagens hören, der ihnen entgegenkommt, ist es zu spät. Es kracht furchtbar. Die alte Limousine hat dem Schwerlastwagen nicht viel entgegenzusetzen.

Es erzeugt ein hässliches Schmatzen, wenn das Stahlblech einer Autokarosserie zerfetzt wird. Das Klirren der zerberstenden Scheiben; der Knall von Airbags; selbst dann, wenn sie, ihrem Alter geschuldet, nicht öffnen. Die Limousine zerfällt in ihre Einzelteile. Aus ihren Trümmern laufen Öl und Kühlmittel und vermischen sich mit der Bremsflüssigkeit. Aus der Öffnung der nun zerrissenen Tür auf der Fahrerseite tropft Blut. Feuerwehr und Krankenwagen bahnen sich einen Weg durch die mittlerweile verstopfte Rheinuferstraße. Es dauert dennoch nur wenige Minuten, bis Polizei und Rettungsdienste vor Ort sind. Der Notarzt stabilisiert die Unfallopfer nach dem Zerschneiden der zusammengequetschten Fahrgastzelle und weist die Sanitäter an, die Ehepartner so schnell wie möglich in die nächstgelegene Klinik zu überführen.

Lisbeths Familie

Lisbeth parkt ihren Kleinwagen vor einem modernen Reihenendhaus in einer bürgerlichen Familienwohnlage. Das zweigeschossige Gebäude fällt mit seinen bodenständigen Fenstern rundum etwas aus dem Gesamtarrangement der Straße und wird von einem Garten umgeben. Ein Kirschbaum liefert Schatten; darunter lädt eine Hollywoodschaukel zum Sitzen ein. Ein Jägerzaun umgibt das kleine Anwesen. Die Gegend ist sauber und ordentlich; hübsche Vorgärten zieren die Einfamilienhäuser. Lisbeth verschließt das Auto und geht zur Haustür, neben der eine bunt gestrichene Bank auffällt. Ein Blumentopf hängt vom Vordach herunter. Eine Zeitung steckt im Briefkasten. Die Hausherrin zieht sie raus, öffnet den Kasten, entnimmt die Post. Dann verschwindet Lisbeth im Inneren und streift auf dem Weg aus der Diele ins Wohnzimmer die Schuhe ab. Schlüssel und Handtasche legt sie auf ein Sideboard. Sie wirkt müde, reibt sich die schmerzenden Füße. Es ist ein schönes Nest, dass sich die Familie Berger-Bücken gebaut hat: Der Wohnraum ist zeitgemäß spartanisch, aber sehr geschmackvoll eingerichtet. Es ähnelt in der Schlichtheit ein wenig der Weinstube im Supermarkt, verzichtet aber nicht auf das eine oder andere Gemälde. 'Colorful Squares' zum Beispiel: Öl auf Leinwand, Abstrakte Kunst handgemalt, Quadrate in grün, gelb, blau, rot, orange. Moderne Ledermöbel und eine dezente Ambientebeleuchtung sorgen für eine ruhige, Erholung fördernde Stimmung.

Den Mittelpunkt des Wohnzimmers bildet ein schwarzer Flügel. Es ist unübersehbar, dass die Dame des Hauses genau weiß, was Stil ist und man sich in diesem Hause diesen auch leisten kann. Lisbeth genießt es, sich für einen Augenblick auf der Couch lang zu machen. Atmet tief durch. Schließt die Augen, aber nicht abschalten könnend. Sie hört im Unterbewusstsein die Worte ihres Arztes: „Ich bin jetzt seit zehn Jahren Ihr Hausarzt. Zu den Hypochondern meiner Praxis haben Sie bisher nicht gehört. Ich denke, irgendwo haben Ihre Symptome psychische

Ursachen, und die müssen wir finden!" Lautes Türenschlagen reißt sie aus ihren Gedanken: „Sieh an, meine beiden Männer!" Wie auf Kommando betreten Eckart und Max die Bühne des Familienlebens; Eckart noch im typischen Banker-Outfit, das Sakko ablegend. Max pfeffert seinen Rucksack irgendwo hin und begrüßt seine Mutter: „Hi, Mutsch, alles tutti bei Dir?"

Max Berger steht kurz vor seiner Volljährigkeit und ist der unehelich geborene Sohn von Lisbeth und Eckart. Frech, witzig und schlagfertig, wie er ist hat der in der Schule gute Leistung bringende und Tiere über alles liebende Max seine beiden in wilder Ehe lebenden Eltern ganz gut im Griff. Lisbeth jedoch versteht nicht immer alles was ihr stets den neuesten Trends angepasster Sohn ihr manchmal so zu sagen hat: „Im Zweifelsfall – ja!" Sie ist viel zu müde, um auf Anhieb zu begreifen, was Max mit tutti eigentlich meint. Während ihr Sohn sich in Richtung seines Zimmers verabschiedet, wendet Lisbeth sich Eckart zu. Auch der kann ein gewisses Maß an Niedergeschlagenheit nicht verbergen. Lisbeths Interesse gilt jetzt nur ihrem Lebensgefährten: „Und, bei Dir auch 'alles tutti'? Was das auch immer heißen mag!" Eckart: „Tutti? Das ‚alles klar' ist. So viel habe ich heute auch wieder gelernt. Früher haben wir Erwachsenen den Kindern die Feinheiten der Sprache beigebracht; heute scheint es mir umgekehrt zu sein. ... Wieso bist Du so früh zu Hause?" – „Als Marktleiterin kann ich mir auch mal eine Auszeit nehmen. Ich wollte mich eben um meinen Mann und meinen Sohn kümmern."

Der zischt durch das Wohnzimmer Richtung Küche: „Keinen Aufwand bitte meinetwegen, bin sowieso gleich wieder weg!" – „Klavierstunden?" – „Keinen Bock!" Eckart schmunzelt. Er kennt diese Wortgefechte. Doch Lisbeth ist über Max Antwort nicht glücklich: „Auf den Tag, an dem Du bei mir im Laden die Lehre anfängst, freue ich mich heute schon! Die Worte ‚keinen Bock' kannst Du dann für immer aus Deinem Wortschatz streichen! Und zu sehen krieg' ich Dich dann auch öfter. Tut unserem Mutter-/Sohn-Verhältnis sicher gut!" Max mit

einem unüberhörbaren Anflug von Ironie: „Das ist doch mega!"
Lisbeth tut so als wüsste sie nicht genau, wann die Ausbildung
ihres Sohnes beginnt: „Wann geht's los? Ach ja, morgen!" Max
verdreht die Augen: „Yep! Stimmt! Wie konnte ich das nur vergessen? Ich freu mich schon! Aber quatsch' mir jetzt bitte keine
Frikadelle an die Backe! Ist mein letzter Tag in Freiheit! Tschüss
Eltern!"

    Sagt er und verlässt das Haus. Lisbeths Worte hört er
schon gar nicht mehr: „Ich wollte es nur noch einmal gesagt
haben. Fahr bitte vorsichtig!" Doch die Tür ist bereits zu.
„Wieso sage ich das eigentlich noch?" Eckart nimmt sie in den
Arm: „Weil Du die beste Mutter aller Zeiten bist! Die beste und
liebste und gescheiteste Frau der Welt!" – „Willst Du mir jetzt
wieder einen Antrag machen?" Sie küssen und umarmen sich.
Draußen heult ein Motorroller auf. Max. Eckart ist verliebt und
bedrückt gleichzeitig: „Nach einem halben Jahrhundert wilder
Ehe? Nee, das habe ich aufgegeben!" – „Was ist los mit Dir!?!?"
– „Ach, das Übliche. Wir mussten eine Baufirma schließen!
Konkurs. Angeblich unvermeidlich!" Lisbeth drückt ihn an sich:
„Du siehst das anders?" Sie weiß, dass ihren Mann so etwas be-
lastet. Sie liebt ihren Lebensgefährten auch für seine Empathie
und dafür, dass er kein kaltherziger Bankmanager geworden ist.
Sie ist froh, dass ihr Mann ein Vertreter dieser selten gewordenen
Spezies ist und kein Tresor statt eines Herzens in seinem Brust-
korb wohnt. „Klesper Bau, ein altes Traditionsunternehmen.
Bedauerlich. Wieder vierzig Leute mehr für Hartz IV! Furchtbar!
Steht morgen sicher in der Zeitung! Wenn Du mich fragst, ein
Opfer!" Als Lisbeth den Namen Klesper hört, taucht ein Stirn-
runzeln in ihrem Gesicht auf. Da war doch was?

Jetzt geht's los: Die Party kann beginnen

Auf dem Beifahrersitz von Kais Sportcabriolet hat nun wieder
Jenny das Vergnügen. Das Paar erreicht das von durchgestylten
Gebäuden geprägte Stadtviertel des Medienhafens. Es ist bis vor

der Fertigstellung des von Daniel Libeskind entworfenen Kö-
Bogen Gebäudeensembles die mit Sicherheit meistfotografierte
Location von Düsseldorf gewesen. In den Gebäuden des Medienhafens arbeiten Künstler, Filmschaffende, Werbeagenturen
und Modeunternehmen. In den Showrooms dort wird an 365
Tagen im Jahr Modemesse veranstaltet; was im Rahmen glanz-
voller Modeschauen wie der Fashion Week in Berlin gezeigt
wird, das ordern die Einkäufer der Boutiquen und Einzelhändler
in den rund 800 Showrooms der Modemetropole Düsseldorf das
ganze Jahr über. Hier wird das Geld verdient, das die Labels in
Berlin für Glanz und Glamour ausgeben. Die Film- und Medien-
stiftung fördert Filme und Serien von der Kaistraße aus. Das
Port Event Center sticht mit dem quer über das Hafenbecken
reichenden, schwebend wirkenden und Wolkenbügel genannten
Gebäude besonders ins Auge und belegt einmal mehr, wie glanz-
voll die Stadt am Rhein auch abseits der Königsallee und der
aufgewerteten Altstadt rund um das Andreasquartier und der
Rheinuferpromenade sein kann.

Das Sign von Architekt Helmut Jahn ist mit seinen 76
Metern das höchste Gebäude des Medienhafens – abgesehen
vom Rheinturm natürlich, der seit seinem Antennenumbau im
Jahr 2010 exakt 240,50 Meter misst. Unmittelbar daneben hat
der Westdeutsche Rundfunk sein Landesstudio eingerichtet. Mit
dem Colorium von Jahns Kollegen William Alsop und den 2.200
bedruckten Farbpanelen des Hochhauses sowie dem Roggen-
dorfhaus – an dessen Fassade lange die 29 Flossis hingen, also
bis zu 4,20 Meter messende Flossenmännchen-Skulpturen der
unvergessenen Stuttgarter Künstlerin Rosalie, die mit ihren bunten Farben die Aufmerksamkeit von Groß und Klein auf sich
gezogen haben – reiht sich vom Maki Solitär über die Alte Mäl-
zerei bis hin zu den beiden Türmen an der Spitze der Speditions-
straße mit dem Hotel Hyatt ein Architektur-Highlight an das
andere. Immobilien, die oft unter Einbeziehung historisch wert-
voller Fassaden rund um die Hafenbecken des Rheins entstanden; die meisten Objekte jedoch hochmodern. Unterhalb des

Neubauviertels ist der Rhein noch urwüchsiger. Das in südliche Richtung nach Hamm weiterlaufende Ufer präsentiert sich teilweise in Form eines weitläufigen Sandstrandes. Tobias hat dort eine Parzelle gepachtet und betreibt an dieser paradiesischen Stelle seine Strandbar.

Kai brettert mit dem Sportcabrio lustvoll über die Kurven-reichen, zu dieser Stunde fast verwaisten Straßen des Industriehafens, der Holzstraße, den Fallhammer bis zu An der Lausward. Durch Wind und Wetter verwitterte Bürohäuser mit schiefen Fenstern in abbröckelndem Putz, schmucklose Lagerhallen, Abstellflächen für Schrott ebenso wie für Neuwagen: Die Tristesse eines Industriehafens pur und nicht im Ansatz mit den Designerbauten im Medienhafen vergleichbar. Die Tour bereitet ihm dennoch sehr viel Freude am Fahren, bietet der Straßenverlauf doch die Möglichkeit, die Kurven auf einer Ideallinie zu nehmen; fast, wie ein Rennfahrer auf dem Nürburgring. Um dann, aus den Kurven heraus, kraftvoll zu beschleunigen; mit dem Brüllen des Sechszylinders im Rücken. Oder im Ohr! Oder sowohl als auch. Egal, macht Laune! Bis zu dem an Auf der Lausward beheimateten Golfplatz und zum Schluss vor die Schranke des zur Strandbar gehörenden Parkplatzes.

Ein Ordner winkt ihn am Ende direkt durch, rein ins Gelände. Er kennt den jungen Porsche-Fahrer offensichtlich. Von da aus tut sich Kai und Jenny ein kleines Paradies für Partyfans auf: Feinster Sand, Strandkörbe, Sonnenschirme, Liegestühle, dazwischen kleine Pavillons, in denen die Gäste Drinks und Essen bestellen können. Und alles mit einem traumhaften Ausblick auf das Wasser des Rheins; verbunden mit einem zum Fluss hin offenen Holzhaus. Dessen Decke ist von einem Lichtkünstler mystisch illuminiert worden. In der Mitte sitzen schon viele Nachtschwärmer an einem langen, stylish designten Tresen. Es treffen sich Jung und Alt, Studenten und Hipster beiderlei Geschlechts, Singles und Familien, um die Aussicht zu genießen sowie den Tag mit den vielfältigen Schattierungen des Orange des Sonnenuntergangs über Oberkassel ausklingen zu lassen.

Dezente Hintergrundmusik stimmt auf den Abend ein. Am Tresen des Hauptpavillons lehnen Tobias, Daniel und Ellen. Ellen ist 27 und arbeitet als Bürokauffrau in einer Ölhandlung. Sie ist über viele Jahre mit der Clique um Tobias und Daniel befreundet. Mode und dieses ganze Schicki-Getue von Düsseldorf sind ihr allerdings zuwider. Das liegt aber nicht daran, dass Ellen mit ihrer Figur zu kämpfen hat: Immer wieder tun sich zwar ein paar Pfunde zu viel auf, doch damit hat sie kein Problem. Viel eher ist es die Verlogenheit und die Oberflächlichkeit vieler Düsseldorfer, der Ellen immer wieder begegnet und die ihr stets übel aufstößt. Sie spricht lieber ehrlich aus was sie denkt, schraubt gerne an alten Autos und besitzt ein kleines Appartement im Stadtteil Bilk, wo sie sich dadurch, dass dort bodenständigere Leute leben, heimischer fühlt.

Tobias – immer noch im Piratenoutfit – scheucht ein paar Aushilfen durch das Gelände seiner Bar, ist aber mächtig gut drauf. Der Laden läuft! Sein Besitzer bemerkt zuerst, dass Kai und Jenny eintreffen. Seine Blicke kleben regelrecht an der offensichtlichen Freundin seines besten Freundes: „Da ist er ja, unser Junior-Baulöwe mit Weinhandelsambitionen. Und diese Traumfrau ist seine geheimnisvolle Neue? Wow! Dass er sich da mit seinem Wein-Gerede im Supermarkt zum Affen macht, versteh' wer will. Ich nicht!" Ellen sieht das wesentlich entspannter: „Du kennst ihn doch lange genug! War bestimmt eine Frau in Reichweite, die er beeindrucken wollte. Trotz dieser Begleiterin, wetten? Sorg' lieber noch für was zu trinken! Die Arbeitsauffassung Deines Personals lässt zu wünschen übrig!"

Diese Anmerkung Ellens ist aber eher an Daniel gerichtet, der hinter der Theke für die Ausgabe der Getränke verantwortlich zeichnet. Tobias hingegen bleibt beim Thema: „In dem Supermarkt da gibt es nichts Beeindruckendes! Weder Frauen noch Männer! Da gibt es überhaupt niemanden, der beeindruckt! Das ist das Format einer Kleinanzeige in der Bäckerblume und nicht mit unsereins kompatibel. Uns sehe ich eher auf der Titelseite des Manager Magazins!" Daniel kommt Ellens Wunsch eher zögerlich nach: „So, Du willst also was Trinkbares! Und was krieg' ich dafür? Soweit ich das sehe, bin ich doch der Einzige, der hier arbeitet und darf nichts anderes als dumme Sprüche dafür einstecken." Tobias grinst Ellen dreist an: „Oh er hat seine Fünf-Minuten-Depri. Unter 'nem Blowjob läuft da nix, ich kenn' seine Kurse!" Daniel schnappt sich ein Handtuch und zieht Tobias damit eins über: „Arsch! Benimm' Dich einer Dame gegenüber gefälligst!" Ellen kann über das Verhalten beider Jungs nur den Kopf schütteln: „Ihr seid unreife Spinner! Alle beide! Aber süß! ... Halbwegs!" Das reicht für den Drink. Daniel schiebt ihr einen Caipirinha rüber.

Kai und Jenny erreichen zeitgleich den Tresen: „Hi, Leutz! Darf ich Euch vorstellen? Das ist Jenny! Jenny, das sind Tobias, Kai und Ellen, meine besten Freunde!" Ellen: „Ladies first heißt's eigentlich, oder? Willkommen im Club!" Kai erklärt Jenny, wer in der Strandbar das Sagen hat: „Dem Tobias gehört der ganze Laden hier!" − „So bin ich wenigstens nicht ganz auf das Taschengeld von meinem alten Herrn angewiesen", reicht Tobi der Neuen die Hand: „Mein Dad ist Rechtsanwalt! Aber einer, der nur die ganz großen Deals durchzieht." Tobias übertreibt und zieht Kais Bemerkung leicht ins Lächerliche, um sie herunterzuspielen: „Die ganz, ganz großen!" Daniel und Ellen erkennen, dass Jenny sehr neugierig auf Tobias zu sein scheint. Der zwinkert ihr auch eindeutig zu. Kai bemerkt davon nichts. Tobias schaltet in den Angriffs-Modus: „Daniel, schnell einen Drink für die Dame! Bevor sie wieder das Weite sucht! Wieso lernt Kai solche Traumfrauen kennen und ich nicht? Ich bin Barbesitzer! Ich bin cooler!" Er greift nach Jennys Arm und zieht sie weg von den anderen: „Was hat Kai Dir erzählt, damit Du in seinem Spielmobil Platz nimmst? Dass er der Sohn des reichen Düsseldorfer Baulöwen Klesper ist? Dass er vor Geld nur so stinkt? Dass er ein Mann ist, auf dessen Zukunft sich zu setzen lohnt?" − „Ja, in der Art! Stimmt das etwa nicht?" − „Doch schon, im Wesentlichen! Aber komm, ich kläre Dich genauer auf! Detailliert! Gründlich!"

50

Nur Sekunden später verzieht sich Tobias gemeinsam mit Jenny in die luxuriös aufgemachte VIP-Ecke der Strandbar, bestellt – ganz der Chef – zwei Champagner bei Daniel und macht es sich mit Jenny gemütlich: „Weißt Du, im Grunde ist Kai wirklich ein lieber Kerl. Manchmal stört ein wenig sein Hang zum Fußvolk. Alte Leute, Supermarktangestellte, so Menschen von nebenan also. Auf Deutsch – Langeweiler. Aber sonst ist er in Ordnung. Nur bei mir, liebe Jenny, da bist Du wirklich viel besser aufgehoben. Weil – in mir schlägt das Herz eines Abenteurers. Hier, komm, fühl' mal! Spürst Du das Feuer und die Leidenschaft, die Verwegenheit und die Lust am Leben, die in mir schlägt?" Tobias nimmt Jennys Hand und presst sie gegen die linke Seite seiner Brust: „Und? Was sagst Du?" Jenny lächelt nur kommentarlos, nimmt den jungen Mann zunächst gar nicht ernst, spürt aber sehr schnell, dass sie sich von dieser Art Abenteuer durchaus angezogen fühlen könnte. Kai betrachtet das Spektakel von Tobias zwar ein wenig befremdet, aber er kennt den Freund wiederum lange genug, um die immer gleiche Show schnell zu durchschauen. Wohl wissend, wie es am Ende ausgeht. Auch da bleibt sich Tobias treu: „Und, Daniel, schreib' die Runde beim Kai auf. Immer ein Siegertyp! Der Klesper jr. weiß eben, was sich seinen Freunden gegenüber gehört!"

Zwei Stunden später ist die ganze Strandbar ein einziges Partygetümmel. Lichter blitzen durch den Himmel. Die Skyline von Düsseldorf zeigt sich vom Hafen aus von ihrer eindrucksvollsten Seite, denn die Beleuchtung vom Schlossturm und dem Rathauskomplex über die Kasematten bis hin zum Apollo-Theater zeigt im Zusammenspiel mit der Laternen-Perlen-Kette auf der Rheinuferpromenade Wirkung am Nachthimmel. In der Strandbar ist die Partylaune auf dem Siedepunkt: Das Szenevolk der Landeshauptstadt gibt sich geschlossen die Ehre. Tobias' Augen strahlen, als er in die Kasse schaut; sein Laden ist wirklich eine Goldgrube. Ellen und Daniel sitzen an einem Tisch, leere Bierflaschen vor sich, reden dabei. Die Getränkeausgabe obliegt längst den jungen Boys mit den freien Oberkörpern, die zu ihren

Waschbrettbäuchen nichts weiter als knapp geschnittene Shorts und Matrosenmütze tragen. Rund um die Strandbar brennen Fackeln, die ihr ganz eigenes Licht verbreiten. Mit ihrem Song ‚I cry' versetzt die Musik eines brasilianischen Chartstürmers Stimmung wie Blut der Gäste gleichermaßen in Wallung.

Kai steht etwas nachdenklich an der Brüstung der Terrasse zum Rhein hin und beobachtet Jenny, die jetzt mit Tobias tanzt. Dieser fischt in einer eleganten Drehung erneut zwei Champagner-Gläser vom Tablett einer Bedienung und prostet Jenny erneut zu. Sie bemerkt, dass Kai sie mit fragenden Blicken anschaut, lässt sich in ihrem Spaß mit Tobias aber nicht aus dem Konzept bringen. Kai ist so von Jenny in den Bann gezogen, dass er Narumi, Guiseppe und Vanessa nicht wahrnimmt, als sie seine Richtung einschlagen und auf ihn zugehen. Vanessa ist hin und weg; das Treiben in der Strandbar ist ihre Welt: „Schaut Euch doch bloß um! Ist das nicht einfach der Knaller? Junge, gutaussehende Menschen und blendende Stimmung! Das ist das Leben, wie ich es mag! Mein Ding! Von mir aus rund um die Uhr!"

Guiseppe nutzt Vanessas Begeisterung für einen Seitenhieb: „Klar, aber in der WG das Bad und das Klo sauber machen ist Dir fremd!" Vanessa schaut ihn verständnislos an: „Das Du jetzt an solchen Alltagskram denken kannst! Bloß weil ich ein einziges Mal vergessen hab, die Wanne zu putzen, muss ich mir das jetzt ein Leben lang anhören, oder was?"

Sie entdeckt Kai, der zum Tisch mit Daniel und Ellen unterwegs ist: „Seht Ihr? Da ist er! Ich wusste, dass er da sein würde!" Narumi folgt spöttisch Vanessas Blicken: „Der sieht echt aus, als hätte er den ganzen Abend nur auf Dich gewartet!" Die Freundin lässt sich aber nicht beirren: „Jetzt hör' auf zu nörgeln! Wie sehe ich aus?" Vanessa richtet ihre Frisur: „Meint Ihr ich gefalle ihm so? Sein Handkuss heute Nachmittag ... mir läuft's jetzt noch eiskalt den Rücken runter!" Guiseppe schüttelt den Kopf: „Er hat 'ne Freundin, schon vergessen? Schau mal genau hin!" – „Spielverderber! Konkurrenz belebt das Geschäft!"

Der Italiener sondiert lieber die Lage was seine Interessen betrifft: „Aber süße Jungs gibt's hier auch!"

Auch Jenny zieht es nun, mit Tobias im Schlepptau, zu Kai zurück, der in demselben Moment Narumi, Vanessa und Guiseppe begrüßt: „Ach, sieh an! Ihr auch hier?" Narumi und Vanessa antworten gleichzeitig; beide bezeichnen sich gegenseitig dessen, Anlass für die Annahme der Einladung Kais gewesen zu sein: „Wegen Ihr!" Kai grinst: „Schon klar!" Er ist eingebildet genug, um sich auszurechnen, dass die beiden Frauen nur seinetwegen den Weg in den Medienhafen gefunden haben. Tobias springt ebenfalls auf Narumi an: „Ach schau', die Powerfrau aus dem Getränkeshop ist ja auch da!" Doch die tritt ihm selbstbewusster entgegen als er gerechnet hat: „Ja, und?" – „Willkommen im Club! Fühlt Euch wie zu Hause! Aber nicht wundern, dass die Drinks jetzt etwas teurer sind als wie die Zutaten, die wir bei Euch einkaufen." Narumi gibt sich kampfeslustig: „Keine Angst, mir sind die Grundlagen der Kalkulation von Einkauf und Verkauf durchaus geläufig!" – „Cool! Ne Tusse mit Ahnung! Wird ja immer besser! Viel Spaß noch!"

Tobias kehrt in seine Kommandozentrale hinter der Theke zurück. Narumi tippt sich an die Stirn und schüttelt vielsagend lächelnd den Kopf: „Eine Freundin bekommt der nicht ab, bei seiner Frauen-verachtenden Haltung!" Sie nimmt Tobias nicht ernst. Jenny folgt Tobias schulterzuckend. Kai passt das nicht: „Was soll denn das jetzt? Weiß die eigentlich noch, wo sie hingehört?" Vanessa himmelt derweil ununterbrochen Kai an, ohne, dass der darauf eingeht. Guiseppe holt Drinks und reicht auch Klesper jr. einen: „Freunde dürfen mich Pino nennen!" Ohne sich für das Angebot zu interessieren, nimmt Kai das Glas an.

Treffen der Generationen

Da betritt Vize-Marktleiter Dietmar Andersen mit glatt gebügelten Haaren und etwas zu seriös und konservativ gekleidet für so eine Location die Showbühne; freundlich Narumi begrüßend: „Guten Abend zusammen!" – „Guten Abend! Mit Ihnen hätte ich jetzt aber nicht gerechnet!" Die Angestellte von WNP-Kauf kann ihre Überraschung über das Auftauchen des unbeliebten Vorgesetzten nicht verhehlen. Kai – etwas angesäuert, weil Jenny ihn stehengelassen hat – mustert Andersen abfällig und macht ihn dumm an: „Der auch noch! Ist der Laden hier nicht etwas zu teuer für Ihre Gehaltsstufe? Dass hier jetzt schon jeder reinkommt … Mistladen!" Dietmar reagiert eisig, aber schlagfertig: „Ist eben nicht jeder mit einem goldenen Löffel im Mund geboren. Einige müssen sich hocharbeiten, den anderen gibt's der Herr im Schlaf!" Vanessa realisiert mittlerweile, dass Kai sich nicht wirklich für sie interessiert. Der attackiert nämlich lieber weiter Andersen, schwenkt großkotzig das Glas, das er hält. „Mag schon sein, aber schauen Sie sich doch um: Sieht doch jeder, dass das hier nicht Ihr natürliches Umfeld ist! Warum also drumherum reden? Das ist hier einfach nicht der richtige Ort für Sie!"

Narumi ist alles andere als begeistert von der Entwicklung des Gesprächs und fühlt sich gegenüber ihrem Vorgesetzten irgendwie verantwortlich: „Sorry! Einfach nur Entschuldigung!" Andersen hört jedoch gar nicht hin, sondern schaut Kai aus zu Schlitzen verengten Augen an: „So was wie Sie möchte ich auch nicht zu meinem Umfeld zählen! Einen schönen Abend noch!" Dann verlässt der Leitende Angestellte von WNP-Kauf den Ort seiner Demütigung. Die Fronten zwischen Kai Klesper und Dietmar Andersen wären damit geklärt. Guiseppe kommt mit einer neuen Runde zurück; von der Begegnung zwischen Kai und Andersen nichts mitbekommen habend: „Sauteuer hier die Getränke!" Vanessa schnappt sich den ersten Drink. Kai hat sich noch nicht wieder beruhigt: „So ist das, wenn man mit den großen Hunden pinkeln will! Man muss auch das Bein hoch genug … na, Ihr wisst schon!" Narumi platzt daraufhin der Kragen: „Warum müsst Ihr nur so verdammt widerwärtig und arrogant sein? Nur, weil Eure Eltern mehr Geld haben als andere? Was ist eigentlich ‚Euer' Verdienst daran? Ihr plustert Euch auf, ohne jemals selbst einen von den Hundertern verdient zu haben, die Ihr hier Abend für Abend auf den Kopf haut! Außer Tobias vielleicht; der nimmt sie Euch ja ab! Aber wer weiß, was der Laden hier wirklich abwirft. Kann man eigentlich mit Dir und diesem Tobias oder Deiner Jenny nicht normal umgehen?"

Kai überlegt: „Aus meiner Sicht sind wir völlig normal! Alles eine Frage der Perspektive! Vielleicht seid Ihr nur anders als wir, weil Ihr kein Geld habt! Wieso sind wir arrogant, nur, weil wir einen anderen Humor haben? Das alles etwas lockerer sehen, easy going eben? Auch untereinander?" – „Wer sagt denn, dass wir keine reichen Eltern hätten und vielleicht durchaus mithalten könnten, wenn wir nur wollten?", kontert Narumi, ihre aufkommende Wut, nach außen hin, gekonnt unterdrückend. Kai schmunzelt arrogant: „Na klar, deswegen verkaufst Du ja auch Wein im Supermarkt! Das heißt ... Du kennst Dich da ja nicht wirklich aus, oder?" Narumi will erst antworten, lässt es aber sein. Sie kocht innerlich und überlegt ihm es einfach an den Kopf zu werfen, wer ihr Vater wirklich ist. Doch für diesen Lackaffen ihre lange gehütete Tarnung aufzugeben. Nein, so Narumi zu sich selbst, das wäre der Idiot nicht wert. Sie steht über den Dingen und geht ebenfalls. Kai sieht kurz zu Guiseppe und Vanessa, nickt ihnen zu und schließt kurz darauf zu Narumi auf. Die beiden gehen ein Stück. Auf die wunderschöne Brücke, die die Halbinsel mit dem Festland verbindet. Aus Holz, gesäumt von leuchtenden Sitzkörpern.

Von der Brücke aus hat man einen traumhaften Blick auf die Lichter der Rheinuferpromenade. „Sorry, ich wollte Dich nicht vor allen anderen bloßstellen! Du bist sicher eine Fachfrau und hast Ahnung genug von Deinem Job." Narumi gewährt Kai trotz der unerwarteten Entschuldigung keinen Einblick darüber, was sie denkt: „Ist sehr schön hier! Bis auf das Schaulaufen von den ganzen Schickis. Fast so, wie im Zoo!" Kai schweigt erst, antwortet mit Bedacht: „Bleibt nur die Frage, wer vor und wer hinter den Gittern lebt." Narumi lacht auf: „Die die draußen sind, davor! Ganz klar!" – „Also ... Dein Kollege und Du? Weil ... zu einer Clique von hier gehört Ihr ja wohl nicht!" – „Das stimmt!" – „Verstehe! Also wir, die ‚Schickis‘, sind die, die im Zoo leben? Wie die Affen?", grinst Kai. „Stimmt auffällig!" 1:0 für Narumi. Sie genießt ihren Punktsieg mit einem langandauernden Siegerlächeln. Beide schlagen den Weg zurück zur Strandbar ein. Dabei wirkt Kai auf einmal auf eine seltsame Weise unruhig. Er spürt, dass etwas nicht stimmt. Davon aber, dass die Ärzte in der Klinik um das Leben seiner Eltern kämpfen, ahnt er natürlich nichts.

Das Krankenhauspersonal greift zu den letzten Mitteln, setzt Defibrillator und Adrenalin ein, doch am Ende ist nichts mehr zu machen: Zuerst stirbt Walter an Herzversagen, dann Dorothee an ihren schwerwiegenden inneren Verletzungen. Kais Unruhe bleibt Narumi nicht verborgen: „Was ist mit Dir? ... Wegen dem Zoo? ... Oder ... ist es ... wegen Ihr?" Ihre Blicke fallen auf Jenny, die sich mit Daniel, Ellen und Tobias amüsiert. Kai verneint: „Nein! Definitiv nicht! Mir war nur eben so, als wäre irgendwas gerissen in mir drin!" Eine Antwort mit der Narumi überhaupt nichts anfangen kann. Etwas in ihm drin soll gerissen sein. Die junge Frau zeigt sich irritiert: „Jetzt ernsthaft?" – „Ich weiß auch nicht. Als wäre irgendetwas Schlimmes passiert!" – „Ach so. Und eine Idee, was das sein könnte?" Kai fasst sich an die Herzgegend. Sein Gesichtsausdruck verheißt Unsicherheit. Die beiden jungen Leute widmen sich daher erst einmal wieder schweigend dem Blick über das Partytreiben auf der einen Seite und dem Ausblick auf Oberkassel auf der anderen Uferseite des Rheins. Narumi: „Echt schöner Platz hier! Genau die richtige Location für Liebespaare!" Kai wirkt abwesend: „Wenn wir nur eins wären ..." Ihre Blicke treffen sich. Für einen Moment kommen sie sich ganz, ganz nah. Magic moment! Sekunden vergehen. Viele Sekunden! Sie können sich kaum voneinander trennen; auch nicht, als Jenny auf Kai zukommt. Sie ist ungeduldig, fast zickig: „Kai, können wir? Das Essen! Ich habe Hunger!" Doch Kais und Narumis Blicke sind immer noch miteinander verbunden. Die Japanerin ist dann jedoch diejenige, die die Situation auflöst: „Du wirst erwartet!" Kai nickt: „Ist wohl so! ... Übrigens, die Brücke von eben trägt den Namen ‚The Living Bridge'. Nur so, der Vollständigkeit halber!" Ein kurzes Zunicken noch, dann geht jeder seines Weges. Jenny kommt die Situation merkwürdig vor: „Über was hast Du mit der gesprochen?" Kai: „Über Brücken!"

Mehr verrät er nicht; sein Gesicht teilnahmslos. Dies aber auch deswegen, weil die romantische Stimmung von zwei Jugendlichen gestört wird: 17-jährige Jungs mit einem altmodischen Ghettoblaster auf der Schulter, dessen Lautsprecher scheppernde Heavy Metal Musik ausspuckt. Kai: „Hey, könnt Ihr den Krach nicht leiser stellen?" Max geht ohne Angst auf Kai zu und piekst ihn mit dem Zeigefinger in den Bauch: „Ich habe Dich eben auf dem Parkplatz gesehen. Du meinst wohl auch, nur weil Du so 'ne von Papa gesponserte Kiste fährst, gehört Dir die ganze Stadt, oder was?" Jenny lacht: „So jung und schon so aufmüpfig! Unglaublich!" – „Na komm, so viel älter als ich bist Du auch nicht! Aber hübscher, zugegeben!", meint Max ebenso vorwitzig wie augenzwinkernd. Jenny will etwas erwidern, fühlt sich aber andererseits so geschmeichelt, dass sie geneigt ist, dem Kleinen zu verzeihen.

Tobias wird Zeuge des Aufeinandertreffens der Generationen: „Probleme?" – „Nö, ham'mer nicht! Wir wollten hier nichts weiter als ein bisschen feiern! Paar Homies von der Penne kommen noch. In Kürze heißt es nämlich Lehre, damit aus uns was Vernünftiges wird und nicht so was Verhätscheltes wie aus Euch! Also lasst uns einfach in Ruhe, klaro?", so Max. Spricht's und geht; seinen Spezi im Schlepp. Kai: „Ey, so frech war ich in dem Alter nicht!" Was Max gehört hat: „Aber Frechheit siegt bekanntlich!" Tobias hat nur Jenny im Visier: „Kommt Ihr? Catering ist im Anmarsch!" Kai greift nach Jennys Hand und folgt Tobias zurück in die Strandbar.

Böses Erwachen

Als die ersten Sonnenstrahlen, die am darauffolgenden Morgen in die Wohnung von Jenny einfallen, Kais Augen treffen, wird dieser abrupt wach. Er blinzelt; übermüdet, missmutig. Es dauert ein paar Sekunden, bis er begreift, noch in Jennys Wohnung zu sein. „Pempelfort, genau!", erhebt er sich, steht auf und tritt ans Fenster; in dem Augenblick, in dem die Hausherrin erwacht und damit eine Galavorstellung erhält: Kais nackter Hintern in Bestform! „Du hast unruhig geschlafen!", meldet sich die Besitzerin des Appartements in einem der sanierten, mit Stuck verzierten Altbauten an der Mauerstraße, zu Wort. „Ja! Schlecht geträumt! Sorry!" Als er sich umdreht und nach seinen Shorts angelt, geht die Galavorstellung in die zweite, aus ihrer Sicht interessantere Runde. „Frühstück?" – „Nein, ich muss los! Ein anderes Mal!", wirft er sich eilig in die Klamotten. Jenny kommentiert das nicht weiter; Kai glaubt zu erkennen, dass sie froh ist, dass er verschwindet. Feststellend, dass es ihn nicht stört. Er fragt sich, ob sie in der Nacht eher an Tobias gedacht hat. Also belässt er es dabei.

Wenig später startet Kai den Sechszylinder und fährt das Verdeck nach unten. Ein Blick in den Innenspiegel: Die Frisur sitzt! Sonnenbrille auf und – los geht's!" Die Fahrt im offenen Cabriolet durch Düsseldorf, sie ist immer wieder ein Erlebnis. Vor allen Dingen in den frühen Stunden des Tages. Die frische Luft wirkt belebender als eine Dusche. Als würde sie mit kleinen, spitzen Pfeilen beschossen, so fühlt sich seine Gesichtshaut in der noch kühleren Luft des Vormittags an. Richtung Norden, nach Hause, sind die Straßen frei. Denkt er. Aber muss das sofort sein?

Er bedauert die Zeitgenossen, die in geschlossenen Autos sitzen. Gruselig! Oder, weit schlimmer, die Straßenbahn benutzen müssen, um ihre Arbeitsstellen in der Messe-, Werbe- und Modemetropole zu erreichen. Oder die Fließbänder und Fertigungsstätten der gar nicht selten anzutreffenden Industriebetriebe. Was entgeht denen alles in diesen Büchsen, in denen sie allmorgendlich unterwegs sind? In den seltensten Fällen einen spontanen Umweg einlegen könnend, wie Kai das gerade plant. Ganz anders denkt Kai über die Radfahrer! Er sieht sie als Seelenverwandte, die die Vorzüge der Frischluft ebenso auskosten können, wie er selbst; Cabrio mit zwei Rädern eben: Mit dem Fahrrad unterwegs zu sein, das liebt er ebenfalls und achtet beim Autofahren sehr darauf, keinem Radler zu nahe zu kommen oder ihn gar zu gefährden. Allerdings: Man muss es mit der Liebe zur Umwelt und dem Verzicht auf den Sportwagen ja nicht übertreiben! Die Angestellten der Verwaltung von Düsseldorf posten über die der Stadt eigenen Instagram-Seite Bilder der schon von der Sonne gefluteten Rheinwiesen von Oberkassel. Auf das Gelände der legendären Kirmes sind im Alltag aber nur ein paar Hundehalter anzutreffen.

Mit der Musik der japanischen Sängerin Chihiro Onitsuka lässt Kai den Tag auf eine ebenso ruhige wie von Leidenschaft für das Leben geprägte Art angehen. Die Interpretin singt ‚Beautiful Fighter‘; irgendwie gut zu ihm passend, findet Kai. Und ihn wieder auf die Begegnung mit Narumi bringt. Düsseldorf gilt als zweitgrößte Kolonie Japans außerhalb des Heimatlandes; das prosperierende Nebeneinander der deutschen und japanischen Kultur befruchtet das Verständnis unter den Völkern ebenso wie die Konten der Unternehmen aus Fernost, die sich immer zahlreicher in Düsseldorf ansiedeln und deren Menschen von den Messen der Stadt, der hohen Lebensqualität sowie der hervorragenden Verkehrsanbindungen profitieren. Kai rollt durch den Teil des Zentrums, um das sich die Japaner angesiedelt haben – die Immermannstraße mit ihren zahlreichen japanischen Restaurants und Supermärkten. Im Anschluss daran leitet er einen U-Turn zur Königsallee ein und biegt erst dann nach Golzheim ab. Durch den Rheinufertunnel, die Cecilienallee am Rhein entlang nach Hause. Noch um ein, zwei Ecken, geradeaus, links, dann in die Einfahrt zur Villa – und eine vollkommen unerwartete Kelle des Polizisten, vor der Kai das Sportcabriolet nur knapp zum Stehen bringen kann.

Schafft den Halt exakt einen Zentimeter vor den Füßen des Polizisten. Der ist sauer: „Junger Mann, nicht so hastig! Das ist ein Wohngebiet hier! Tempo 30! Pro Auto, nicht pro Zylinder!" Kai hört nicht richtig hin, weil er sich über den Auflauf an Polizeiwagen und Passanten wundert. Fremde zivile Autos versperren ihm die Zufahrt ebenfalls. Dann registriert Kai, dass sich das Interesse der Menschenmenge, der Polizisten und Zuschauer auf die Villa seiner Eltern konzentriert. „Sagen Sie, Herr Kommissar, was ist denn hier los?", bildet Kais Stirn Sorgenfalten. Im Magen entsteht ein Unbehagen. „Wüsste nicht, was Sie das angeht! Führerschein und Fahrzeugschein bitte! Aber pronto!" – „Ich wohne in der Villa da!" Das wiederum ist ein Hallo-Wach-Moment für den Beamten, der seinen barschen Tonfall ablegt: „Wenn das so ist! Lassen Sie den Wagen hier stehen ... bitte ... und kommen Sie mit!"

Kai spürt wie sich der Druck in seiner Magengegend verstärkt. Ein Gefühl, das einen Kloß im Hals zu bilden und diesem die Luft abzuschnüren scheint. Kai steigt aus dem Auto, legt die Sonnenbrille ins Handschuhfach und behält den Schlüssel in der Hand, als er dem Beamten zur Villa folgt. Dort scheint ein für Kai völlig fremder Mann das Sagen zu haben. Reporter schießen Fotos. Die Passanten, unter denen er Nachbarn erkennt, bilden eine Gasse und verstummen urplötzlich. Ein Kamerateam des Lokalsenders baut seine Ausrüstung vor dem Grundstück auf. Kai schluckt. Als die Journalisten feststellen, dass der junge Mann aus dem Sportwagen etwas mit der Villa zu tun hat, richten sie ihre Objektive auf ihn.

Kai erreicht derweil in Begleitung des Streifenpolizisten den augenscheinlichen Oberbefehlshaber und einen Polizeibeamten in Zivil. Der mit einer dünnen schwarzen Lederjacke und einem Aktenkoffer ausgestattete, mutmaßliche Oberbefehlshaber wird auf den Sportwagenfahrer aufmerksam, geht sachlich rund ruhig auf Kai zu: „Ja, bitte, wer sind Sie?" Kai wirkt dennoch eingeschüchtert: „Kai ... Kai Klesper! Ich wohne hier ... wo sind meine Eltern? Was ist hier los?" Der Polizist in Zivil mischt sich ein: „Ich übernehme das! Ich hole Sie später dazu, Herr Speck!"

Michael Deverakis ist mittlerweile 19 Jahre bei der Polizei, aber trotzdem hasst er Momente wie diesen, an die er sich nie gewöhnen wird. Der sportlich durchtrainierte Polizeihauptkommissar wirkt eher wie ein Model von den Titelseiten der Modezeitschriften. Im Grunde passt der 40-jährige Sohn eines Griechen und seiner deutschen Frau gut zu der Clique rund um Kai, doch der Beamte geht in seiner Freizeit lieber seinem Hobby nach als in Clubs abzuhängen. Und sein Hobby besteht in erster Linie aus der Wartung seines Hubschraubers. Der im eigenen Hangar parkt. Was dem Deutsch-Griechen schon ebenso viel Ärger eingebracht hat wie sein ererbtes Millionenvermögen. Damals, als in Düsseldorf die Leute wie Tontauben erschossen wurden. Und seine kleine Nichte Lena ermordet wurde. Sie alle sind den Sekundentod gestorben. Was glücklicherweise ein paar Jahre zurückliegt.

Deverakis lotst Kai durch die Diele der Villa Klesper in deren Wohnzimmer. Der Sohn des Hauses befürchtet das Schlimmste, das merkt der Beamte bereits. Party-Kai vom Vorabend ist wie weggeblasen. Die beiden Männer erreichen das Wohnzimmer, in dem Kai tags zuvor noch mit seinem Vater gestritten hat. Deverakis steht ihm gegenüber: „Herr Klesper, ich muss Ihnen mein Beileid aussprechen! Es tut mir leid, Ihnen mitteilen zu müssen, dass Ihre Eltern gestern, am späten Nachmittag, bei einem Autounfall ums Leben gekommen sind! Der Rettungsdienst war nur Minuten später vor Ort, aber die Zeit hat nicht mehr gereicht. ... Nochmals, mein Beileid!"

Kai hört regungslos zu; immer noch den Wagenschlüssel in der Hand haltend. Der Polizist fährt fort: „Sie waren zwar nur einen Hauch zu schnell, sind aber vor den Rheinterrassen auf die Gegenfahrbahn geraten. Und dabei voll gegen den entgegenkommenden Sattelschlepper geprallt. Sie kennen ja sicher den leichten Rechtsschlenker, den das Joseph-Beuys-Ufer zur Cecilienallee hin macht. Am Museum Kunstpalast!" Kai kann es nicht glauben: „Da? Die Stelle fährt mein Vater seit 200 Jahren, jeden Tag zehn Mal. Ich eben auch! Da kann er unmöglich einen Unfall gebaut haben!" Deverakis widerspricht: „Und doch war es so! Wir haben ein Handy auf dem Boden des Autos gefunden. Der Handschuhkastendeckel war offen. Das kann eine Unfallfolge gewesen sein, kann aber auch Rückschlüsse auf die Ursache zulassen. Sicher ist, dass Ihr Vater den Rechtsknick geradeaus in den Gegenverkehr verlassen hat und frontal auf den Sattelschlepper beziehungsweise natürlich dessen Zugmaschine geprallt ist. Das Auto war zudem älteren Baujahres; die Airbags haben nicht ausgelöst. Ihre Eltern hatten keine Chance! ... Wie gesagt, tut mir leid." Kai fassungslos: „Sie sind ... sie sind tot? Meine Eltern sind tot? Alle beide?" Deverakis nickt mitfühlend.

Dem jungen Mann rinnen erste Tränen aus den Augen. „Da wäre noch etwas, Herr Klesper! Ich bin beauftragt, die näheren Umstände des Unfalles zu beleuchten. Ihr Vater hatte wohl ... na sagen wir ... größere Probleme mit seiner Bank. Da ist es nicht auszuschließen, dass der Unfall möglicherweise kein Unfall war!" Der Hinterbliebene möchte in den Garten rennen. Seine Eltern rein ins Haus holen! Das kann doch alles nur ein übler Traum sein, oder? Er kann kaum mehr etwas sehen, denn ein Schleier aus Tränen nehmen ihm den Durchblick. Was war das? Kein Unfall? Kai braust auf: „Was soll das bitte heißen?" – „Eventuell wollte Ihr Vater diesen Unfall gar nicht vermeiden oder hat ihn bewusst in Kauf genommen." – „Selbstmord? Wieso das denn? Sagen Sie, spinnen Sie? Um damit meine Mutter gleich mit umzubringen?" – „Wir können das zum gegenwärtigen Zeitpunkt nicht ganz ausschließen. Ein erweiterter Suizid ist nicht selten. Bei der Situation, in der Ihr Vater steckte, wäre das keine Überraschung!"

Wie auf Stichwort betritt der Gerichtsvollzieher das Zimmer: Der Oberbefehlshaber mit der schwarzen Lederjacke. Deverakis sieht zu ihm rüber: „Ich lasse Sie dann wohl besser allein!" Deverakis tritt ab. Kai wendet sich an Speck: „Von welcher Situation redet der? Und wer sind Sie überhaupt?" – „Speck mein Name, Heinz Speck, Obergerichtsvollzieher! Ich muss Ihnen leider zur Kenntnis geben, dass das Haus hier im Rahmen der Zwangsvollstreckungsmaßnahmen wegen des Konkurses Ihres Vaters beschlagnahmt ist!" – „Bitte?" – „Ihre Eltern kamen von der Bank, gestern, als sie verunglückten. Ich war bei der Besprechung dabei! Es tut mir leid, aber die Firma ihres Vaters ist hochverschuldet, das Konkursverfahren ist angelaufen und ich muss dieses Haus hier im Auftrag der Bank wie erwähnt beschlagnahmen. Es ist als Sicherheit an die Bank abgetreten. Schon sehr lange, übrigens. Verbunden mit der Vereinbarung, das Haus zum von der Gläubigerseite verlangten Zeitpunkt zu räumen!"

„Wollen Sie mich verarschen?", ist Kai vollkommen fassungslos und fühlt, wie seine Beine weich werden, unter ihm wegzusacken drohen. Kai stützt sich am Flügel ab. „Sie haben von den Schwierigkeiten Ihrer Eltern offensichtlich nichts gewusst?" – „Nein! Kein Stück!" – „Ich bedaure sehr, Ihnen das jetzt sagen zu müssen, in dieser Situation, nachdem Sie Ihre Eltern verloren haben, aber die Pfändung der Villa war sowieso für heute angesetzt. Ich muss Sie daher bitten, ein paar persönliche Sachen zu packen und das Haus zu verlassen! Die Herausgabe von Gegenständen, die nachweislich Ihnen gehören, können Sie natürlich zu jedem Zeitpunkt verlangen!" Speck ist anzusehen, dass ihm diese Räumung an die Nieren geht. Kai wird wütend: „Ja und wo soll ich hin? Ich wohne hier!" Speck findet allerdings schnell wieder zu seiner Form als Profi zurück: „Das weiß ich auch nicht! Gehen Sie am besten doch erst einmal zu einem Freund, zu Ihrer Freundin oder zu Verwandten! Sie sollten sowieso nicht allein sein bei diesen Umständen!"

Speck klebt derweil ein Pfandsiegel auf das Klavier und auf einige Bilder an den Wänden, während Kai heulend sowie mit vor Entsetzen weit geöffneten Augen danebensteht. Die Möbel scheinen dem Vollstreckungsbeamten nicht wertvoll genug. Dabei fallen seine Blicke auf Kais Autoschlüssel, dann durch ein Fenster zur Straße: „Ist das Ihr Sportwagen da draußen? Hat Ihr Vater den bezahlt? Den hätte ich dann auch gerne! Der dürfte ebenfalls zum pfändbaren Vermögen gehören! Den Zweitschlüssel habe ich bereits gefunden!" Ohne eine Antwort abzuwarten, zupft der Gerichtsvollzieher Kai den Schlüssel aus der Hand: „Baujahr um die 2006, denke ich, Typ 997, 239 kW / 325 PS, dürfte seine 40.000 Euro wert sein! Die Papiere bräuchte ich auch noch!"

Das, was gerade geschieht, übersteigt Kais Vorstellungsvermögen. Speck steckt seine Beute ein: „Tut mir leid, Herr Klesper! Ehrlich! Aber packen Sie jetzt wie gesagt ein paar Sachen und – gehen Sie! Ansonsten gibt der Gesetzgeber mir die Möglichkeit, Sie von der Polizei entfernen zu lassen!" Er weicht Kais Blicken aus. Heinz Speck kennt so was zur Genüge; es ist ihm natürlich ebenfalls unangenehm, aber er kann nicht anders und tut seinen Job. Nur sind es üblicherweise die Gläubiger, mit denen er es zu tun hat, nicht aber deren – wenn auch volljährige – Kinder, die mit den Schulden ihrer Eltern nichts zu tun haben. Abgesehen davon musste er eine solche Maßnahme noch nie in direktem zeitlichem Zusammenhang zum Tod eines Schuldners durchsetzen!

Doch dann erlebt Speck eine Überraschung: Kai schiebt ihn einfach aus dem Zimmer! „Raus hier! Raus! Ich will nichts mehr hören, klar? Das kann nur ein Irrtum sein!" Speck setzt an, um zu erwidern, doch Kai explodiert, völlig von Sinnen: „Meine Eltern verunglücken und Sie haben nichts Besseres zu tun, als mir mein Zuhause und mein Auto wegzunehmen? Raus, ich will niemanden mehr sehen!" Kai drängt den überrumpelten Speck zur Tür hinaus, schmeißt sie hinter ihm zu, sinkt zu Boden. Jetzt lässt er seinen Tränen freien Lauf, zieht die Beine ganz dicht an seinen Oberkörper, legt seinen Kopf auf die Knie und schluchzt hemmungslos. Er hört gar nicht hin als Speck ihm durch die Türe zuruft, ihm maximal eine Stunde zu geben und er dann auch die Autopapiere wolle. „Andererseits, das hat Zeit! Schlüssel hat er keine mehr, wegfahren ist nicht, und ich melde die Kiste sowieso direkt ab!" Speck ist vorerst zufrieden.

Mitten ins Herz?

Marie schaut sich aus dem Fond des fahrenden Autos von Ludger die Wolken am Himmel an und malt sie mit ihren Fingern auf der Scheibe des Wagens nach. Mareike versucht jemanden mit ihrem Handy zu erreichen: „Immer noch die Mailbox! Typisch!" Sie startet genervt einen neuen Versuch. Das Auto fährt durch ein vornehmes Viertel in Düsseldorf-Golzheim. Marie winkt zwei Baumpflegern zu und lächelt, weil diese sie nur verwundert anschauen. Mareike tippt erneut eine Nummer in ihr Handy. Ohne Erfolg. Sie ist ratlos und nervös! Ihr kleines Töchterchen erinnert sich in diesen Minuten des Schweigens im Auto an die vergangene Nacht.

Die Sechsjährige öffnet leise die Tür zum Schlafzimmer ihrer Mutter. Mareike schläft und Marie schaut ihr eine Weile dabei zu, bis sie sie anfängt, wach zu streicheln. Mareike öffnet müde ihre Augen: „Marie…was ist denn los? Du sollst doch schlafen!" – „Muss ich wirklich zu meinem Papa? Ich kenn' den doch gar nicht! Mareike knipst das Licht der Nachttischlampe an, macht den Platz neben sich frei und lässt Marie ins Bett kriechen. In diesem Augenblick ist sie froh, dass Ludger nicht bei ihr übernachten wollte, um sich auf die Reise nach Mailand vorzubereiten. Marie presst sich eng an ihre Mutter. „Möchtest Du wirklich nicht zu ihm, dann bleibe ich!" – „Ist er nett? Warum ist er denn nicht immer bei uns?" Mareike überlegt, was sie ihrer Tochter darauf antworten soll. Ihr die Wahrheit über ihren Vater zu sagen, was sie wirklich von ihm hält, wäre gerade kontraproduktiv. „Ja, natürlich ist er nett! Dass er nicht hier bei uns ist, hat nichts mit Dir zu tun! Er … wir wollten eben nicht zusammenleben. Ich würde Dich doch nie zu jemandem lassen, der nicht lieb zu Dir ist! Wenn es Dir da nicht gefällt, dann musst Du auch nie wieder dorthin, aber einen Versuch schenkst du mir…o.k.?

Denk dran, Du bist dann auch bei Oma und Opa!" Marie bleibt skeptisch: „Und ich darf Dich immer anrufen?" – „Aber natürlich darfst Du!", lächelt Mareike und gibt ihrer kleinen Tochter einen Kuss: „Von mir aus alle fünf Minuten! Aber jetzt wird erst einmal geschlafen, ja? Wir müssen früh raus morgen! Ludger holt uns ab!" Sie löscht das Licht der Lampe. Und damit auch die Möglichkeit zu erkennen, dass Marie sich noch stärker fürchtet als zuvor.

Ludger hält die Straßennamensschilder im Auge: „Da wird schon einer da sein! In so einer Gegend ist immer jemand da! Eine Putze, ein Butler oder so was. Mareike wählt erneut. Es tutet einmal, zweimal, dreimal – aber dann geht Kai doch ans Telefon, erkennbar verstört und abwesend in der Tonalität: „Klesper!" Mareike nickt Ludger zufrieden zu, streckt den Daumen nach oben: „Kai, Marie wird gleich bei Dir sein! Lies' bitte den Brief genau durch, den sie bei sich hat. Da steht alles drin! Ich danke Dir für Deine Unterstützung! Bis bald!" Mareike legt auf, ohne eine Antwort von Kai abzuwarten. Den Streifenwagen, die ihnen entgegenkommen, schenkt sie keine Beachtung. Nur wenige Meter von der Klesper-Villa entfernt stoppt Ludger das Auto und stellt den Motor ab. Er verlässt den Wagen, greift in die Tasche und steckt sich eine Zigarette an: „Coole Gegend hier! Eine teure Hütte neben der anderen. Dein Töchterchen macht echt einen Schritt nach vorne!"

Dann entdeckt er Kais Sportcabrio. „KK im Kennzeichen? Kai Klesper? Na, das sieht doch nach viel Spaß auf dem Weg zum Kindergarten aus! Oder zur Schule! Wohin auch immer!" Es ist ihm gleichgültig. Mareike lässt indes Marie aus dem Fond aussteigen und kniet vor ihrer Tochter. Die Kleine ist traurig. Mareike versucht sie zu beruhigen: „Liebling, in ein, zwei Wochen bin ich wieder da ... Ihr werdet Euch bestimmt gut verstehen! Und in der Schule wirst Du viele neue Freundinnen kennenlernen!" Mareike streicht Marie eine Strähne aus dem Gesicht. Die baut dicht am Wasser: „Und wenn nicht? Welche Schule denn überhaupt?" – „Kai und Deine Großeltern werden sich bestimmt ganz vorzüglich um Dich kümmern! Und wenn etwas ist, hast Du ja meine Telefonnummer!" – „Dann kommst Du zurück und holst mich, versprochen?" – „Versprochen! Jetzt geh, sei ein großes Mädchen und vergiss nicht, dem Papa sofort, als Erstes, den Brief zu geben! Los!" Mit einem dicken Kuss und einer scheinbar ewig währenden Umarmung verabschieden sich Mutter und Tochter voneinander. Bepackt mit einem kleinen Köfferchen und einem Brief in der Hand tappt Marie mutig bis hin zur Tür der Klesperschen Villa, zu der Ludger ihr den Weg weist. Die Menschen davon, die Autos, das schüchtert sie ein. Aber niemand nimmt Notiz von ihr. Bevor sie klingelt, dreht sie sich nochmals um und blickt zu Mareike. Beim ersten Drücken auf den Klingelknopf kommt niemand zur Tür.

Marie versucht es erneut. Zunächst öffnet Heinz Speck, guckt überrascht, als er das kleine Mädchen entdeckt. „Herr Klesper, Besuch für Sie! Kommen Sie bitte!" Kai horcht auf. Wer mag das sein? Seine Eltern? Jemand, der diesen Albtraum beendet? Tobias eventuell? Oder Mareike? Was wollte die? Er beschließt, das Wohnzimmer zu verlassen. Als er Speck wahrnimmt, meint Kai, kotzen zu müssen. Kurze Zeit später sieht er mit verheulten Augen und entsetzt auf Marie herab. Mit einem Blick auf die Straße kann er gerade noch erkennen, wie Ludger und Mareike in den Wagen steigen. Während Ludger startet und zurücksetzt, winkt Mareike der kleinen Tochter zu; bemüht darum zu lächeln, obwohl ihr die Tränen literweise über die Wangen laufen. Da scheint es sich Marie anders zu überlegen. Sie rennt dem Auto nach. „Mama! Bleib' hier! Nimm' mich wieder mit! Ich will nicht zu dem! Ich will nach Hause!", schreit sie voller Verzweiflung, was dann Presseleute und Polizisten doch zu interessieren beginnt. Die Beamten halten die Meute aber vom Kind fern. Ludger kann zwar beobachten was vorgeht, kennt aber kein Erbarmen und zieht den Abschied durch. Sekunden später ist das Auto aus dem Blickfeld von Kai verschwunden.

Marie steht regungslos ein paar Minuten da; dicke Tränen kullern der Kleinen über die Wangen. Kai verharrt in der

Türe. Dann dämmert es Marie, dass da noch ihr Vater sein soll. Sie geht zurück, baut sich vor ihm auf und schaut Kai erwartungsvoll an. Das ist ihr Papa? Warum sagt er denn nichts? Ist er traurig? Natürlich entgeht Marie nicht, dass der Mann selbst niedergeschlagen wirkt; wenn auch das Kind damit nichts anfangen kann oder das zu deuten oder zu interpretieren vermag, so weiß es doch, dass hier etwas nicht stimmt. Kai und Marie stehen sich völlig ratlos gegenüber. Marie – jetzt mit trotzigem, fast frechem Gesichtsausdruck – ergreift die Initiative, wischt sich die Tränen ab und streckt Kai die Hand entgegen: „Ich bin Marie! Bist du mein Papa?" Der nickt sprachlos, schlägt den Handschlag der Kleinen jedoch aus. „Hier, der ist für Dich! Soll ich Dir geben, hat die Mama gesagt!" Marie hält Kai den Brief vor die Nase: „Ich habe Durst!" Immer noch verharren sie vor der Haustür. Im Blick von Speck, der die Villa und das Sportcabriolet immer im Auge behält. Kais Augen wandern zwischen dem Gerichtsvollzieher und Marie hin und her, was der Kleinen natürlich auffällt. „Wer ist das?" Kai zittert, atmet tief durch: „Komm' rein! In der Küche ist was zum Trinken!" Speck atmet missmutig durch, aber in Anbetracht der Gesamtsituation verzichtet er auf einen Protest.

Abschiedsbrief

Kai wechselt ins Badezimmer und schließt Türe hinter sich. Er schaut in den Spiegel und platscht sich kaltes Wasser ins Gesicht: „Es ist nicht wahr ... das ist alles nicht wahr!" Er setzt sich auf den Deckel der Toilette und beginnt den Text zu lesen. Mareike hat ihm einen langen Brief geschrieben: „Lieber Kai, ich weiß, dies kommt alles sehr überraschend für Dich, aber glaube mir, hätte ich für den Moment eine bessere Lösung gesehen ... Marie wäre nun nicht bei Dir!"

Währenddessen spaziert Marie durch das Haus und betrachtet die vielen Bilder an den Wänden. Sie interessiert sich besonders für die Fotos, auf denen Kai und seine Eltern zu sehen sind. So lange, bis sie sich letztlich vor ein großes Bild im Wohnzimmer setzt.

Mareike erklärt Kai mit dem Brief ihr Handeln: „Ich werde eine Zeit lang in Italien leben, da ich dort eine eigene Kollektion entwerfen darf. Kai, ich liebe meine Tochter über alles! Sie ist nach wie vor das Wichtigste für mich, aber die letzten Jahre war ich ganz allein und nur für sie da. Ich möchte wieder arbeiten, etwas mehr vom Leben haben und dies ist eine große Chance für mich! Sie hat so oft nach ihrem Vater gefragt. Bitte lernt euch kennen! Ich denke, es ist besser, dass sie auch Zeit mit Dir verbringt. Ich wünsche mir so sehr, dass Du das auch so siehst! Ihr könnt mich im Notfall jederzeit anrufen, Marie kennt meine Nummer auswendig. Ich habe ihr erzählt, dass es wahrscheinlich nur ein bis zwei Wochen dauert, aber ehrlich gesagt werde ich sicherlich länger fort sein. Bitte pass' auf sie auf als richtiger Vater! Denn das bist du! Bisher nur biologisch! Jetzt aber auch im Alltag! Sie ist Dein Fleisch und Blut, auch das Deiner Eltern! Sie ist süß, die Kleine, und sie verdient alle Aufmerksamkeit, Liebe und Unterstützung der Welt! Auf der Rückseite findest du eine Liste davon, was sie gerne isst und so weiter. Ach ja, Du musst sie natürlich auch zur Grundschule anmelden! Deine Eltern werden Dir sicher dabei helfen. Richte ihnen meine besten Grüße aus! Marie ist ja schließlich ihr Enkelkind, auch wenn sie das im letzten Jahr offenbar vergessen haben, weil keine regelmäßigen Unterhaltszahlungen mehr gekommen sind. Du machst das schon! Passt auf Euch auf! Mareike."

Kai dreht den Brief um, wirft einen Blick auf die Liste und verlässt kopfschüttelnd das Bad. Er findet Marie vor einem der großen Gemälde im Wohnzimmer. Kai setzt sich neben sie. Beide schweigen und starren auf das Bild. Bis Marie das Schweigen bricht: „Du wohnst hier ganz allein? Allein in dem großen Haus?" Kai weiß nicht, wie er darauf reagieren soll. Marie denkt eher an die Klärung der praktischen Fragen des Alltags: „Und wo schlafe ich? Bekomme ich ein eigenes Zimmer?" Keine Antwort. Sie fremdeln. „Willst Du nicht mit mir reden?" Kai fasst

sich: „Nein, wir werden woanders schlafen!" – „Wo denn?" –
„Keine Ahnung! Nicht die geringste Ahnung!" Marie schaut ihn
fragend an. Kai erhebt sich, klingt eher abweisend als fürsorglich:
„Hast Du Hunger? Kinder haben doch immer Hunger!"
Marie nickt. Kai schlappt kraftlos in die Küche. Seine
Haltung: Gebückt. Seine Verfassung: Sichtlich angeschlagen.
Doch der Kühlschrank gibt nichts her: „Die wollten noch einkaufen bestimmt." Er bleibt an der Küchenzeile gelehnt stehen
und beginnt erneut zu weinen. Kai lässt das Töchterchen zurück,
geht nach oben. Sie folgt ihm neugierig. Er packt ein paar Sachen
in eine Sporttasche, den Kulturbeutel, greift apathisch nach ein
paar Kleidungsstücken. Das macht Marie Angst. Ein heftiges
Klingeln an der Haustüre ebenso. Ein Signal nur; Speck öffnet
mit dem Schlüssel selbst. In Begleitung zweier Helfer „Herr
Klesper, wir wollen das Haus jetzt übernehmen! Die Kollegen
helfen mir bei der Erfassung der Gegenstände. Sie hatten Zeit
genug! Ihr Eigentum können Sie zu einem späteren Termin ab-
holen. Hier, meine Karte! Bitte gehen Sie! Wir müssen jetzt hier
weiterkommen!" Kai greift nach seiner Jacke, steckt Specks Visitenkarte ein, betrachtet Stück für Stück jeden Quadratzentimeter
des Hauses, den er vom Weg nach oben zurück in die Diele
erfassen kann. Jeden Stuhl, die Garderobe, noch einmal den Weg
zurück in sein Zimmer; selbst die alten Gummistiefel seines Vaters neben der Garderobe sieht Kai in dieser Sekunde in einem
ganz anderen Licht.

Der alte Läufer, auf dem er schon als Kind gesessen und
sich seiner Schuhe entledigt hat; das Geschirr, das in der Küche
noch darauf wartet, gespült zu werden, alles Gegenstände von
hohem Wert, jetzt, in der Stunde des Gehens, denen er am liebsten nachweinen möchte. Nur zu gerne würde der junge Mann
vom Fußboden bis zur Decke alles mitnehmen! Es ist ein Abschied für immer, das weiß Kai! Es gibt kein Wiedersehen! Und
spürt, dass er sehr viel mehr als das Haus verloren hat: Seine
Eltern, den Schutz und die Geborgenheit seiner Familie sowie
sein gesamtes bisheriges Leben. Am Tag zuvor war noch alles in

Ordnung. Heute ist nichts mehr wie sonst, wie er es kennt. Er ist vollkommen auf sich gestellt. Innerlich wie gestorben. Kai legt wie in Trance die Hausschlüssel auf die Anrichte, verspürt einen Brechreiz. Er kann nicht im Geringsten verarbeiten, dass er seine Eltern und dieses Haus nie mehr wiedersehen soll. Marie begreift, dass sie gehen müssen; wenn auch nicht wieso. Sie nimmt instinktiv ihr Köfferchen und heftet sich an die Fersen ihres Vaters.

Der zieht traurig die Tür des Hauses hinter sich zu und geht mit Marie zu seinem vor dem Anwesen geparkten Auto: „Also essen! Fragt sich nur, wo!" Er wirft einen Blick in seine Brieftasche. Genau 25 Euro: „Und wovon!" Sie erreichen sein geliebtes Cabrio. Bleiben stehen. Kai streichelt den Kotflügel. Ebenfalls Abschied. Wieder Tränen. Und dann traut er seinen Augen nicht: Die Schlösser sind von Speck mit einem Kuckuck versiegelt worden. Kai tritt voller Zorn gegen den Vorderreifen. Marie wagt es nicht, etwas zu sagen. Auch das jagt ihr Angst ein. Ein an den Nerven zerrender Moment der Stille. Dann schaut Kai zu Marie: „Ein Stück laufen kannst du ja, oder?" Marie nickt bejahend, etwa nach dem Motto ‚klar kann ich laufen du Idiot'. Kai: „Auf geht's!" Vater und Tochter verlassen jetzt unter dem Klicken der Objektive die Straße, die für Kai Zeit seines Lebens sein Zuhause gewesen ist. Ohne zurückzublicken! Gehen zu Fuß durch das Villenviertel Golzheims in Richtung Innenstadt; äußerlich erhobenen Hauptes. Marie tippelt tapfer neben ihrem gerade vollkommen verstörten Vater her; Kai indes ist wie weggetreten und weint still vor sich hin. Aber es ist kein Albtraum; es ist bittere Realität. Kai Klesper gehört ab sofort zum Heer der Obdachlosen!

Reaktionen

Von dem, was zu den Ereignissen rund um Kai in den Medien zu sehen, zu lesen und zu hören ist, haben sie keine Kenntnis: Lisbeth, Andersen, Narumi, Guiseppe und Vanessa sitzen im

Marktleiterbüro und besprechen die Texte für die in Kürze be-
nötigten Flyer. Narumi wirft einen Blick auf den laufenden Fernseher, der wegen des Abgleichs der Konzern-eigenen Werbe-
spots mit den aktuellen Angeboten in den Filialen fast
durchgehend online ist. Sie erkennt Kai in einer Reportage und
macht die anderen darauf aufmerksam.

Tobias, Ellen und Daniel räumen zur gleichen Zeit die
Bar auf. Auch da läuft – ebenso wie im Palio Poccino – ein
Flatscreen mit Lokalnachrichten; Ellen entdeckt Kai in der Re-
portage und lenkt die Aufmerksamkeit der Clique auf den
Schirm.

Oberschwester Hannelore zuckt erschreckt zusammen,
als sie Kai im Fernsehen bemerkt. Frau Meinhardt, die neben ihr
sitzt, greift entsetzt nach Hannelores Hand.

Jenny flaniert mit Einkaufstüten von Breuninger beladen
über die Kö, als ein Foto von Kai auf der Titelseite des Extra-
blatts einer Lokalzeitung am Kiosk sie regelrecht anspringt; sie
nimmt ein Exemplar und liest, ohne zu bezahlen. Der Besitzer
protestiert, aber Jenny hört nicht zu. Der Tenor ist in allen Medien derselbe: „... verunglückte das Ehepaar Klesper gestern
Nachmittag tödlich, als es mit einem Schwerlastwagen kollidierte.
Für heute war die Zwangsräumung der Villa angesetzt. Das Bauunternehmen Klesper ist bankrott. Die Kriminalpolizei schließt
daher einen Selbstmord nicht aus. Mit dem Tod von Walter
Klesper geht eine Ära zu Ende, in der zahlreiche namhafte Häuser in Düsseldorf und Umgebung entstanden sind. Häuser, die
das Stadtbild prägen und dafür sorgen, dass ihr in weiten Kreisen
der Düsseldorfer Gesellschaft beliebter Erbauer nicht vergessen
wird!"

Lisbeth ist erschüttert. Narumi, Vanessa und Guiseppe
ebenfalls. Nur Andersen findet schnell zu seiner Sprache zurück:
„Tja, nun also Schluss mit lustig bei dem Herrn! Gestern Abend
noch große Klappe, heute schon am Ende! So schnell kann es
gehen!" Lisbeth ärgert sich über den Kommentar ihres Stellvertreters: „Herr Andersen, manchmal habe ich das Gefühl, dass Sie

etwas zu wenig soziale Kompetenz zeigen! Empathie funktioniert anders. Für einen Mann Ihrer Position bedenklich, finden Sie nicht auch?" Narumi schüttelt geschockt den Kopf in Richtung Andersen: „Unglaublich! Ja, das war etwas strange gestern, aber haben Sie nicht kapiert? Seine Eltern sind tot und er steht vor dem Nichts! Ehrlich! ... Das muss er gespürt haben, gestern ... er sagte, es wäre was gerissen in ihm, innerlich. Als wir auf der Brücke gestanden haben! Im Medienhafen, wo wir uns zufällig alle getroffen haben, Chefin!"

Guiseppe ist ebenfalls sehr betroffen. Italiener und ihre Familie, das ist etwas mit einer sehr ausgeprägten Bindung: „Auf diese Weise seine Eltern zu verlieren und dann auch noch vor einem Konkurs zu stehen, so was wünsche ich niemandem! Ganz gleich, was für ein oberflächlicher Arsch er ist! Madonna mia!" Stimmungsumschwung aber bei Vanessa. Sie sieht die Nachricht nach dem ersten Schreck locker: „Seine Freunde werden ihn schon wieder auffangen. Gestopft genug sind sie ja!" Guiseppe hat kein Verständnis für ihre lockere Sicht auf das Drama: „Wie Du redest ... gestopft! Kann es sein, dass Dein Interesse an Kai soeben spürbar nachgelassen hat?" Die Kollegin zuckt die Schultern, antwortet nicht. Guiseppe grinst verächtlich. Andersen: „Dies an dieser Stelle auszudiskutieren, dafür werden Sie nicht bezahlt! Also, an die Arbeit, aber schnell!" Die Freunde verlassen das Marktleiterbüro. Andersen folgt ihnen als Letzter. Lisbeth greift zum Telefon und tauscht sich mit Eckart über die Neuigkeiten aus.

Das Tor zum Firmengelände der Firma Klesper Bau ist verschlossen. Ein kleiner Lieferwagen stoppt davor. An der Aufschrift des Kastenwagens ist erkennbar, dass jemand von der Schreinerei Markgraf das Gelände der Baufirma besuchen will. Der Fahrer steigt aus, entdeckt das Pfandsiegel des Gerichtsvollziehers und schlägt wütend gegen das Tor: „Klar, zu Hause keiner, hier keiner und von wegen nach der Bank melden. Die machen was sie wollen und wir kleinen Leute bleiben wieder auf unseren Rechnungen sitzen! Aber so nicht, mit mir nicht!"

Für die Strecke von Golzheim zur Düsseldorfer Innenstadt benötigt ein junger Mann zu Fuß keine 20 Minuten. Mit einem kleinen Mädchen und Taschen im Schlepp sieht die zeitliche Prognose nicht mehr ganz so günstig aus. Zwar braucht man nur die Rheinuferstraße in Richtung Süden zu laufen, um hinter der Tonhalle in den Hofgarten abzubiegen, aber es zieht sich eben doch. Kai und Marie haben es bis in die Parkanlage geschafft. Marie wird quengelig; als sie die Kids auf dem Spielplatz im Hofgarten hört, ist Kai froh, die Kleine für ein paar Minuten los zu sein. Denn er spürt den Kloß im Hals, den trockenen Mund, die fortwährende Übelkeit als Folge des Stresses, dem er gerade ausgesetzt ist. Den Schweiß auf der Haut, der sein Hemd am Körper kleben lässt. Nur wenige Meter von der Stelle entfernt, an der seine Eltern verunglückt sein sollen. Er zittert, als wäre es tiefster Winter. Während Marie spielt versucht Kai, über sein Smartphone Freunde anzurufen. Doch weder Jenny noch Tobias oder Ellen gehen ans Telefon. Eine Viertelstunde später steht Marie wieder vor ihrem Papa und erinnert daran, dass sie Hunger habe und nun gerne etwas zu Essen hätte. Kai nickt, nimmt die Taschen und durchquert mit seiner Tochter die Parkanlage im Herzen Düsseldorfs.

An deren südlichem Ende liegt das Parkhotel, an dem er üblicherweise sein Sportcabrio abstellt. Als der Doorman ihn erkennt und Kai dessen Blicke wahrnimmt ahnt er, dass ihm keine rosigen Zeiten im Kreis der Düsseldorfer Gesellschaft mehr bevorstehen. Der Doorman – sonst zuvorkommend die Wagentür öffnend – dreht Kai den Rücken zu. Auch er weiß um die Neuigkeiten. Den jungen Klesper ohne Auto, aber mit Taschen bepackt zu sehen, lässt den Rückschluss darauf zu, dass von dieser Seite keine Trinkgelder mehr zu erwarten sind. Kai atmet tief durch und schwenkt zum Kö-Bogen, doch sich dort eine ähnliche Blöße zu geben und möglicherweise auch noch in seinem Stammcafé skeptisch beäugt oder gar abgewiesen zu werden, das will er sich ersparen. Er ändert die Marschrichtung über die unterste Ebene der Hofgarten-Terrassen hin in Richtung Pempelfort und bemüht sich, vom Personal des Palio Poccino nicht entdeckt zu werden.

Überraschungsbesuch im Supermarkt

Vanessa – völlig außer Atem – rennt kurze Zeit später zu Narumi, die im Getränkeshop in ein Gespräch mit Lisbeth vertieft ist: „Ihr werdet es nicht glauben!" Narumi und die Berger drehen sich zu Vanessa und antworten im Chor: „Was denn?" – „Der Kai, der sitzt vorne im Café, mit einem kleinen Mädchen!" Lisbeth wird hellhörig: „Der Klesper Sohn? Der aus den Nachrichten?" Narumi knallt wütend ihre Arbeitsunterlagen auf den Tisch: „Das ist nicht wahr! Der geht mit einer Tussi zum Essen? Jetzt, nach allem, was passiert ist?" – „Unglaublich!", so Lisbeth. Vanessa widerspricht energisch: „Nein, wirklich mit einem kleinen Mädchen, einem Kind! Genauso wie ich es sage! Mit dem war er noch nie hier!" Vanessa bedeutet den Kolleginnen mittels einer Geste, ihr zu folgen.

Die drei Damen von WNP-Kauf laufen also schnurstracks ein Stück in den Kassenbereich, um von dort aus ungesehen in das Café zu schauen. Kai sitzt dort tatsächlich Marie gegenüber und sieht ihr dabei zu, wie sie schmatzend Nudeln in sich hineinschiebt und dabei Kompromiss-los ihr ganzes Gesicht verschmiert. Narumi: „Das glaube ich jetzt nicht! Was geht denn hier ab?" Vanessa: „Oder ist das ein Doppelgänger?" Lisbeth: „Also ich bin sicher … nein, keine Zweitausgabe! Keine Kopie, kein Doppelgänger! Das ist unser Weinfachmann!" Narumi runzelt die Stirn: „Und was machen wir jetzt?"

Vanessa: „Ja was wohl? Ja nichts! Abkassieren!" Lisbeth: „Das macht ihn richtig sympathisch, das Kind!" Vanessa: „Oder uninteressant! Hat man so was an der Backe, kann man nicht richtig um die Häuser ziehen! Immer Verantwortung und so! Das wäre jetzt nichts für mich! Erst später! So in 20 Jahren!" Narumi: „Dann bist Du über 40!" Vanessa: „Und wenn das Kind dann 10 ist, bin ich 50 und es kann die Einkäufe erledigen, falls ich bis dahin kein Personal habe." – „Willkommen in Vanessas Welt!", schmunzelt die Marktleiterin. Narumi verdreht die Augen. „Ja, wie? Glaubt Ihr mir etwa nicht?" Die Kolleginnen scheinen denselben Gedanken zu haben. Wieder im Chor: „Nein! Aber wir müssen was tun!" – „Los! Wir gehen da hin!", entschließt Narumi.

Die drei Frauen verlassen das Versteck. Gehen zu Kai und Marie rüber. Das Mädchen ist den Neuankömmlingen gegenüber sehr aufgeschlossen und begrüßt sie mit einem freundlichen Guten Tag. Kai hebt den Kopf. Es wird deutlich, dass er lieber allein und ungesehen wäre. Lisbeth verleiht ihrer Betroffenheit Ausdruck: „Unser Beileid, Herr Klesper!" Der ist genervt: „Sie wissen es also auch schon?" – „Naja, t'schuldigung, war in allen Nachrichten! Können wir irgendetwas für Sie tun?" Kai schüttelt den Kopf; es ist ihm vor allem peinlich, in dieser Lage Narumi zu treffen: „Hätte ich damit rechnen können, dass Sie hier so einen Auflauf veranstalten, wäre ich woanders hin!" Doch das überhören die Frauen; sie interessieren sich viel mehr für Marie.

Die bemerkt, dass sie von ihnen gemustert wird und streckt – wie sie es immer macht – umgehend und freundlich ihre Hand aus: „Ich bin Marie!" Den bohrenden Blicken der Damen kann Kai nichts entgegensetzen: „Ja, das ist Marie ... äh, meine Tochter!" Natürlich haben sie es geahnt. Aber dass Kai ihre Vermutung bestätigt, also amtlich sozusagen die Vaterschaft ihnen gegenüber anerkennt beziehungsweise zu dieser steht, das ist dann doch ein Hammer. Lisbeth beugt sich vor: „Na, schmeckt es Dir denn?" Narumi will keine Regung in Kais Gesicht verpassen. Die Kleine nickt; ihr Mampfen unbeirrt fortsetzend. „Wieso haben wir die Kleine denn bisher hier nie gesehen?", wagt Narumi einen Vorstoß: „Ja, es ist schwer, in solch einer Situation, so wegen Deiner Familie, die richtigen Worte zu finden!" – „Dann lass es einfach!" Sein Brustkorb bebt aus innerer Erregung. Die ganze Situation ist ihm zuwider, peinlich, schnürt ihm die Luft zum Atmen ab.

Vanessa geht es simpler an: „Wusste echt nicht, dass Du eine Tochter hast!" Narumi merkt, dass in ihrer Freundin und Kollegin tatsächlich eine Vision zusammenzubrechen scheint. Offenbar hat sie sich tatsächlich schon bei der Begegnung in der Strandbar eine Zukunft in Form einer glücklichen Beziehung an der Seite des Jet-Setters Kai ausgemalt, der sie ja schließlich eingeladen hatte. Narumi schmunzelt. Kai hingegen zuckt mit den Schultern: „Woher auch? Wir kennen uns kaum! ... Die Kleine lebt bei ihrer Mutter!" Lisbeth tippt Narumi auf die Schulter: „So, wir müssen dann wieder! Ihnen beiden alles Liebe, Herr Klesper! Tschüss Marie! Hat mich gefreut, Dich kennenzulernen! Und wenn Sie was brauchen, melden Sie sich bitte bei mir!" Marie hebt winkend ihre Hand und stopft sich dabei noch den letzten Rest der Nudeln hinein; im Anschluss zu ihrer Limonade greifend. Kai bemüht sich um Haltung: „Nicht nötig! Wird schon werden!" Lisbeth nickt verständnisvoll, zieht einen Zettel aus dem Kittel und schreibt ihm ihre Anschrift und Telefonnummer auf: „Für Notfälle! Damit Sie wissen, wo Sie mich finden!" Kai zögert zunächst, nimmt den Zettel dann aber doch an.

Die Marktleiterin glaubt, eine gewisse Dankbarkeit dafür in seinen Augen zu sehen, nickt ihm zu und geht. Vanessa folgt ihr. „Und, ist er ohne Geld und Sportwagen tatsächlich nicht mehr so interessant?" Nun steht nur noch Narumi bei Kai: „Was wirst Du denn jetzt tun?" – „Erst eine neue Bleibe suchen und dann sehen wir weiter!" Narumi versteht nicht ganz: „Neue Bleibe?" – „Ach ich dachte das wüssten auch schon alle. ... Die Bank hat alles gepfändet; Haus und Auto sind weg. Ich denke, ich werde eine Zeit lang bei Tobi und Daniel unterkommen müssen." Narumi schweigt einen Moment. Sie ist sichtlich geschockt: „Der schöne Sportwagen auch weg?"

Kai nickt traurig. Er will aber erst einmal mit aller Gewalt raus aus dieser Situation. Narumi: „Alles etwas viel auf einmal, oder?" – „Du fragst zu viel!" Er will nicht reden, denn er merkt, dass er zu nah am Wasser baut. Er zückt seine Geldbörse. Ruft: „Dürfen wir dann zahlen?" – „Geht aufs Haus... dafür sorge ich schon!" – „Also dann, Danke!", bemüht er sich, seine Verlegenheit hinunterzuschlucken. Marie putzt sich, wohl erzogen, mit der Serviette den Mund ab und erhebt sich ebenfalls. Im Anschluss daran nehmen Kai und Marie ihre Taschen bzw. Köfferchen und verlassen eilig den Cafébereich von WNP-Kauf. Narumi schaut Kai und Marie mitleidsvoll hinterher.

Abfuhr in der Strandbar

Sich im öffentlichen Nahverkehr zu bewegen, fällt Kai nicht mehr ganz so leicht wie zu Zeiten, in denen er sein 325 PS starkes Sportcabriolet fuhr! Mit einem derartig schnellen und mit allen Extras ausgestattetem Sechszylinder lässt es sich weitaus bequemer von A nach B kommen als mit – ja mit was eigentlich? Laufen kann die kleine Marie jedenfalls nicht mehr! Kai kratzt sich am Hinterkopf. Und bemüht sich darum, den Routenplan an der Straßenbahnhaltestelle zu begreifen. Farbige Linien ohne Ende, die ineinander und nebeneinander verlaufen und alles andere als übersichtlich sind.

Kai hat die Düsseldorfer Verkehrsbetriebe ein einziges Mal in Anspruch genommen und gehört seitdem zu den absoluten Gegnern von Straßenbahnen. So vehement argumentierend wie nie zuvor hat er sich über das Geruckel beklagt, mit dem die Bahnen streckenweise auf den Schienen unterwegs sind. Dass das Durchfahren einer Kurve im Bereich des Jan-Wellem-Platzes dazu führt, dass die Insassen von einer zur anderen Seite der Waggons geworfen werden und er sich dabei fast den Kopf an einem Fahrscheinautomaten gestoßen hätte, das ist aus Kais Sicht reinste Gefährdung von Menschenleben und ein Kapitalverbrechen.

Die Luftfahrt habe seit den 1980er-Jahren weitaus größere Fortschritte in puncto Sicherheit und Komfort gemacht als die Straßenbahnen und die Züge der Bahn in den zurückliegenden 100 Jahren zusammen. Im Grunde, so Kai, sei bei den Straßenbahnen alles noch so wie zur Kaiserzeit. Und wegen ihrer starren Verkehrswege, die sie daran hindern, Gefahrensituationen auszuweichen zu können, gehören Straßenbahnen sowieso grundsätzlich unter die Erde, was – wie die U-Bahnen ja beweisen – auch städtebauliche Vorteile böte, so Kai gegenüber seinem Vater in den seltenen Gesprächen, die sie in der letzten Zeit geführt haben.

Abgesehen davon seien die Schienennetze viel zu teuer im Unterhalt und durch die Geräuschkulisse auch gesundheitsschädlich für die Menschen; die Oberleitungs-Busse wie sie seit dem 2. Weltkrieg unter anderem in der nicht weit von Düsseldorf liegenden Klingenstadt Solingen unterwegs sind seien Kais Ansicht nach ohne Schienen viel fortschrittlicher; zwar durch den Antrieb mit Strom ebenso umweltfreundlich, aber eben im Betrieb günstiger als eine Straßenbahn und so gut wie nicht zu hören. Ja, Kai hat sich als Straßenbahn-Hasser geoutet nach der Fahrt vom Kö-Bogen zu einer Freundin nach Düsseltal im Norden der Stadt. Dementsprechend unerfahren ist er jetzt in genau dem Moment, in dem er auf eine Straßenbahnverbindung in den Medienhafen angewiesen ist.

Weitaus belastender als der schnell erledigte Ticketkauf ist aber die Tatsache, dass Kai sich von allen anderen Mitfahrern der Straßenbahn beobachtet fühlt. Einige von ihnen haben das Extrablatt in der Hand oder lesen online auf ihren Smartphones und Tablets die neuesten Artikel über den Tod des bekannten Düsseldorfer Bauunternehmers. Kai fühlt sich nackt. Durchlöchert faktisch von den Blicken der Passagiere. Teilweise spürt er körperlich, als würde er geschlagen, wie sie sich innerlich kaputtlachen darüber, dass Kai vom Millionärssohn mit Luxusauto zum Straßenbahnfahrer mit einem Restvermögen von knapp 25 Euro degradiert wurde. Er glaubt, dass sein Ruf in Düsseldorf nun dahin ist; ist überzeugt davon, dass die Begriffe Pleite und Loser von nun an untrennbar mit ihm verbunden sind.

Wieder spürt Kai den Kloß im Magen, der ihm die Luft zum Atmen abzudrücken droht. Ihm wird heiß im Kopf. Eine Nebenwirkung seiner Angst oder die schlechte Belüftung in dieser Sardinenbüchse? Von denen sich die Befürworter von autofreien Städten wünschen, dass sie die Exklusivität bei der Beförderung der Bevölkerung erhalten! Dass es Marie zu stickig ist und sie erneut zu quengeln anfängt, lässt den Pegel der Verunsicherung in Kai ansteigen. Der Brechreiz, gepaart mit einem Schwindelgefühl. Er tröstet sie mit dem Hinweis, dass sie in ein paar Minuten da sein müssten. Wenige Augenblicke später hält die Bahn dann tatsächlich am Medienhafen. Kai und Marie verlassen den Waggon fluchtartig. Sein Blick zurück auf die silberfarbene Bahn sagt alles: „Wie ein Viehtransport im Wilden Westen! Grausam. Verstoß gegen die Menschenwürde dieses Ding! Hashtag 12 Zylinder für alle! Oder wenigstens sechs!"

Marie wird zusehends müde. Der Tag war lang für ein kleines Mädchen. Früh aufstehen, in aller Eile frühstücken, dann die Fahrt mit dem ungewissen Ausgang, am Ziel einem für sie fremden Mann gegenüberstehend, von der Mutter im Stich gelassen und dann der Streifzug durch die halbe Stadt zum Supermarkt. Jetzt zum Medienhafen mit den – das einzig Gute aus ihrer Sicht – schönen bunten Figuren auf den Litfaßsäulen, die sie im Vorübergehen entdeckt.

Die sogenannten Säulenheiligen stammen vom Künstler Christoph Pöggeler und bilden sehr realistisch Menschen aus dem Alltag der Landeshauptstadt nach. An der Säulenheiligen, die auf den Namen Marlies getauft wurde, kommen Kai und Marie auf dem Weg am WDR-Gebäude am Eingang zum Medienhafen vorbei: Marlies schaut zum Rheinturm hinauf. Was mag wohl in ihrem Kopf vorgehen?

Nur noch 100 Meter – endlich, die Strandbar, das Ziel; über ‚The Living Bridge' zu Fuß schneller erreichbar als mit dem Auto über die Straßen durch den Industriehafen. An der Theke trifft Kai auf einen Aushilfsbarkeeper: „Ist Tobi da?" Der Barmann deutet wortlos in eine der kuscheligen Nischen. Als Kai dem Wink folgen will, prallt er mit Daniel zusammen. Der scheint eine Ladung Ironie getankt zu haben und versucht, ihn aufzuhalten: „Du bist zu Fuß hier? Wo ist Dein Renner? Gepfändet? Ist ja sowas von Kacke!" Kai stößt Daniel brutal zur Seite und denkt Sekunden später, er sieht nicht richtig: Tobias und Jenny in trauter Zweisamkeit. Tobi krault Jenny den Rücken. Die trägt nur ein Hauch von Top und eine kurze Shorts. Daniel grinst angesichts dessen welche Show sich ihm bietet: Wie versteinert geht Kai auf die beiden Freunde zu. Freunde? Auch das scheint sich über Nacht geändert zu haben.

Tobi und Jenny jedenfalls fühlen sich wenigstens ertappt. Ein bisschen. Tobias überspielt das aber grandios: „Alter! Mann! Ich habe es gerade erst erfahren! Voll krass, tut mir echt leid! Jenny hat mir erzählt, kaum zu begreifen alles!" Kai glaubt Tobi kein Wort und giftet in Jennys Richtung. Der wiederum ist das Erwischt Werden gar nicht peinlich und sie ist ehrlich: „Du, kein Geld und ein Kind, das überfordert mich jetzt total! Du weißt ja, was bei mir los ist! Das verstehst Du doch bestimmt!" – „Klar, Jenny, verstehe ich! Gerade noch mit mir im Bett, und Stunden später in seinen Armen!?!? Und weil Dir, mein lieber Tobias, das alles auch so unglaublich leidtut, deswegen hast Du auch sofort zum Telefon gegriffen, als Du davon erfahren hast und versucht, mich zu erreichen, stimmts?" – „Ja, richtig! Jetzt, wo Du es sagst!" – „Quatsch' jetzt keine Opern! Ein Anruf Deinerseits ist auf meinem Handy nicht registriert!" Kai zittert; fragt trotzdem, obwohl ihn das gerade eine große Überwindung kostet: „Ich brauche Deine Hilfe! Kann ich ein paar Tage bei Dir wohnen?"

Der Barbesitzer schaut fragend auf Marie, die ihn neugierig, aber irgendwie ablehnend, ansieht. Jenny weicht Kais vorwurfsvollen Blicken weiterhin aus. Sie ist klug genug zu wissen, dass er am allerliebsten nicht auf Tobias' Hilfe angewiesen wäre, sondern ihm und ihr lieber eine Predigt halten würde. Tobias: „Warum ist die Kleine bei Dir?" Die streckt ihm jetzt doch ihre Hand entgegen: „Ich bin Marie!" Tobias reagiert gar nicht: „Das war die doch sonst nie! Wieso gerade jetzt?" Kai ist nervlich am Ende und nicht bereit sowie nicht in der Lage zum Führen großer Diskussionen: „Antworte mir doch einfach nur!"

81

Tobias überlegt kurz, Jenny schaut Kai an, Marie schaut alle nacheinander an und Kai schaut zurück zu Jenny – wenn Blicke töten könnten. Er schluckt, muss jedoch zwangsläufig nachfassen: „Schön, dass Ihr Euch so gut versteht, aber darüber reden wir ein anderes Mal. Also? Was ist jetzt mit Unterkunft?" Die Antwort kennt Kai aber im Grunde schon. Unübersehbar, dass Tobias darauf gerade gar keinen Bock hat: „Kai, versteh' doch, ich wohne doch auch noch im Haus meiner Eltern. Das ist nicht so einfach, gerade mit Marie. Ich kann meinen alten Herrschaften kein schreiendes Balg mehr zumuten. Aus dem Alter sind die raus. Kai hat längst begriffen: „Reicht schon! Danke, ich habe verstanden. Marie?! Wir gehen! Also bis die Tage – wenn überhaupt!"

Vater und Tochter verlassen die Strandbar. Marie: „Ich habe Durst! Kann ich was zu trinken haben? Ich bin müde! Will nicht mehr! Mama soll kommen!" Kai aber geht gar nicht auf die Frage ein, sondern zerrt sein Töchterchen regelrecht aus der Strandbar hinaus. Tobi und Jenny schauen betreten weg. Es plagt sie das schlechte Gewissen; jetzt ein bisschen mehr als zuvor, Jenny stärker als Tobias. Aber nicht lange. Und keiner der Beiden versucht Kai nachzulaufen. Sie wählen den einfachsten Weg: Tobias ordert, als wäre nichts gewesen, eine neue Runde Champagner.

Düsseldorf ist nicht arm an romantischen, verführerisch schönen Plätzen. Einer davon ist die treppenförmige Abstufung zum Hafenbecken des Yachthafens unterhalb des Rheinturm genannten Fernmelde- und Fernsehturms. Die Treppe mit den überdimensionierten Stufen bietet sich von mittags bis abends als natürliche Sonnenbank an, denn einerseits können Erholung suchende Großstädter dort Ruhe zur Entspannung finden und andererseits steht kein störendes Gebäude im Weg, das den Sonneneinfall auf die Steinstufen beeinträchtigen würde. Deswegen hat es diese Treppe auch in das Buch ‚Düsseldorf sehen, schmecken und erleben' geschafft; einem Bildband, der die Highlights der Landeshauptstadt präsentiert. Die Mischung aus Ruhe und

Licht in Kombination mit einem wunderschönen Blick über das Hafenbecken mit den Privatyachten zu den Designerbauten des Medienhafens ließen diesen Platz für viele Düsseldorfer zum Lieblingsplatz werden. Für dessen Schönheit haben Kai und Marie jedoch gerade keine Augen; ein Besuch in einem Späti löst wenigstens das Durstproblem. Marie nuckelt am Strohhalm ihrer Limonade: „Warum wolltest Du nicht mit meiner Mami zusammenwohnen?"

Kai kann die Bilder von Tobias und Jenny nicht aus seinen Gedanken verbannen; malt sich aus, wie die Freunde es miteinander treiben. Ihm wird schlecht. Zumal er auf eine Mahlzeit verzichten musste. Marie wiederholt ihre Frage. Kai antwortet schwerfällig: „Wir hatten verschiedene Interessen." – „Welche?" Die Kleine lässt nicht locker. Kai hingegen sucht nach einer Lösung für ihre Lage: „Marie, Du hast nicht zufällig einen Schlüssel für die Wohnung Deiner Mama dabei, oder?" – „Nein. Wieso?" – „Shit! Das wäre eine Lösung gewesen." Marie beobachtet die Spaziergänger: „Du, warum mag Dich keiner? Warum dürfen wir nirgendwo bleiben?" Die Kleine hat begriffen. Kai schaut wiederum Marie angesichts dieser Frage fassungslos an: „Mich mögen ganz viele Leute!" – „Welche denn?" – „Na ganz viele eben!" – „Und warum gehen wir dann zu keinem von denen?" Der brutal aus seinem bisherigen Leben verstoßene, junge Mann realisiert, tatsächlich ganz allein zu sein, weicht einer Antwort somit aus: „Komm! Wir müssen!"

Die Sonne bietet den Menschen auf der innenstädtischen Seite des Rheins derzeit ihr vielleicht schönstes Schauspiel, das die Düsseldorfer jedes Mal aufs Neue genießen und von dem sie jedem Besucher der Stadt vorschwärmen: Ihren Untergang über Oberkassel aus Sicht der Rheinuferpromenade. Postkartenidylle pur: In Düsseldorf beginnt die Nacht.

Obdachlos – der erste Abend

Die meisten Menschen tummeln sich an einem Sommerabend wie diesem selbstverständlich in den Parks oder am Rheinufer. Die Außengastronomie der Kasematten brummt! Deren Gäste genießen ihre Cocktails oder ihr Altbier zu chilliger Hintergrundmusik. Die Königsallee ist da weit weniger bevölkert. Zu früh zieht sich die Sonne hinter die Bankgebäude der Westseite zurück. Nur auf der Terrasse des Palio Poccino im Kö-Bogen-Gebäudeensemble essen und trinken die Leute ohne sich um die Sonne zu scheren, denn die gemütlichen Sitzplätze mit ihrem Ausblick auf den Hofgarten-Park über die Düssel sind sowieso in ein stimmungsvolles Licht getaucht. Während es im Palio Poccino eher gediegen und ruhig zugeht, dröhnen in der Strandbar von Tobias schon wieder die Bässe. Doch nicht alle Düsseldorfer verbringen den Abend im freiwillig im Freien, zumal heraufziehende Wolken erste Regentropfen mit sich bringen.

Lisbeth tischt das Abendbrot für ihren Mann Eckart und für Max im Essbereich des Reihenendhauses auf. Die Einrichtung wie auch die Dekoration des Tisches zeugen von der Liebe, die die gut gelaunte Kleinfamilie für ihr Zuhause empfindet. Alles wirkt wohnlich, geschmackvoll arrangiert und gemütlich. Lisbeth hat reichlich anzubieten: Ochsenbäckchen an Karotte, Pastinake und Amaranth, krosser Zander mit Spinat, Tomaten Risotto mit Basilikum sowie Schokoladenmousse mit Bergpfeffer und Birne.

Narumi hingegen steht an einem der Wohnzimmerfenster in der Wohnung ihrer Wohngemeinschaft und muffelt ein belegtes Brötchen. Sie beobachtet dabei wie sich einzelne Regentropfen zu einem Schauer weiterentwickeln. Vanessa ist damit beschäftigt, sich für den Abend vorzubereiten; sie will das Gebäude offenbar noch verlassen und fragt Narumi danach, welche Kombination von Shirt zu Hose am besten passt. Doch Narumi wendet sich lieber wieder dem Regen zu. Nachdenklich. Denkt sie an Kai?

Dessen Kreditkarte wird an der Rezeption eines Hotels am Carlsplatz mehrmals durch das Lesegerät gezogen, doch der

Portier schüttelt nur mitleidig den Kopf und schneidet die Karte durch. Kai und Marie verlassen daraufhin frustriert die Lobby und kehren zurück in den Regen! Während Kai und Marie sich mit der Straßenbahn auf den Weg ins Altenheim machen – Kais letzte Hoffnung – feiert die Clique um Tobias und Daniel sich im überdachten Teil der Strandbar wieder einmal selbst. Niemand von ihnen denkt an Kai und seine kleine Tochter. Die allerdings werden auch von Oberschwester Hannelore abgewiesen. Im Altenheim ist kein Platz für einen Zivildienstleistenden mit Kind. Es tut ihr zwar leid, aber sie ist auch zu überrascht vom Anliegen von Kai. Und: Die Vorschriften! Natürlich! So ist das eben in Deutschland: Bevor eine Bestimmung überschritten wird, müssen zwei junge Menschen draußen schlafen. Er solle es bei der Notunterkunft der Stadt versuchen, empfiehlt Hannelore zerknirscht.

Drei Stunden später laufen Kai und Marie immer noch völlig durchnässt sowie ohne Ziel durch Düsseldorf, das allerdings im Regen und nachts genau so wenig freundlich wirkt wie andere Städte. Die Straßen im Bahnhofsviertel sind trotzdem zu später Stunde noch voller Menschen, nur dass die Schirme und Regenmäntel besitzen. Marie – die mit ihren Kräften am Ende ist – blickt, kurz bevor sie auf Kais Schultern einschläft, noch auf ein Werbeplakat für Zugreisen nach Italien. Entkräftet setzt sich Kai auf eine Bank in einem der Wartehäuschen der Fernbushaltestelle. Marie murmelt im Halbschlaf, dass sie nach Hause will. Kai schüttelnd den Kopf und beginnt zu weinen: „Das geht nicht – es gibt kein Zuhause mehr! Es ist tot!"

Sie kuschelt sich an Kai, während ihr die Augen zufallen. Dann fällt Kai etwas ein. Er blickt kurz zu Marie und beginnt in seinen Taschen zu kramen ... heraus kommen ein zusammengeknülltes Taschentuch und ein bestimmter Zettel. Kai sorgt, dafür dass Marie stabil auf der Bank sitzt, erhebt sich, greift zum Handy und wählt eine Nummer.

Ein temporärer Untermieter

Lisbeth, Eckart und Max diskutieren aufgebracht. Sie waren längst zu Bett gegangen als das Telefon klingelte. Vor allem Eckart ist auf den sprichwörtlichen 180: „Auf keinen Fall! Auf gar keinen Fall kommt der hierher!" Lisbeth vertritt klar die Seite der Verteidigung: „Du hättest ihn sehen sollen heute Nachmittag! Ein Häufchen Elend! Und von seinen Freunden hat wohl keiner Zeit, sagt er zumindest!" Max kann es nicht begreifen, bezieht aber keine Position: „Schöne Freunde! Echt! Ich wette mit Euch, die haben den einfach im Stich gelassen!" Eckart bleibt bei seiner Ablehnung: „Stell' Dir mal vor in was für eine Lage Du mich bringst! Wenn auf der Bank rauskommt, dass der Sohn vom Pleite-Klesper bei uns wohnt. Die Kollegen und Kruse unterstellen mir noch wer weiß was!" – „Papperlapapp! Was soll man Dir denn unterstellen? Wir helfen einem jungen Mann in einer Notlage, mehr nicht! Und denk' vor allem mal an das Kind!" In Lisbeth schlagen sämtliche Muttergefühle in Richtung Kai aus.

Die Vorstellung, dass der junge Mann samt seiner sechsjährigen Tochter durch die regnerische Nacht irrt, erscheint ihr als nackter Horror. Max zeigt sich noch unentschlossen: „Stimmt schon! Aber müssen ausrechnet wir ihm deswegen helfen?" Eckart lehnt das kategorisch ab: „Wie gesagt – auf gar keinen Fall zieht er hier ein!" Lisbeth denkt anders darüber: „Nur ein, zwei Nächte, bis wir eine Lösung gefunden haben. Notfalls muss das Jobcenter einspringen! Auch wegen dem Kind! Das müssen wir ihm einfach ersparen, dass er heute auf der Parkbank schläft!" Eckart ist gegenteiliger Auffassung: „Das kennt man doch! Erst heißt es nur ein paar Tage und dann wird eine Ewigkeit draus. Von mir aus macht was ihr wollt!" – „Hast Du auch nur für eine Sekunde nachgedacht, was der junge Mann heute alles durchmachen musste? Hat er etwa das Geld Eurer Bank verschleudert oder die Firma seiner Eltern an die Wand gefahren? Doch bestimmt nicht!" Ein Totschlag-Argument: Eckart verlässt wütend den Raum.

Und dieses aus Sicht von Lisbeth faktische Okay gereicht Kai und Marie zur Hilfe, denn etwa eine Stunde später betreten Vater und Tochter das Wohnzimmer von Lisbeths und Eckarts Haus. Kai wirkt ebenso fertig wie eingeschüchtert. An der einen Hand Marie, an der anderen Hand die Taschen, komplett durchnässt. Seine ehemals teure Jacke, die Hose; alles vom Regenwetter nass und verschmutzt. Die Lederschuhe: Für den Abfall! Kai spricht kleinlaut, kaum verständlich: „Danke, dass Sie mir helfen!" Lisbeth atmet tief durch: „Wir haben im ersten Stock ein Gästezimmer, direkt oben am Treppenabsatz! Ich glaube, das wird gehen! Obwohl da nur eine Liege drin ist!" Kai mit dünner Stimme: „Ja, klar! Danke, das reicht völlig!" In diesem Augenblick realisiert Lisbeth, dass jede Form von Glanz, den Kai noch bis zum Tag zuvor ausgestrahlt hat, verloren gegangen ist. „Ihr müsst aus den nassen Klamotten raus? Ich hoffe, in der Tasche und dem Köfferchen sind entsprechende Sachen drin! … Max? Kommst Du bitte?"

Sie schluckt; Kai tut ihr ehrlich leid. Ihr Sohn folgt der Bitte seiner Mutter und erkennt Kai als den mit der gutaussehenden Frau im Medienhafen: „Ach Du bist das! Sieh' an! Aber dass das klar ist: Hier entscheide ich, wann die Mucke aufgedreht wird! Und solange Du hier wohnst, gelten für Dich die gleichen Regeln wie für uns alle, was Putzen, Einkaufen, Miete zahlen und Verhalten angeht, klar? Für Dich heißt es hier, ganz kleine Brötchen zu backen, Freundchen!"

Max genießt den Vortrag seiner Ansage. Lisbeth kann sich ein Grinsen nicht verkneifen. Kai erinnert sich jetzt ebenfalls an die Kids mit dem Ghettoblaster: „Tut mir leid, wenn ich im Hafen zu … nicht nett genug war!" – „War'n Joke, Sportsfreund! Können doch ein kleines Kind in dieser Nacht nicht draußen lassen!" Will sagen, den Vater schon. Kai ist nicht zum Lachen zumute. Lisbeth: „Kommt mit! Ich zeige Euch Euer Zimmer."

Eine Liege mit Matratze, aber ohne Laken und Bettzeug, ein Schrank, ein Blumentopf auf der Fensterbank, ein Tisch mit Stuhl. Ein kleiner Balkon. Spartanisch, aber edel in der Beschaffenheit und hübsch im Look. „Ich hoffe, Sie kommen ein, zwei Nächte klar hier drin!" Die Bescheidenheit in Kais Stimme ist unüberhörbar: „Ist doch toll hier. Wirklich! Ein Dach über dem Kopf." Als die Worte in ihm nachklingen kann er nicht glauben was er da sagt. Er, der Kai Klesper der Düsseldorfer Schicki-Szene freut sich über ein simples Dach über dem Kopf? Er erkennt sich selbst nicht wieder. Lisbeth weiß, was in dem 25-Jährigen vorgeht: „Gut. Dann haben wir das geklärt." Eckart schaut um die Ecke; erstmals, doch neugierig: „Guten Abend, Herr Klesper!" Kai erkennt den Bankangestellten, ist entsetzt: „Sie?" – „Die Welt ist ja bekannterweise klein. Ich war dagegen, dass Sie hier einziehen, aber meine Lebensgefährtin meint, dass das in Ordnung wäre!"

Kai sieht das erstmal nicht so. Er braust auf: „Ihre Lebensgefährtin? Ich sollte wohl lieber wieder gehen!" Lisbeth jedoch spricht ein Machtwort: „Nichts sollten Sie! Sie bleiben! Schauen Sie mal auf die Uhr! Mein Mann kann auch nichts für die Situation ihrer Eltern beziehungsweise deren Firma. Was umgekehrt auch auf Sie zutrifft; Sie können ebenfalls nichts dafür! Also benehmt Euch jetzt beide! Es ist spät! Ich würde sagen, wir gehen jetzt schlafen. Alle! Und vor allem das Mädchen! Aber erst wird sich umgezogen!" – „Hab' aber Hunger!" Alle drei schauen die Kleine an. Lisbeth fängt sich als Erste und kniet geduldig und lächelnd vor Marie hin: „Hunger? Na, dann! Ab in die Küche! Aber erst trockene Sachen anziehen, verstanden?" Die Hausherrin nimmt Marie wenig später an die Hand und geht mit ihr treppabwärts. Eckart schaut Kai noch einmal an; der wiederum erwidert den Blick unverhohlen feindselig. Doch dann ziehen sich Eckart und Max zurück, Kai schlüpft ebenfalls in trockene Sachen, tritt im Anschluss auf den Balkon. Es hat aufgehört zu regnen.

Während Kai den wohl schlimmsten Tag seines Lebens in Gedanken Revue passieren lässt, rafft Max Bettbezüge und Oberbett zusammen und trägt alles in das Gästezimmer: „Hier, mit besten Grüßen von meiner Mutsch. Aufziehen kannst Du die Wäsche ja hoffentlich selbst. Es sei denn, es wäre die Aufgabe Eurer Haushälterin gewesen! Oder hattet Ihr noch Sklaven in Golzheim? Ich meine, die Sklaverei ist verboten aber arbeiten lassen zum Hungerlohn ist ja irgendwie eine moderne Form davon und im Baubusiness doch allgemein üblich. Schwarzarbeit gehört doch beim Bauen dazu. Was war denn bei Euch so angesagt? Faulheit auf Kosten der Bank? Erzähl' mal!" Bis gestern hätte er Max jetzt eine gescheuert für den Spruch, so ist sich Kai sicher. Aber heute?

Mondlicht

Lisbeth schlägt indes in der technisch anspruchsvoll eingerichteten Küche ein paar Eier in die Pfanne, schält Äpfel und serviert Marie leckere Pfannkuchen. Die lässt sich das Kind trotz der späten Stunde schmecken. Lisbeth: „Du hast bestimmt noch gar nichts im Magen richtig gehabt heute, oder?" – „Meinen Papa mag keiner! Wir durften nirgendwo bleiben! Dürfen wir bei Euch bleiben?" Lisbeth lächelt: „Aber natürlich! Sobald Du gegessen hast, kannst Du oben ausschlafen! Was ist eigentlich mit Schule?" – „Ja da soll ich hin, sagt Mama. Papa soll das regeln!" Lisbeth verdreht die Augen: „Na da hat der Gute ja ordentlich was vor der Brust!" – „Was hat Papa an der Brust?" – „Nichts! Das ist so eine Redensart!" – „Was heißt das?" – „Das sagt man, wenn man viele Aufgaben zu erledigen hat! … Vielleicht möchtest Du noch einen Pfannkuchen haben?" Marie strahlt über ihr ganzes Gesicht. Auch eine Antwort.

Eine halbe Stunde später bettet Lisbeth Marie zum Schlafen und betritt dann den Balkon des Gästezimmers, das nun vorerst Kais Unterkunft ist. Der steht wieder an der Brüstung; mit starr in die Ferne gerichtetem Blick. Die Wolken haben

Lücken bekommen; die Sterne glitzern. Die Reihenhaussiedlung in tiefster Nachtruhe. Lisbeth spricht im Flüsterton: „Deine Kleine schläft jetzt! Sie war völlig übermüdet!" – „Vielen Dank, dass Sie mich heute Nacht aufgenommen haben! Ich wusste echt nicht mehr weiter! Heute früh noch war alles in Ordnung, jetzt sind meine Eltern tot und ich obdachlos. Ich kann das einfach nicht glauben!" Die Tränen fließen. Lisbeth legt ihm tröstend eine Hand auf die Schulter: „Sie müssen mir nicht danken! Gerne geschehen! Es war richtig, mich anzurufen! Wirklich! Und wegen Eckart … lassen Sie sich von seinem Poltern nicht beeindrucken! Er meint es nicht so! Er ist ein herzensguter Mensch! Wie ich ihn kenne, hat er sich bis zum Schluss für Ihren Vater eingesetzt! Ich habe ja erlebt, wie die Entscheidung der Bank gegen die Firma Ihres Vaters an ihm genagt hat, nachdem er Feierabend hatte!" Für ein paar Minuten schweigen sie und schauen in den Abendhimmel.

Als Kai merkt, dass Lisbeth ihn von der Seite aus mustert, kehrt sein Luftikus-Grinsen für einen kurzen Moment zurück. Lisbeth ist zwar nicht ganz Kais Alter, aber interessant findet Kai die 15 Jahre ältere, doch blendend aussehende Frau schon. Vor allem im Glanz des Mondlichts: „Sie können übrigens ruhig Kai zu mir sagen!" Lisbeth zögert einen Moment, willigt dann ihrerseits doch ein und reicht ihm die Hand: „Ich bin Lisbeth!" Als sie Kai auf Marie anspricht und wie es überhaupt zu seiner Vaterschaft gekommen ist, ist die leicht knisternde Stimmung schnell wieder dahin. Kai gestattet einen Einblick in seine Vergangenheit: „Ich war jung, damals. Gerade 19! Kannst Dir ja vorstellen, Gymnasium, reichlich Taschengeld, Parties, da war dann eben auch Mareike. Und…" – „…und Ihr habt einfach nicht aufgepasst, oder?"

Kai schweigt betreten. Lisbeth: „Wie es eben so geht!" – „Als Marie zur Welt kam … das hat mächtig Zoff gegeben! Aber letztlich hat mein Pa das mit Geld geregelt. Er wollte nicht, dass meine Zukunft unter … naja andere würden Fehltritt sagen … naja, darunter leidet eben. … Für mich war die Sache damit erledigt; es hieß, Mareike und Marie wären nach Hamburg gezogen. Zu irgendwelchen Verwandten. Nach kurzer Zeit war der Frieden zu Hause wieder hergestellt und ich konnte weitermachen wie sonst auch. Parties, Parties, Parties ... mehr hatte ich nicht im Kopf. Neben dem Studium, natürlich!" – „Natürlich!" – „Später dann muss sie in Düsseldorf gelandet sein. Keine Ahnung, Kontakt hatten wir keinen!" – „Und wieso kommt sie gerade jetzt? Hängt das mit den Zahlungen zusammen? Dein Vater wird irgendwann den Unterhalt nicht mehr überwiesen haben, denke ich mir." – Kann ich nichts zu sagen. Echt nicht! Aber Mareike deutete so etwas an. Möglich ist das! Sie schrieb etwas von einer Chance in Italien. Ich habe es mir nicht gemerkt. Kam ja dann auch der Gerichtsvollzieher mich rauschmeißen. Und was weiß ich denn schon von unseren Finanzen?" – „Was ist denn mit Verwandten und so? Hast Du keine?" – „Alle verstorben! Unser Zweig ... die einzigen Klespers, die noch übrig waren! Keiner mehr da!"

Lisbeth denkt schon wieder pragmatisch: „Hat Deine Mareike vielleicht Großeltern, Eltern, zu denen Marie könnte?" Darauf hat Kai keine Antwort. Er schluckt; seine Stimme klingt bitter: „Ist wie mit unseren Finanzen: Was weiß ich von Mareike? Ich weiß ja nicht mal, was in meiner eigenen Familie los ist. Mein Vater hat mir kein Wort davon gesagt, dass er in der Firma Schwierigkeiten hat!" – „Und Deine Mutter?" – „Auch nicht! Keine Silbe!" – „Wird Dich wohl auch nicht sonderlich interessiert haben. Wie auch das Leben Deiner Tochter! Bis heute jedenfalls! ... Du wirst Dich um die Beerdigung kümmern müssen! Und um Euren Lebensunterhalt! Was hast Du eigentlich den ganzen Tag wirklich so gemacht?" – „Studiert!" – „Die Frauen? Oh, entschuldige, ist mir so rausgerutscht!" – „Nein, Architektur! Ich wollte die Firma von meinem Vater übernehmen ... Bauen und Planen, das passt doch zu einem Bauunternehmen! Und gelebt habe ich von Zuhause und Taschengeld eben." – „Wir können Dich hier aber nicht durchfüttern!" – „Ist mir klar!" – „Vielleicht weiß Marie ja was über ihre Großeltern oder so." Kai

91

nimmt Lisbeths Hand. Die guckt zunächst befremdet. Doch dann spürt sie, dass es ihr nicht unangenehm ist: „Keine Angst! Will nur Danke sagen. ... Obwohl ... Dein Mann, nicht dass der richtig sauer wird auf Dich wegen mir!" – „Schon gut! So was wie mit Dir und der Firma Deines Vaters macht ihm wie gesagt immer zu schaffen. Er nimmt sich davon viel zu viel an. Und wenn diese Themen dann irgendwie hier in sein Zuhause getragen werden, da reagiert er sensibel. Trinken wir noch 'nen Wein zusammen?" – „Nein Danke, es war ein anstrengender Tag! Ich möchte nach meiner Tochter sehen!" Kai geht in das Zimmer zurück. Lisbeth gefällt diese Antwort gut: „Na also, wird doch!"

Kai bewegt sich schleichenden Fußes, um Marie nicht zu wecken. Im Licht des hereinscheinenden Mondes kann Kai Maries Gesicht gut erkennen. Lisbeth folgt Kai, lächelt und verlässt das Gästezimmer, leise die Türe hinter sich schließend. Ihr neuer Mitbewohner zieht sich sein Hemd und seine Hose aus, kniet sich hin und sieht in das kleine, süße Gesicht des Töchterchens. Sein Herz geht ihm auf. Er weiß nicht, ob er weinen oder lachen soll. Die Eltern tot, die Zukunft ungewiss, aber ein liebes kleines Kind in den Armen: „Wir schaffen das, Kleines, wir schaffen das, versprochen! Ich weiß nicht, was morgen ist, hab' keine Ahnung, wie ich Dich durchbringen soll, aber ich weiß, dass ich froh bin, dass Du da bist! ... Mein eigenes kleines Kind! ... Morgen ist wieder ein neuer Tag, und mit Dir läuft es da bestimmt besser! Wir beide schaffen das!" Dann legt er sich zu ihr und schläft sofort ein. Marie dagegen macht ein Auge auf, greift nach Kais Hand und wechselt ebenfalls sofort und mit einem glücklichen Lächeln endgültig ins Reich der Träume.

Episode 2: Szenenwechsel

Düsseldorf am Morgen, das heißt in erster Linie, dass die Zubringer der Autobahnen in Richtung des Stadtzentrums faktisch zugeparkt sind und die Menschen in der Innenstadt aus den Bahnen in die Bürohäuser strömen. Während der Coronapandemie sind noch mehr Menschen auf das Fahrrad umgestiegen, mit dem sie nicht nur mit mehr Abstand, sondern sowieso grundsätzlich schneller ans Ziel kommen; an einem wunderschönen Sommertag, der sich ankündigt, zudem mit sehr viel mehr Spaß. Düsseldorf war schon immer eine Hochburg der Radfahrer: gerade auch im Hinblick auf das Flachland zu den benachbarten Kleinstädten Hilden oder Meerbusch und Neuss.

Froh, die Coronakrise überstanden zu haben, gedenken die Kommunen morgens um 10:00 Uhr eine Minute der Opfer. Eine Gepflogenheit, der nicht nur in Düsseldorf gefolgt wird. Der Zorn, der mit dem Sieg über Covid 19 aufgekommen ist, gipfelt immer öfter in Forderungen nach Schadenersatz von China. Die Ignoranz der Regierung in Peking, die Seuche zuerst zu vertuschen versucht und als solche verleugnet zu haben – sogar den zuerst damit beschäftigten Mediziner Li Wenliang zu bedrohen und zur Rücknahme seiner Erkenntnisse zu nötigen – wurde von den Regierungen des Westens verurteilt. Spätestens seit dem 31. Dezember 2019, dem Tag, an dem Peking den Ausbruch von Corona in Wuhan als Seuche anerkannt hat, hätte China seine Grenzen hermetisch abriegeln müssen! Wie viele Menschen wären dann noch am Leben? Wieviel Trauer und Elend wäre der Welt erspart geblieben?

Aber Xi Jinping und seine Regierung wollten ihr Gesicht nicht verlieren und haben die Welt ausschließlich deswegen ins Chaos gestürzt. Und sich des Hochverrats dadurch auch am eigenen Volk schuldig gemacht! Kluge, liebenswürdige Chinesen mussten sterben, weil ihre Regierung es zugelassen hat! Kritik dazu sowie daran, dass Zwangsarbeit und die Unterdrückung der muslimischen Uiguren in der Diktatur Chinas üblich sind, wird von der Regierungsclique um Xi nicht geduldet. Anstatt sich bei der Welt zu entschuldigen, sperrt sie lieber die Vertreter der Demokratiebewegung in Hongkong ein, unterdrückt die Menschen, schüchtert das Volk ein so wie einst die Nazis oder die DDR, umgesetzt durch Gestapo bzw. die Stasi. Nichts habe sich verändert seit Hitler, so die Philosophen über die Regenten, die Demokratien in Diktaturen umwandeln wollen. Lisbeth geht beim Frühkaffee in der Küche der Frage nach, ob es nicht besser wäre, dass Europa sich stärker auf sich besinnt und auf seinem Kontinent produziert, als die Wirtschaft desjenigen Landes zu stützen, das sich als kommende Großmacht sieht, entsprechend expansiv agiert, auf Menschenrechte scheißt und die Sicherheit in der Welt bedroht: „Dann verkaufen die deutschen Autohersteller eben weniger Fahrzeuge in China! Wen stört es, dass die steinreichen Aktionäre der Konzerne ihrer achten keine neunte Milliarde hinzufügen können? Vom Kurzarbeitergeld des Staates profitieren, aber die Gewinne einstreichen und die Besitzer der Autobauer immer reicher machen; was für eine verkommene Praxis! Hoffentlich zählen nicht noch Chinesen zu den Aktionären! Das wäre übel angesichts dessen, dass sie die Schuld an der Coronakrise tragen!“, denkt die Hausherrin laut. Und nicht nur dieses Thema beschäftigt die Marktleiterin; auch die Schlagzeilen, die ihr Mutterhaus verursacht, missfallen ihr aber so was von! Wutentbrannt legt Lisbeth ihr Smartphone zur Seite, nachdem sie einen Artikel über WNP-Kauf gelesen hat. „Das reicht mittlerweile! … Was ist eigentlich mit Aufstehen, lieber Kai?“

Auf dem Carlsplatz unweit der Rheinuferpromenade – der als innerstädtischer Wochenmarkt mit seinem vielseitigen Angebot in Bezug auf Gastronomie, Obst und Gemüse ein Anziehungspunkt sowohl für Einkäufe als auch für Erholung oder ein preiswertes Essen suchende Zeitgenossen in der Altstadt ist – tummeln sich am frühen Morgen die Transporter, die ihre frischen Waren auf die größtenteils überdachten Marktstände verteilen: Ein absolutes Highlight und damit ein Muss für alle, die die Landeshauptstadt am Rhein besuchen; vor allem am Samstagmittag im Sommer, wenn sich bei einem Glas Weißwein und einem Teller Pasta bei Casa Cortilla das Gefühl einstellt, man sei irgendwo am Mittelmeer im Urlaub. Vorspeisen, Pasta, der Soave Classico eisgekühlt, das ist Wellness für Körper und Seele zugleich; liebevoll von der Familie Pecoraro serviert, die einen Besuch dieses fest eingerichteten Standes zu einem besonderen Erlebnis macht. Nicht nur dort jedoch, sondern auch bei den anderen Anbietern auf dem Carlsplatz wird sich auf den Tag vorbereitet.

Die Bäckereien in der Innenstadt freuen sich über die vielen Menschen, die sich mit einem belegten Brötchen oder einem kräftigen Rührei für den harten Arbeitstag stärken. Lastwagen parken auch an der Laderampe von WNP-Kauf: Die Entladung der schweren 38-Tonner wird von Andersen trotz der frühen Stunde höchstpersönlich überwacht.

Im Haus der Familie der Marktleiterin sitzt Marie schon an einem Becher Kakao und baut ein Haus aus Bierdeckeln. Vorsichtig fügt sie einen Deckel an den anderen; sehr darauf bedacht, dass es ein ordentliches Bild ergibt, ihr Kartenhaus. Lisbeth streicht indes Butterbrote. Sie geht sehr liebevoll mit dem kleinen Mädchen um: „Dir schmeckt es, oder?" Marie beantwortet die Frage damit, in dem sie mit viel Appetit sich auch die zweite Hälfte des mit Schokolade belegten Brotes hineinstopft. Für Lisbeth frische Brötchen im Stehen, dazu ein dampfender Kaffee – morgens um sieben ist die Welt eben noch in Ordnung: „Hauptsache, Du fühlst Dich wohl, Kleines! Schokolade als Brotbelag ist zwar nicht die gesündeste Art der Ernährung für ein Kind, aber heute machen wir eine Ausnahme! War ja ziemlich anstrengend der Tag gestern. Du bist eingeschlafen, bevor Du im Bett warst!" Lisbeth ist anzusehen, dass ihr das Bemuttern von Marie Spaß macht. Kai und Eckart begegnen sich an der Tür zur Küche. Beide bringen nur einen knappen Gruß über die Lippen: Ein kurzes Guten Morgen, mehr nicht. Aber im Chor! Lisbeth grinst den kleinen Gast an: „Wenn das so weitergeht, ich meine in dem Tempo, dann werden die beiden noch echte Freunde!"

Marie nimmt den Faden auf; schlagkräftig wie eine Erwachsene: „Was sind echte Freunde? Gibt es auch unechte?" Kai bejaht heftig: „Da kannst Du einen drauf lassen, Kleines!" Mahnende Blicke von Lisbeth: falsche Wortwahl! Er entschuldigt sich: „Sorry! Ja, von unechten Freunden scheine ich mehr zu haben, als ich dachte; wie zum Beispiel die, die mich von heute auf morgen fallen lassen! ... Schaut mal! Sie baut Häuser! Ganz der Opa, hey!" Zuerst lacht Kai fröhlich auf, doch dann durchzuckt ihn ein heftiger Schmerz, denn damit wird ihm die Erinnerung an den vorangegangenen Tag ins Bewusstsein zurückgerufen. Der Unfalltod seiner Eltern, der Verlust der sicher geglaubten Existenz, die Wegnahme des Sportcabriolets und des Zuhauses durch den Gerichtsvollzieher – das Ende des Lebens, wie Kai es bis zum Vortag gelebt hat.

Lisbeth wendet sich geduldig erklärend Marie zu: „Echte Freunde, also, richtige Freunde sind Menschen, die zu einem stehen! Auch wenn man in Not ist! Vor allem dann! Und falsche Freunde – also ‚unechte' – sind Menschen, die einem vorspielen, ein Freund zu sein, einen aber im Ernstfall hängen lassen. Aber ‚unechte' sagt man nicht. Eher falsche Freunde. Wobei, eigentlich stimmt auch das nicht. Es sind einfach keine Freunde!" Eckart nickt: „Etwas umständlich, aber im Ergebnis stimmt das!"

Die Hausherrin fordert Kai auf, am Frühstückstisch Platz zu nehmen: „Setz' Dich!" Als Eckart merkt, dass Kai und Lisbeth schon beim Du sind, hebt er irritiert die Augenbrauen. Was seiner Lebensgefährtin nicht verborgen bleibt: „Wir hatten eine kleine Unterhaltung gestern!" – „Aha!" Die Atmosphäre ist jetzt etwas angespannter als zuvor; es liegt Streit in der Luft. Kai sieht Eckart feindselig an, Eckart sein Gegenüber ebenso. Der junge Klesper kann natürlich nicht anders, als in dem Bankangestellten immer noch den Menschen zu sehen, der für den Ruin der Firma und damit den Tod seiner Eltern verantwortlich ist; zumindest teilweise. Lisbeth ignoriert die angespannte Stimmung. Nur das Schmatzen von Marie ist zu hören. „Wo ist eigentlich Max?"

Wie auf Kommando wird die Haustür zugeschlagen und der Sohn des Hauses betritt die Küche. Er kommt offensichtlich vom Joggen. Mit der Zeitung in der Hand: „Moin, moin! Hier, ich bringe Euch das Neueste aus aller Welt frisch auf den Tisch!" – „Das kenne ich schon aus dem Internet! Hatte direkt wieder die Nase voll! Moin, Max!", begrüßt Lisbeth ihren verschwitzten Zögling: „Geh duschen, Du stinkst und tropfst hier alles voll!" Max schaut zu Marie. Die mampft, von der Unterhaltung der Erwachsenen unbeeindruckt, ihr Brot. „Hi, Kleine! Alles roger?" – „Logo!" – „Cool, endlich mal einer hier, der meine Sprache spricht!" Lisbeth aber denkt weiter: „Quatsch nicht rum! Du musst gleich los! Dein erster Tag bei uns!" Max, gespielt verzweifelt: „Karriere am Rockzipfel von Mama! Wie ich das nur meinen Leuten verkaufen soll…" Er schiebt die Zeitung ein Stück von Kai weg. Der merkt das, lässt das aber zunächst unkommentiert, greift nach einem Brötchen, nimmt sich ein Messer und beginnt sein Frühstück. Eckart will wohl auch witzig sein: „Das kostet hier aber extra! Ist nicht im Übernachtungspreis enthalten!" Kai hält kurz in seinem Bewegungsablauf inne, sieht Eckart versteinert an, legt dann das Messer weg, zieht sich die Armbanduhr ab und schiebt sie Eckart über die Tischplatte zu: „Reicht die als Anzahlung? Oder Sie können sie ja gleich mitpfänden für Ihre Bank! Ist ein Geschenk von Paps!!" Lisbeth ermahnt Eckart überdeutlich: „Eckart!" – „Was? Wir müssen alle für unseren Lebensunterhalt aufkommen!" Lisbeth schiebt Kai die Uhr zurück: „Aber nicht so, klar? Und nicht vor der Kleinen!" Marie merkt am Tonfall, dass etwas nicht stimmt. Von der einen auf die andere Sekunde wirkt sie besorgt und zerbrechlich: „Nicht streiten! Das haben Mama und Ludger auch immer getan. Das macht mir Angst!"

Max beruhigt Kai auf seine glaubhaft witzige Art: „So sind die beiden nicht jeden Morgen. Mach' Dir nichts draus!" An Eckart geht Maries Angst jedoch nicht spurlos vorbei. Ihm ist bewusst, zu weit gegangen zu sein: „Ich habe das nicht so gemeint! Entschuldigung!" Kai ist die Situation ebenfalls unangenehm: „Tut mir leid! Muss wohl an mir liegen!" Lisbeth versucht die Fronten aufzulösen: „Ich will Dich mal sehen, wenn Du von einem auf den anderen Tag eine Tochter vor die Nase gesetzt bekommst und Dir Dein Zuhause genommen wird! Da gerät Dein Leben auch ganz schön aus den Fugen, mein lieber Männe!" Eckart steht auf und geht zur Tür: „So was würde mir gar nicht passieren! Außerdem ... es gibt keine Situation, der ich nicht gewachsen wäre! Ihr entschuldigt mich? Ich bin im Bad!" Kai guckt beschämt. Lisbeth beruhigt ihn: „Lass Dir nichts gefallen von ihm! Du bist unser Gast! Und, übrigens, ich habe noch einen Termin vor der Arbeit. Max, wir sehen uns im Geschäft!"

Lisbeth verschwindet leicht säuerlich aus der Küche. Marie fleht Kai und Max an: „Könnt Ihr bitte alle aufhören zu streiten? Ich will das nicht!" Dies wirkt auf Max wie ein Alarmsignal: „Tun wir doch gar nicht! Keine Sorge, Piccola!" Kai registriert aufmerksam, wie einfühlsam Max mit Marie umgeht: „Ihr habt das echt drauf mit der Kleinen, Deine Mutter und Du!" – Vergiss es!" – „Was denn?" – „Sie uns hier zu lassen! Sie ist Deine Tochter, mit Betonung auf ‚Deine'!" Max ist anzusehen, dass er dem Neuen in der Familie gegenüber durchaus aufgeschlossen ist. Kai will ein normales Gespräch in Gang bringen und deutet auf die Zeitung: „Steht was drin? Über ... meine Eltern und so?" Max zögert mit der Antwort, verspeist sein Frühstück, kapiert aber, dass er die Frage sowieso beantworten muss: „Die ganze Geschichte! Hintergründe, Bilder aus Eurer Villa und von Dir!" – „Zeig' mal bitte!" – „Jetzt nicht!" – „Los, lass sehen!" – „Glaub' mir, ist besser! Das verdirbt Euch den Start in den Tag! Denke auch an die Kleine dabei, bitte!" Kai versteht, verzichtet und setzt seine Mahlzeit fort. Marie mustert ihren Vater. Und er spürt, dass etwas in ihrem kleinen Kopf vorgeht. „Was ist Dein Plan für heute? Ich meine, mit Marie und so?", fragt Max nach. „Ich zerbreche mir schon den ganzen Morgen den Kopf! Wenn ich das nur wüsste!"

Die Hausherrin will die Tür vom Badezimmer öffnen. Doch die ist abgeschlossen. Sie wundert sich drüber: „Bist Du da drin, Ecki? Seit wann schließt Du ab?" – „Seit Du fremde Leute zu uns ins Haus lässt, die mir auch noch das Frühstück verderben! Dir dürfte bekannt sein, dass mir diese Zeit mit Euch sehr wichtig ist!" – „Tu' mir jetzt einen Gefallen und lass den Mist! Sei nett zu Kai, der hat eine Menge durchzumachen! Das war nur die erste Nacht, mehr nicht! Mach' einfach kein Drama draus!" Die Badezimmertür geht auf. „Und, was muss ich alles durchmachen? Danach fragt keiner! Die Arbeit in Form des Sohnes eines toten Gläubigers unserer Bank bei mir am Frühstückstisch, das ist wirklich nicht entspannend. Wo wird Dein neuer Schützling denn die zweite Nacht verbringen?"

Die Mutter seines Sohnes zieht Eckart einfach zu sich, küsst ihn, umarmt ihn und legt ihre Schulter auf seinen Kopf: „Bei uns! Wir brauchen das Zimmer doch nicht! Meinst Du, ich schick ihn gleich wieder auf die Straße? Mit dem Kind? Das wäre ein Verbrechen gegen die Menschlichkeit!" – „Und wovon soll er leben? Du glaubst doch nicht etwa, dass er sich auf unsere Kosten durchfuttern kann, wie er das bei seinen Eltern gemacht hat? Ich kenne die Abrechnungen seiner Kreditkarte! Du würdest Dich wundern!" – „Ich schaue nach, was sich bei uns im Markt machen lässt! Irgendeinen Job ... da kommt mir gerade so eine Idee. Er kennt sich gut mit Wein aus!" – „Wein? Saufen? Ja, das glaube ich Dir aufs Wort, dass er sich da auskennt!", lacht Eckart auf, klingt nun jedoch versöhnlicher: „Wo willst Du eigentlich schon hin? Für Deine Verhältnisse ist es wirklich noch früh!" – „Kontrolle im Markt! Mal sehen, wie genau es die Herrschaften mit der Pünktlichkeit nehmen. Und da wäre auch sonst noch so einiges zu klären. Lies' mal die Zeitung!" Sie weicht Eckarts Blicken aus und geht sich umziehen. Eckart spürt, dass etwas anderes im Kopf von Lisbeth passiert, zögert kurz und greift nachdenklich zum Rasierapparat.

Konzernzentrale

Lisbeth hat trotz der frühen Uhrzeit keine Probleme, Düsseldorf über die Theodor-Heuss-Brücke in Richtung Neuss zu verlassen. Morgens wollen alle rein in die Landeshauptstadt, raus aber praktisch niemand. Eine Viertelstunde später erreicht sie die auf Hochglanz getrimmte Konzernzentrale von WNP-Kauf und sitzt nach weiteren 15 Minuten im Wartezimmer vor dem Büro von Dr. Stefan Stock. Wo ihr besonders ein Umstand auffällt: Seine Vorzimmerdame ist unübersehbar eine um mehr als zwanzig Jahre jüngere Ausgabe Lisbeths. Nur der Stil ihres Outfits; naja, ist Neuss hier, nicht Düsseldorf. Lisbeth hasst es jedoch nicht nur deswegen, an dieser Stelle einen Termin zu haben.

Stock ist Stellvertretender Vorstandsvorsitzender des Warenhandelshauses, geschieden, grauhaarig, blasse Hautfarbe, breite Statur zu leichtem Bauchansatz, Anzug aus der mittleren Preislage, Ansons, keine Premiummarke. Lisbeth kennt den verbraucht wirkenden Mittfünfziger seit vielen Jahren und weiß, dass er den Ruf hat, ohne Visionen zu sein; intrigant, obrigkeitshörig, egoistisch, missgünstig, nach oben hin buckelnd und in erster Linie gierig. Eigenschaften, mittels der er es im Zusammenspiel mit seinem ihm zu eigenen Opportunismus geschafft hat, über die Jahre eine Karrierestufe nach der anderen zu erklimmen.

Kurze Zeit später bittet dieser wenig sympathische Zeitgenosse Lisbeth ins Büro, erweckt aber nicht den Anschein, sich besonders auf das Treffen gefreut zu haben; seinen Gast zuerst nur mit einem Murren begrüßend. Lisbeth gibt sich ebenfalls förmlich: „Guten Morgen, Herr Dr. Stock!" – „Nehmen Sie Platz, Frau Berger! Sie müssen schon einen sehr guten Grund haben, sich so früh und außer der Reihe einen Termin in der Zentrale geben zu lassen! Was liegt an?" – „Es war mir wichtig, Sie zu sehen!" – „Tatsächlich? Ich dachte, das hätten wir hinter uns!" – „So war das nicht gemeint!" – „Ach, nein?" – „Nein!" – „Was ist dann? Kaffee?" – „Verzichte!" – „Oh, jetzt hast Du meine Aufmerksamkeit!" – „Also, zunächst möchte ich Ihnen mitteilen, dass wir in den Düsseldorfer Märkten mit den Flyern nicht mehr zurechtkommen! Die Agentur wählt oft schon vor dem Anlauf der Kampagne ausverkaufte Produkte für die Werbung aus. Abgesehen davon, dass sie inhaltlich überholt sind, ist die Gestaltung der Prospekte und Flyer so old fashioned, dass es uns in den Märkten gruselt! Und das mit der Onlinewerbung funktioniert mit denen auch eher suboptimal! Die haben ja nicht einmal Twitter- oder Instagram-Accounts, so von gestern sind die! … Wir, also, ich möchte Sie dringend bitten, eine neue, eine hiesige Agentur als Ersatz für diejenige in Bremen zu suchen, die die Flyer übernimmt!" – „Bist Du … ach, das Siezen ist Dir ja lieber … jetzt Sprecherin für die Düsseldorfer Filialen?" – „Nein, aber es traut sich ja sonst keiner, den Mund aufzumachen! Ihr habt das Klima der Angst im Konzern dermaßen kultiviert, dass es einem gruselt!" – „Eine Übertreibung!", bleibt Stock gelassen. Schaut nicht einmal auf!

Was Lisbeth in Rage bringt: „Allein schon dieser Widerspruch in Eurem Verhalten: Wenn eine einfache Kassiererin einen Pfandbon findet, oder ihn geschenkt bekommt von Kunden, und ihn einlöst, landet sie publikumswirksam auf der Straße! Wenn aber ein Werbeleiter, der zufällig zuvor Leiter der Werbeagentur war, die für die veraltet aussehenden Flyer verantwortlich ist, wenn dieser Leitende Angestellte sich durch kriminelle Machenschaften um eine Viertelmillion Euro bereichert, haltet Ihr zu diesem Gangster, anstatt sich beim Geschädigten zu entschuldigen, der sich immerhin voller Vertrauen an Euren Konzern gewendet hat und davon ausgehen durfte, Euer Partner zu sein!"

„Unserem!" – „Was?" – „Unserem Konzern, bitte! Bitte auch nicht diese Story wieder!" – „Wieso? Alle Medien berichten fast täglich darüber! Da versprecht Ihr einem Autor Unterstützung für die Produktion einer Fernsehserie, wollt damit Sympathiepunkte bei der Kundschaft machen, das Zusammengehörigkeitsgefühl innerhalb der Belegschaft stärken wie auch eine neue Art der Verbindung zum Kunden schaffen; der Vorstand beschließt daher die Zahlung von rund 1,2 Millionen Euro netto Produktionskostenhilfe an eine renommierte Produktionsgesellschaft der Fernsehbranche, aber als sich die Interessenlage ausschließlich der Agentur verschiebt, lasst Ihr den Urheber und

Autor einfach fallen! Meinen Sie, das kommt gut an bei den Kunden?" – „Es ist eine Viertelmillion Abfindung an den Drehbuchautor geflossen; freigegeben von unserem Vorstandsvorsitzenden persönlich!" – „Eben nicht, denn Ihr vertuscht, dass der Werbeleiter und seine Agentur sich das Geld in die eigene Tasche gesteckt, dem Autor gegenüber aber die Abfindung in Gänze verheimlicht und verleugnet haben! Nur durch die Indiskretion eines Ehemaligen ist das herausgekommen! 220.000 Euro netto konnten der Werbeleiter und seine Komplizen auf diese Weise erschwindeln! Auch mit der Behauptung, die Drehbücher zur Fernsehserie entwickelt zu haben! Sie haben das Projekt für den Konzern lediglich als Agentur betreut, wofür sie 140.000 Euro erhielten; unter dem Strich haben sie netto 360.000 Euro für nichts erhalten, aber auf der Basis fremden Eigentums, das sie schlicht gesagt missbraucht haben! Denn sie haben weder den Auftrag gegeben, Drehbücher zu entwickeln, noch sie selbst geschrieben! Wofür sie vermutlich auch zu blöd sind!"

„Kein Kommentar!" – „Ja, das ist ja Eure Haltung auch der Presse gegenüber! Die Gangster auf Eurer Etage schützen, aber die Kassiererinnen wegen eines eingelösten Pfandbons über 1,40 Euro oder der Mitnahme einer Packung Pralinen aus der Mülltonne entlassen! Glaubst Du, das finden unsere Kunden gut? Fair? Anständig? Das sind auch kleine Leute!" – „Wer wissen ja gar nicht, ob der Autor oder Schriftsteller Rechteinhaber gewesen ist!" – „Dann erklären Sie mir und den Kunden bitte, wieso der Werbeleiter und ein Vertreter der Agentur zum Ausgleich der Forderungen des Autors zwei Zahlungsverpflichtungserklärungen von jeweils 75.000 Euro ausgestellt haben? Wieso, wenn der Autor keine berechtigten Forderungen oder Rechte hat? Wieso stellt jemand Schuldscheine aus, wenn dem Empfänger nichts zusteht?"

Stock zuckt verärgert zusammen: „Woher wissen Sie das?" – „Ich habe auch meine Quellen! ... Wenn die Öffentlichkeit von diesem letzten Detail erfährt; wenn die Kunden erfahren, dass unsere Konzernleitung – also auch Du – es durchwinkt, dass der Werbeleiter und sein Kumpan, Partner oder Komplize, zwar auf sich bezogene Zahlungsverpflichtungserklärungen über insgesamt 150.000 Euro ausstellen – in einem der beiden Fälle von der Ehefrau mit dem Namensschriftzug des Werbeleiters, nicht von ihm selbst unterschrieben – diese aber nie bezahlt haben, dann zeigt mir das, wie moralisch verdorben Geschäftsleute in den oberen Etagen der Lebensmittelkonzerne sind! Was sind das für krumme Sachen? Lug und Betrug von Anfang is Ende, und Ihr, der Vorstand, unternehmt nichts und deckt die Übeltäter auch noch! Irgendwann fliegt Euch das um die Ohren! Der Autor jedenfalls ist pleite gegangen! Stell Dir vor, er hätte sich umgebracht angesichts dieser Schmach! Er hat seine Arbeitsgrundlage verloren, aber die daran schuldige Werbeagentur arbeitet immer noch für WNP-Kauf? Miserabel übrigens, wie gesagt! Moralisch ist das unter aller Sau, Betrüger und Urkundenfälscher zu decken!"

Den Boss lässt die Zusammenfassung Lisbeths kalt. „Der Autor hätte neue Drehbücher schreiben können!" – „Als ob das so einfach wäre, wenn man in der Fernsehbranche zur persona non grata erklärt wird, wie in den Medien zu lesen ist! Seine Produzenten und der Sender waren sauer, weil die 1,2 Millionen ausblieben! Ihr hättet Euch für ihn einsetzen müssen! Als Unternehmensleitung habt Ihr Verantwortung, dass alles gerade und korrekt läuft!" – „Bist Du fertig?" – „Es kotzt mich an, wenn unser guter Name durch das nicht nachvollziehbare Handeln des Vorstands zu Gunsten eines der Ihren in den Dreck gezogen wird und Ihr Euresgleichen mit Hunderttausenden Euro versorgt, für die sie nichts geleistet haben! Ganz im Gegenteil, geklaut und betrogen haben sie! Dafür arbeiten unsere Angestellten in den Märkten vor Ort zu hart! Für zu wenig Geld übrigens! In der Zeit der Pandemie habt Ihr Euch dumm und dämlich verdient, aber für die meisten Kollegen, die Überstunden gemacht und richtig hart gearbeitet haben, gab es nicht einmal einen feuchten Händedruck! Am Ende sind Unternehmen wie wir nicht besser als die Ausbeuter aus der Zeit des Kolonialismus!"

Stock zeigt trotz der harten Worte keinerlei Regung: „Sonst noch was?" – „Ich muss darüber hinaus Klarheit haben! Sind Sie irgendwie unzufrieden mit mir? Stimmen die Zahlen nicht? Mache ich zu wenig Umsatz, haben Sie etwas an den Renditen auszusetzen? Vielleicht an meiner Personalpolitik? Oder meiner deutlichen Aussprache?" – „Selbstzweifel? Haben das die Frauen in Ihrem Alter? Wie kommen Sie darauf, dass etwas nicht stimmen könnte?" – „Meine Vertragsverlängerung steht an! Und ich habe den Eindruck, dass Sie nach Alternativen zu mir suchen! Deswegen bin ich eigentlich hier!" Stock versucht sich nicht anmerken zu lassen, dass er mehr weiß als er zugibt.

Er will sich nicht in die Karten gucken lassen: „Daher so früh das Treffen! Aber mir erst Vorträge voller Vorwürfe halten, um mich anschließend nach einem neuen Vertrag zu fragen? Ist das ein kluges Vorgehen?" – „Das war keine Antwort, Stefan!" – „Eine andere gibt es zu diesem Zeitpunkt aber nicht! ... Lisbeth, Du bist seit so vielen Jahren für uns tätig, praktisch von der Pike auf. Deine kaufmännische Ausbildung, Deine praktische Erfahrung, die Fortbildungsseminare zur Marktleiterin, Deine Zahlen; kurz ... eine einzige Erfolgsgeschichte made by WNP-Kauf! An Dir sieht man, was man aus einer Lehre im Supermarkt alles machen, was man werden kann! Wieso also machen Sie sich Sorgen? Obwohl ich Sie nicht einmal wegen Ihres losen Mundwerks rauswerfe? Dass Stefan Stock innerlich aufgewühlt ist und Mühe hat, seine Fassade aufrecht zu erhalten, erkennt Lisbeth an seinen Wechseln vom Siezen ins Duzen, am Hin und Her zwischen der Anrede mit dem Vornamen und der professionellen Anrede."

Lisbeth glaubt in Stocks Gesicht einen leichten Anflug verächtlichen Grinsens auszumachen: „Man macht sich so seine Gedanken!" – „So, macht man? Oder haben Sie das Gefühl, dass jemand an dem Stuhl sägt, auf dem Sie sitzen?" – „Das Gespräch führt so zu nichts! Werden Sie verlängern?" – „Diese Unterredung mit Sicherheit nicht, Frau Berger! Sie entschuldigen mich jetzt? Und, ich denke, Ihr Markt wartet! Schauen Sie auf die Uhr!" Stock sieht Lisbeth an, als wolle er ihr einen Schrecken einjagen! Sein Blick ist nichts anderes als eine unausgesprochene Anordnung, dass sie sofort den Raum zu verlassen habe: „Was in der Presse steht, sollte Dich nicht interessieren! Nur so, als Hinweis!" Lisbeth, nun unsicher und nervös, fragt sich, ob sie doch zu weit gegangen ist und begreift nach ein paar Sekunden, dass sie hier nichts mehr ausrichten kann. Sie steht auf, nickt Stock zu aber dreht sich noch mal um: „Du verzeihst mir nie, oder?" Stefan Stock schweigt, wendet sich zum Fenster und bleibt eine Antwort schuldig. Lisbeth verlässt den Raum. Kaum, dass sie die Türe hinter sich zugezogen hat, greift er zum Telefonhörer und wählt. Freizeichen. „Andersen, sind Sie es?"

Umdenken

Kai lungert gedankenverloren auf der Terrasse des Reihenendhauses herum. Er genießt die Ruhe und die schöne Lage von Lisbeths und Eckarts Zuhause. Der Garten ist ein kleines Paradies: Die Terrasse aus Terrakotta-Platten, messerscharf gerade gemähter Rasen, kleine rechtwinklig angelegte Blumenbeete mit gelben, roten und weißen Tulpen. Das Mobiliar aus Holz, frisch und sauber: Ein Esstisch, vier Stühle, eine Hollywood-Schaukel. Der junge Mann fühlt sich an sein Elternhaus erinnert, die Klespersche Villa in Golzheim.

Dann tritt Eckart neben ihn. Schweigen; Kai atmet tief durch und rechnet mit einem Rauswurf. „Ich möchte mich bei Ihnen entschuldigen, Herr Klesper! Einen guten Start hatten wir wohl nicht! Ich bedaure sehr, dass ich mich nicht gastfreundlicher verhalten habe!" Kai überlegt ein paar Sekunden bevor er antwortet. Er ahnt, dass er hier eine Weiche stellen kann; nur nicht wissend in welche Richtung es danach geht: „Kann ich Ihnen nicht einmal verübeln! Was will ein Banker wie Sie mit dem Sohn von einem stadtbekannten Pleitier bei sich im Haus?

So was schadet nur Ihrem guten Ruf, oder?" – „Ich konnte nichts mehr tun für Ihre Eltern, das müssen Sie mir glauben!" – „Lassen Sie's gut sein; Sie haben nicht am Steuer vom Lkw gesessen. Das mit dem Geld hätte Paps schon hinbekommen. Das mit dem Unfall leider nicht!" – „Ihr Vater und ich haben 18 Jahre lang vertrauensvoll zusammengearbeitet. Mir ist der wirtschaftliche Abstieg von Klesper Bau sehr nahe gegangen. Ich wusste aber schon lange, dass es so kommt, konnte es trotzdem nicht ändern! Er hat meinen Empfehlungen und Warnungen nicht genug Gehör schenken wollen. Ihr Vater hatte viel Erfahrung. Doch er war auch ein Dickkopf! Wir hatten oft Meinungsverschiedenheiten, uns am Ende aber immer auf einen Kompromiss geeinigt. Nur wurde eben das mit zunehmendem Alter immer schwieriger! Aber der Verlust seines Lebens – und des Lebens Ihrer Mutter – das hat mich unabhängig von allen anderen Dingen natürlich schwer getroffen! Wie gesagt, wir haben 18 Jahre lang Geschäfte miteinander gemacht! Wir kannten uns gut! Ich habe damit auch einen Verlust zu beklagen, denn ich mochte Ihren Vater! Das müssen Sie mir glauben; deswegen war und bin ich auch etwas dünnhäutig auf Sie bezogen! … Ihre Kleine ist übrigens im Bad! Da scheinen sich die Frauen vollkommen gleich zu sein: Egal, wie alt sie sind, lange im Bad brauchen sie alle." – „Keine Sorge, nur noch heute! Wir sind gleich weg! Dann ist Ihr Bad wieder frei!" – „Wo wollen Sie denn jetzt hin?" – „Irgendwas geht immer!" – „Und wenn nicht, wo schlafen Sie heute Nacht, Sie und Marie? Unter einer Brücke? Sie haben jetzt für Ihr Kind zu sorgen, da müssen Sie Ihren Stolz einfach beiseitelassen und an Ihre Tochter denken! Es tut mir leid, was ich vorhin gesagt habe! Sie können selbstverständlich bleiben! Reicht das nicht?"

Kai ist innerlich aufgewühlt. Das Frühstück war schon grenzwertig für ihn, aber noch zu bewältigen. Doch dieses, die Ausweglosigkeit seiner Lage wesentlich gravierender verdeutlichende, Gespräch wühlt ihn dramatisch auf: „Keine Ahnung! Aber was wissen Sie schon von meinem Stolz? Was wissen Sie

überhaupt von mir? Okay, Sie lassen mich hier pennen, dafür…"
– „Sie beide!" – „Eh … was?" – „Wir lassen Sie beide, also Sie
und Ihre Tochter, bei uns schlafen! Sie müssen lernen, für Zwei
zu denken! Sie sind jetzt für Ihre Kleine verantwortlich! Bei allen
Ihren Entscheidungen sollten Sie sich daran erinnern, dass Sie
nicht mehr nur allein für sich handeln!" – „Also gut, auch dafür,
dass wir beide bei Ihnen übernachten durften, bin ich Ihnen
dankbar, aber was … was wollte ich jetzt eigentlich sagen, verdammt? Sie kennen mich doch gar nicht!" Kai rauft sich – völlig
durch den Wind – die Haare.

Eckart gibt sich vorsichtig pädagogisch; er ist überzeugt
davon, dass er in diesem Moment einen jungen Mann vor sich
hat, dessen Lebenserfahrung nicht derjenigen entspricht, die ein
Mensch in Kais Alter nach Jahren haben sollte: „Aber das wird
sich bestimmt noch ändern, dass Sie für sich und Marie Entscheidungen treffen, nicht nur für sich allein! Weggehen tun Sie
jedenfalls nicht! Alternativen scheint es sowieso keine zu geben!
Die Villa von Ihren Eltern ist gepfändet und für Sie passé! Das
ist eine unverrückbare Tatsache! Eine Wohnung zu finden, ohne
Job, ohne Geld, bei Ihrer momentanen Popularität? Unmöglich!
Die Mühlen beim Sozialamt mahlen langsam! Das Jobcenter in
Düsseldorf ist bekannt dafür, die Anträge auf Zahlung von Miet-
rückständen so lange liegen zu lassen, bis die Mieter zwangsge-
räumt werden. Dann, wenn sie auf der Straße sitzen, dann fließt
Geld. Mit sind zwei Fälle bekannt, in denen das passiert ist! Das
sind die allerletzten Schlafmützen; eine Schande für den Staat
und seine Fürsorgepflicht!" – „Na Sie machen mir Mut!",
schluckt Kai.

„Dazu: Als alleinerziehender Vater Arbeit zu suchen?
Vergessen Sie es! Wo wollen Sie mit Marie hin? Da bleibt nur
eine öffentliche Notunterkunft! Aber zuvor wird Ihnen Ihre
Tochter vom Jugendamt abgenommen! Und das will ich Ihnen
weder empfehlen noch zumuten!", so Eckart: „Haben Sie denn
wenigstens noch irgendwo Geld für sich?" – „Nee! Mein eigenes
Konto ist im Minus! Normal hat Mama das immer aufgefüllt,

aber diesen Monat nicht. Da sollte ich die Kreditkarte nehmen!"
– „Sparguthaben, Wertpapiere, Aktien ... keinerlei Rücklagen?
Ich meine, nicht bei Graumann & Companie, aber vielleicht
noch bei einer anderen Bank?" Kai wird urplötzlich misstrauisch,
gibt sich aber Mühe, das in seinem Tonfall nicht allzu sehr deutlich zu machen: „Wollen Sie mich jetzt aushorchen, um noch an
die Restpenunzen zu kommen? Wenn es sie denn gebe?" Eckart
verneint vehement. Kai zieht sein Portemonnaie aus der Hosen-
tasche. Er klappt es auf und zieht ein paar kleine Scheine heraus:
In der Summe 20 Euro. Eckart sieht rein. Kai deprimiert: „Das
ist alles, was ich ... ‚wir' noch haben! Ich soll ja jetzt für Zwei
denken!" – „Hm! Weit kommen Sie damit nicht", zieht Eckart
80 Euro aus seiner Tasche: „Hier, nehmen Sie die! Und sagen Sie
jetzt nichts! Gibst sie mir eben später wieder!" Kai schluckt das,
was er sagen wollte, runter, steckt das Geld dankbar ein.

Dann fällt ihm noch eine Visitenkarte seines Vaters auf.
Er schiebt die Geldscheine zurück und zieht die Visitenkarte
heraus. Liest: „Altbausanierung. Neubau. Planung und Bau zum
Festpreis. Das ist jetzt wohl vorbei!" Eckart: „Ein lukratives
Feld! Auch heute noch. Alte Häuser verkaufen, sanieren und sie
als Eigentumswohnungen verscherbeln. Aber man braucht genug Kapital, damit die Zwischenfinanzierungskosten nicht den
Gewinn oder sogar die Substanz der Firma auffressen! Wenn das
eintritt – und bei Ihrem Vater ist genau das geschehen, weil er
alles perfekt bauen wollte und dabei die Kosten aus dem Blick
verlor – dann geht es mit den Unternehmen blitzschnell den
Bach runter! Vor allen Dingen, dann wenn auch noch Zinsen für
die Kaufpreise von bebauten oder unbebauten Grundstücken
aufzubringen sind. Das kann dann schnell eng werden!"

Kai reagiert verständnislos, beginnt die Beherrschung zu
verlieren: „Warum weiß ich das nicht? Warum weiß ich sowas
nicht? Wieso sagt mir das keiner?" Eckart wundert sich: „Haben
Sie und Ihr Vater wirklich nie über das Geschäftliche gesprochen? Ich meine, Du bist ... Sie waren sein Sohn!" – „Können
ruhig Du zu mir sagen! Er wollte noch reden mit mir! Bevor sie

zur Bank mussten. Und ich verdammtes Arschloch hatte nur die Scheiß Party im Kopf." Kai ist den Tränen wieder verdammt nahe. Er empfindet Verzweiflung, Wut und Ärger über sich selbst. Ihm wird klar, dass er seinen Senior zwar jeden Tag gesehen hat, sie aber gar keine Vater-Sohn-Beziehung geführt haben. Gespräche über Geld, die Firma oder das was sein alter Herr empfindet, die hat es niemals gegeben! Kai erkennt, etwas Wesentliches verpasst zu haben. Etwas, was nie mehr nachzuholen ist! Eckart legt ihm tröstend eine Hand auf die Schulter. In diesem Moment verliert Kai sein Portemonnaie aus der Hand. Es bleibt aufgeklappt liegen. Der sportlich-drahtige Hausherr ist schnell und nimmt es auf. Die Kfz-Zulassung vom Sportcabrio liegt jetzt oben. Eckart registriert, dass Kai Klesper als Halter des Sportcabriolets eingetragen ist – und wundert sich. „Wir sollten nach Marie sehen!"

WNP-Kauf am Morgen

Die von fröhlich im Wind flatternden, bunten Flaggen eingefasste Parkfläche von Lisbeths WNP-Kauf-Niederlassung ist schon gut zu einem Viertel besetzt, als sie eintrifft. Sie stellt ihren Wagen ab und ärgert sich schon über das erste Detail: Ein Abfalleimer hängt lose an einem Laternenpfahl und hat sich im Kippen seines Inhalts auf den Boden entledigt. Lisbeth schüttelt ärgerlich den Kopf, klappt den Eimer wieder hoch und presst ihn in die Befestigung. Den Papiermüll rafft sie mit blanken Händen zusammen und steckt ihn wieder in den Korb.

Den Fußweg zum Haupteingang absolviert sie daraufhin erst recht aufmerksam und kontrolliert jedes Detail, was Ordnung und Sauberkeit angeht. Das Haus ist bereits gut besucht: Vom Foyer aus geht es geradeaus in den Supermarkt von WNP-Kauf. Zur Linken haben die Architekten des Gebäudes einen breiten Gang angeordnet, an dem diverse Untermieter ihre Läden eröffnen konnten: Ein Schuhmacher, ein Zeitschriftenladen, ein Fotoshop und natürlich ein Bäcker. Lisbeth war es wichtig einen Pächter für diese Ladenfläche zu bekommen der über eine eigene Bäckerei verfügt und nicht etwa Chemieprodukte aus Sonstwoher importiert. Sie liebt den Duft frischer Brötchen, frischer Kuchen oder Brote. Mit dem Konzept lag sie jedenfalls richtig, denn die etwa 30 Kunden vor der breiten Theke des Bäckers sind ein sichtbares Indiz für die Beliebtheit des Angebots, an das sich die auch vom Bäcker betriebene Cafeteria angliedert.

Rechts vom Eingang zum Supermarkt liegt der große Eingang zum Getränkeshop mit der stylish gehaltenen Weinabteilung – ein durch Sichtbeton kühler, aber nicht weniger einladend wirkender Gegensatz zum rustikalen Backshop. Lisbeth winkt der Belegschaft desselben zu und eilt zur Getränkeabteilung. Narumi kommt ihr schon mit der Post in der Hand entgegen: „Morgen Chefin! Alles gut bei Ihnen?" Lisbeth nimmt der Mitarbeiterin die Umschläge aus der Hand: „Vielen Dank! Guten Morgen. Ja, soweit ist alles in Ordnung!" Narumi jedoch ist viel zu feinfühlig, als dass ihr die Nervosität ihrer Vorgesetzten entginge. Trotzdem geht sie nicht darauf ein: „Die Lokalnachrichten heute kennen kein anderes Thema als den Unfall von Kais Eltern!" – „Ja, schlimm! Der Junge hat jetzt gar nichts mehr. Ich habe diesbezüglich eine Idee. Wir reden später drüber, in Ordnung?" Narumi nickt und geht wieder in den Getränkeshop zurück.

Schnellen Schrittes eilt die Marktleiterin durch die Regale des Supermarktes, grüßt die Mitarbeiter, gibt schon die eine oder andere Anweisung zum Arrangement der Waren und erreicht am Ende ihren Schreibtisch-Arbeitsplatz. Sie schaltet die Deckenbeleuchtung an, zieht ihren Kittel über, kramt darin rum und eine Zigarette raus. Steckt sie an. Zittert: „Jetzt nur die Ruhe bewahren! Nichts anmerken lassen! Schön ruhig bleiben! Das wird schon, Lisbeth, das wird schon!" Aber manchmal beginnen Tage einfach mies. Zum Beispiel damit, dass ausgerechnet der Kollege zur Tür hineinkommt, den man so früh am Allerwenigsten sehen möchte: Andersen. Bereits sein Gesichtsausdruck verrät, dass dessen Laune an diesem Tag auf Krawall gebürstet ist. Lisbeth lässt sich davon nicht einschüchtern: „Klopfen ist wohl nicht?" – „Moin, moin. Mir war eben als hätte ich Ihre Stimme gehört. Hoppla, ist ja gar keiner hier. Führen Sie Selbstgespräche? Ist es schon so weit?" – „Finden Sie nicht, dass sie ein wenig unverschämt sind?" Andersen geht durch die Glastür nach nebenan zu seinem Bürobereich. Lässt die Tür offen, schaltet die Monitore der Marktüberwachung an: „Wir brauchen jetzt dringend jemanden für die Weinabteilung! Und wegen der Handzettel müssen wir reden!" Lisbeth mag es gar nicht, wenn ihr der Takt des Tages vorgegeben wird: „So, müssen wir?" – „Ja, das müssen wir!" – „Sie müssen es ja wissen!" – „Richtig! Muss ich! Ist mein Job!" Das Telefon klingelt. Andersen stellt die Lauscher auf. Lisbeth geht dran: „Ist privat! Mein Arzt! Türe zu!" Kaum, dass die Worte ausgesprochen waren, bedauert Lisbeth, dass sie sich diese Schwäche Andersen gegenüber geleistet hat. Der kommt der Anordnung die Türe zu schließen zwar nach, lässt Lisbeth dabei aber nicht aus den Augen. Arzt? Seine Neugier ist geweckt.

Eckart und Kai hingegen trinken einen gemeinsamen Friedenskaffee in der Küche des Reihenendhauses. Der 25-Jährige lauscht interessiert Eckarts Ausführungen: „Und Sie meinen wirklich, ich kriege den Wagen zurück?" – „Also, wenn Sie ... also Du ... von mir aus ... ich bin der Eckart!" – „Okay! Kai!" Eckarts Entschuldigung zuvor im Garten hat die Atmosphäre zwischen beiden Männern wesentlich verändert; zu mehr Harmonie hin. Dass das Du aber so schnell kommt, damit hat Kai dann nun doch nicht gerechnet. Eben so wenig wie damit, was Eckart ihm jetzt erzählt: „Hier, schau selbst, da steht Dein Name! Du hast mit dem Konkurs Deines Vaters nichts zu tun. Bei uns stehst Du jedenfalls nicht in den Akten! Also haftest Du bei Graumann & Companie auch für keine Kredite oder Verpflichtungen. Oder warst Du doch irgendwie an den Geschäften beteiligt? Hast Du irgendwann etwas unterschrieben außerhalb unserer Bank? Etwa gebürgt oder so für Sachen, die mit uns nichts zu tun haben?" – „Nein! Definitiv niemals!" – „Dann bist

Du offenbar eingetragener Eigentümer dieses Wagens. Da müssen wir nur noch den Kfz-Brief finden." – „Der muss in der Villa sein!" – „Wenn im Kraftfahrzeugschein Dein Name steht, dann ist das auch in der sogenannten Zulassungsbescheinigung Teil 1 der Fall. Der Wagen gehört nicht zum Firmenvermögen, auch nicht zum Privatvermögen Deiner Eltern, sondern er gehört schlicht und ergreifend Dir! Da das schon länger als vier Jahre der Fall ist, kann auch niemand von einer Schenkung in dem Sinne sprechen, dass Dein Vater Vermögen zur Seite schaffen wollte." – „Ja na klar, es ist mein Auto!" Eckart überlegt weiter. Er will sichergehen und vermeiden in Kai falsche Hoffnungen zu wecken, runzelt aber erst einmal die Stirn: „Wieso fährt ein junger Mann von gerade einmal 20, 21 Jahren so einen Porsche?" – Kai grinst: „Warum nicht? Macht Spaß!" – „Ist der Kfz-Brief irgendwo als Sicherheit hinterlegt? Hast Du irgendwann einmal eine Abtretung oder eine Sicherungsübereignungserklärung unterschrieben?" – „Nein! Wirklich, nie!" – „Dann kriegst Du ihn auch zurück!"

Kai wittert Morgenluft; alle negativen Dinge der letzten Stunden scheinen wie weggeblasen zu sein: „Und wie stell' ich das an?" – „Warte ab! Ich helfe Dir dabei! Lass mich mal machen! Damit Du in mir nicht nur die Bank siehst! Aber...", zögert Eckart. Kai: „Jetzt wieder nicht?" Eckart zwinkert verschwörerisch mit den Augen: „Doch, doch! Aber wenn das meine Chefs erfahren, die machen mich mindestens einen Kopf kürzer bei der Bank! Was soll's, jetzt bin ich 25 Jahre da, da habe ich bestimmt einen Fehler gut!" Kai lächelt. Für so cool hätte er Eckart gar nicht gehalten. Ein leichter Hoffnungsschimmer kommt in ihm auf. Dann platzt Max in die Küche: „Komm, Deine Kleine ist fertig! Wir müssen los jetzt!" Eckart dazu mit einem Augenzwinkern: „Ganz die Mutter, oder?"

Lisbeth sitzt an ihrem Schreibtisch und beendet gerade ein Telefonat, als Dietmar Andersen in ihr Arbeitszimmer platzt, dabei beinahe über den Riesenstapel Handzettel stolpernd, die offenbar auf das Verteilen warten. Der Stellvertreter knüpft an die dem Telefongespräch vorangegangene Unterhaltung an: „Die Zeitungen waren voll von der Story. Der Alte von diesem Kai Klesper soll elf Millionen Euro Schulden gehabt haben! Und so was wollen Sie einstellen?" – „Man soll nicht alles glauben, was in den Zeitungen steht. ... Haben Sie eigentlich was gegen den Jungen?" – „Selbst wenn das so wäre ... wäre das kein Einstellungskriterium für mich! Für mich zählt die reine Kompetenz, das Können und die Zuverlässigkeit, nichts sonst!" Andersen verbirgt gut, was er nach der Begegnung in der Strandbar wirklich über Kai denkt: "Der Typ ist daher für uns ungeeignet!" Lisbeth achtet jedoch auf ganz andere Eigenschaften: „Eine etwas dünne Argumentation für eine Führungskraft! So langsam sollte ich mich Ihrer Sozialen Kompetenz annehmen, Herr Andersen! Die ist nämlich für jemanden in Ihrer Position entscheidend!" – „Ich weiß! Deswegen bin ich ja Ihr Stellvertreter, Frau Berger! In dem Zusammenhang: Was ist mit den Flyern? Die Aushilfe hat sich krankgemeldet!" – „Entscheiden Sie das! Sie sind ja mein Stellvertreter, wie Sie eben korrekterweise erwähnt haben! Und geben Sie sich Mühe, dass Sie das auch noch eine Zeit lang bleiben! Ihre Art geht mir nämlich manchmal echt auf die Nerven!" – „Auf der Stelle treten, nicht vorankommen, das war noch nie mein Ding, Chefin!" Der süffisante Unterton in Andersens Stimme irritiert Lisbeth. Sie fragt sich, ob das jetzt eine Drohung war. Dann geht die Tür erneut auf. Ihr Sohn: „Morgen, Mutsch! Melde mich zur Stelle! Und Dein neuer Pflegesprössling ist auch da!"

Narumi und Vanessa bereiten sich im Waschraum für die weiblichen Angestellten auf ihren Arbeitstag vor. Narumi wäscht sich die Hände; schön gründlich, wie zur Zeit der Coronakrise empfohlen. Vanessa registriert das spöttisch und korrigiert ihren Lidschatten: „Die Pandemie ist vorbei!" – „Diese Gründlichkeit werde ich nie mehr ablegen!" – „Eine echte Deutsche! Kompliment! Bye the way: Von nichts kommt nichts! Gutes Aussehen ist in Düsseldorf alles! Bis ins letzte Detail muss alles stimmen!" – „Deswegen alle zwei Stunden dieselbe Prozedur?", schmunzelt Narumi. „Na klar! Was meinst Du eigentlich, wieso ich hier arbeite?" – „Um Deine Miete zahlen zu können?" – „Um hier jemand kennenzulernen, der Niveau und das richtige Portemonnaie hat! Und was in der Hose natürlich! Oder glaubst Du, ich will, dass mein ganzes Leben lang eine Lusche mit Halbglatze und Bierbäuchlein über mich rüber rutscht? Äh, was für ein furchtbarer Gedanke! Und um das zu verhindern, da ist perfektes Aussehen eben Pflicht! Gerade hier, wo die Männer in Rudeln auflaufen!" – „Mit Deiner Sicht der Dinge überraschst Du mich immer wieder! Die Welt der Vanessa – schwarz und weiß!" – „Was sonst? Im Grunde ist es bei Männern ganz einfach. Sie müssen ein pralles Konto und ein großes primäres Geschlechtsorgan haben. Alles andere ist nebensächlich!" – „Also, nur um das festzuhalten, für die Akten: Du bist demnach nur hier, um jemanden aufzureißen?" – „Liegt doch auf der Hand! Alle müssen früher oder später in den Supermarkt, laufen mir hier quasi geradezu in die Arme! Man muss an die Zukunft denken ... von wegen Nest bauen und so ... Du musst nur noch zugreifen! Ehe es zu spät ist, denn alt und runzlig kommst Du auch niemals zu Deinem Traummann!"

Vanessa ist von der Richtigkeit ihrer Theorie absolut überzeugt und strahlt ihre Kollegin Narumi an. Die nimmt es mit Humor: „Siehst Du, und da sagt man, ein Job im Supermarkt wäre nicht spannend! Allein schon, um zu beobachten, ob Du mit Deiner Taktik einen Treffer landest, lohnt es sich, hier zu sein! ... Komm, wir müssen wieder! Die große Morgenrunde wartet!" Vanessa gibt sich zuversichtlich: „Sollen wir wetten, dass es klappt?" Narumi lacht nur und lässt sich auf derartige Spielchen nicht ein. Dazu ist sie als Japanerin viel zu zurückhaltend. Glücksspiel, gleich welcher Art, das ist ganz und gar nicht ihr Ding: „Weißt Du, dass ich mich manchmal frage, wieso ich überhaupt mit Dir befreundet bin? Haben wir vielleicht irgendwas gemeinsam oder so?" Vanessa nimmt die Frage locker: „Wieso wir Freundinnen sind? Weil wir uns schon im Kindergarten um die Jungs gestritten haben. Aber egal, wer von uns welchen bekommen hat – unsere Freundschaft hat sie alle überdauert! Ganz gleich, was für Sprüche ich manchmal draufhabe. Und ich bin gespannt, um wen es als nächstes geht!" Narumi schüttelt den Kopf, aber dann liegen sich die beiden jungen Frauen in den Armen.

Bei Gericht

Eckart steht vor der Treppe zum Justizpalast der Stadt. Im für einen Banker typischen Anzug. Er rückt sich Krawatte und Sakko zurecht und geht nach dem Passieren der Sicherheitskontrolle im modernen Neubau des Amts- und Landgerichts an der Werdener Straße zur Treppe. Gerichte, Prozesse und die darin beziehungsweise damit auszutragenden Konflikte sind Eckart vertraut: Immer wieder kommt er als Leitender Angestellter der Bank Graumann & Companie mit Streitigkeiten um Geld und die damit verbundene Vollstreckung in Berührung. Doch gewöhnen konnte er sich nie daran. Natürlich entstehen die Probleme meistens, wenn die Kunden ihren Verpflichtungen der Bank gegenüber nicht nachkommen. Zinsen werden nicht bezahlt, Schulden laufen auf, Kredite werden gekündigt und dann mit mehr oder weniger Erfolg eingetrieben.

Die Ausfälle für die Bank, die sind Eckart im Grunde gleichgültig. Sie werden als Verluste abgeschrieben und mindern die Steuerlast des Instituts. Aber zuvor übergibt Graumann & Companie seine Forderungen an Inkassobüros, die den Schuldnern oft arg zusetzen. Dabei wäre es so einfach: Eckart empfiehlt immer wieder den frühen Dialog mit den Banken. Manche Menschen aber – weniger im gewerblichen Bereich als vielmehr im Privatsektor – machen jedoch nicht einmal ihre Post auf. Sie fürchten sich vor den Folgen, haben Angst vor den Briefen und lassen wertvolle Fristen verstreichen. So tragen sie selbst dazu bei, dass die Konsequenzen bedrohliche Ausmaße annehmen. Reden, Kommunikation betreiben, dies ist die Empfehlung, die Eckart allen seinen Kunden gibt. Was dazu führt, dass seine

Abteilung nur niedrige Ausfallquoten hat. Der Fall Klesper Bau jedoch stört in seiner persönlichen Bilanz. Allerdings auch die Härte der Bank, denn der Konkurs hätte vermieden werden können. Letztlich aber weiß Eckart, was dahintersteckt. Walter Klesper hätte ein bestimmtes Grundstück nicht kaufen dürfen. Eines im Hafen, auf das niemand Geringeres als sein Chef Kruse scharf ist. Deswegen hat Kruse gnadenlos die Insolvenz gegen Walter Klesper betrieben! Wovon der junge Klesper besser nichts erfahren sollte. Und deswegen ist Eckart in diesem Fall auf Kais Seite, zumal das Recht in der Frage, das Auto betreffend, ebenfalls auf dessen Seite ist. Somit heißt es jetzt im Gerichtsgebäude: Auf in den Kampf – wenn auch unter dem Strich einmal gegen die Bank.

In der Geschäftsstelle des Gerichtsgebäudes sind viele Leute. Lauter Menschen mit schwarzen Aktenkoffern kommen, leeren ihre Fächer, gehen wieder. Eckart kennt sie: Gerichtsvollzieher. Eine mit dem Ansturm überforderte Justizangestellte sieht Eckart geringschätzig an: „Und, was kann ich für Sie tun?" – „Sache Klesper, Klesper Immobilien!" – „Presse? Darf ich nichts zu sagen! Den habe ich heute mindestens schon 20 Mal zum Besten gegeben, den Spruch!" – „Ich bin kein Reporter, sondern von Graumann & Companie! Ich muss zu Herrn Speck. Es ist wichtig! Bevor ein Fehler passiert!" – „Also gut! Zimmer 211, zweiter Flur, dann links!" Eckart bedankt sich freundlich und verlässt den Bienenstock. Die Stufen im Eilschritt nehmend steht er kurze Zeit später vor der Türe des Vollstreckungsbeamten. Auf ein kurzes Klopfen folgt ein grimmiges Herein. Heinz Speck schaut von seinem Schreibtisch auf: „Sie hier? Haben wir was vergessen? Haben wir einen Termin?" – „Hallo Herr Speck, nein, keine Angst! Aber ich habe etwas auf dem Herzen! Wir haben einen Fehler gemacht! Und ich will Ihnen und uns zugegebener Weise auch Schwierigkeiten ersparen. Wäre gut, wenn das unter uns bleibt, sonst macht Kruse mir wieder Ärger!" Eckart setzt ein betreten wirkendes Gesicht auf. Er hat sich für die devote Tour entschieden. Und damit Specks Neugier geweckt: „Na da bin ich aber mal gespannt!"

Zur gleichen Zeit schreiten Narumi und Vanessa durch das Foyer des Einkaufszentrums. Kai und Marie kommen ihnen entgegen. Narumi freut sich, die beiden zu sehen, während Vanessa fluchtartig eine andere Richtung einschlägt. Sie hat keine Lust auf den verarmten Ex-Sportcabriofahrer mit Kind. Der bemerkt das sofort: „Die hat ja wohl keinen Bock mehr auf mich!" – „So ist sie nun mal! Guten Morgen, übrigens!" Narumi begegnet Kai mit einer spürbaren Vorsicht. Sie kennt die Neuigkeiten aus dem Hause Klesper und möchte deswegen keinen falschen Ton erwischen, um Kai nicht zu verletzen. Einfühlsam begrüßt sie Marie: „Hallo, Kleines! Wie geht es Dir?" Marie schaut Narumi fragend an. Wohl wegen ihres asiatischen Aussehens. „Woher kommst Du?" – „Meine Familie stammt aus Japan. Ich bin aber in Düsseldorf geboren!" – „Wie weit ist Japan weg?" – „9.314,61 Kilometer lang ist die Luftlinie zur Stadtmitte der Hauptstadt Tokio von Düsseldorf aus!"

Marie überlegt kurz. In ihrem kleinen Hirn arbeitet es ordentlich; offenbar auch ernster als es scheint: „Dann ist Deine Mama ja auch weit weg! Wie meine! Ich weiß nicht, wann sie wieder kommt." Narumi spürt die wohl im Innern der Kleinen vorhandene, aber durch die Unruhe in Kais Leben unterdrückte Sorge, ihre Mutter betreffend. Sie kniet sich nieder, schaut das Mädchen auf Augenhöhe an und antwortet entsprechend: „Deine Mama ist immer bei Dir! Sie denkt an Dich, Tag und Nacht, sie trägt Dich in ihrem Herzen und lässt Dich niemals allein! Ganz gleich, wo sie sich aufhält! Wo sie gerade ist, ist nicht wichtig. Wichtig ist, dass das Band zwischen Euch nicht zerreißt! Und glaube mir, es ist nicht zerrissen! Ich spüre das! Hier drin, in meinem Herzen!"

Diese Worte berühren auch Kai. Was Narumi nicht entgeht. Sie erhebt sich wieder: „Ich weiß, dass Du einen schweren Verlust erlitten hast! Aber glaube mir, das Band zwischen Dir und Deinen Eltern ist auch nicht zerrissen! Bewahre Dir Deine

Erinnerungen, dann leben sie in Dir weiter!" Kai schluckt. Die Anteil-nehmenden Worte verfehlen ihre Wirkung nicht. Marie zupft Narumi am Kittel: „Wie heißt Du eigentlich?" – „Narumi! Aber Du darfst mich Nana nennen! Alle sagen Nana zu mir!" Marie greift nach der Hand ihres Vaters: „Ich mag Nana! Magst Du sie auch?" Sofort ist das Luftikus-Grinsen wieder da. Keine Frage, Kai findet Narumi mehr als sympathisch. Das gilt umgekehrt genauso. Die junge Frau weicht Kais Blicken aus Verlegenheit jedoch aus und widmet sich wieder der Kleinen: „Hast Du Hunger?" – „Nein! Hab' gefrühstückt! Bei der Lisbeth!"

Narumi runzelt ungläubig die Stirn: „Bei ... bei unserer ... Chefin?" Kai: „Ist eine lange Geschichte!" – „Alle Achtung! Das sind Entwicklungen!" – „Ich soll übrigens zu ihr ins Büro kommen! Sie hat mir irgendwas vorzuschlagen!" – „Wenn das so ist, dann bring' ich Marie in unseren Kinderhort. Auf den sind wir ganz besonders stolz! Warte eben, dann kannst Du mich zu dem Meeting begleiten." Sie lächelt, ohne dass er es sehen kann. Kai nickt dankbar, streicht Marie über den Kopf. Das wirkt zwar noch ein wenig gekünstelt, aber Kai hat ja diesbezüglich noch nicht so viel Erfahrung: „Dann bis später!" Irgendwie wendet sich alles zum Guten, denkt er. Oder?

Vielleicht. Vielleicht aber auch nicht! Obergerichtsvollzieher Speck lauscht immer noch dem Vortrag von Eckart. Sie sitzen sich jetzt gegenüber; Eckarts Sakko hängt über einem Stuhl, die Krawatte ist gelockert. Gesetzbücher und Aktenordner liegen offen vor ihnen auf dem Tisch. Eckart geht in medias res: „Ich darf also noch mal zusammenfassen: Da das Sportcabrio bereits fünf Jahre zuvor von Kai Klesper erworben und auf ihn zugelassen wurde, ist es zweifelsfrei im Eigentum von Kai Klesper. Der Wagen wurde weder verpfändet noch abgetreten! Auch hat Walter Klesper die Rechnung vom Autohändler nicht vom Firmenkonto beglichen. Der Wagen wurde weder beim Kauf noch während der Nutzungsdauer bis heute nicht vom GmbH-Konto bezahlt oder unterhalten! Er taucht auch nicht in den Bilanzen auf, wie wir eben in den Akten feststellen konnten!" Und was Klesper Sr. fünf Jahre vor der Insolvenz mit seinem Privatvermögen gemacht hat, darf Sie nichts angehen! Die Bank auch nicht! Sie hatten also keine Rechtsgrundlage dafür, dem jungen Klesper den Sportwagen abzunehmen!" – „Hat er Schenkungssteuer bezahlt?" – „Das Verhältnis zwischen Kai Klesper und der Finanzverwaltung Düsseldorf betrifft Sie nicht, Herr Speck! Der Porsche gehört ihm! Niemandem sonst! Also müssen Sie ihm auch den Kraftfahrzeugbrief oder die Zulassungsbescheinigung 1 oder wie die heute heißt aushändigen!" Der Gerichtsvollzieher schnauft tief durch und lehnt sich zurück. Das dauert ihm jetzt eh alles zu lange. Eckart kommt spontan ein Vulkan in den Sinn. Denn Speck sieht mit seinem rot anlaufenden Kopf so aus, als stünde sein Ausbruch unmittelbar bevor.

Davon aber wissen weder Kai noch Narumi etwas. Die befinden sich mit Marie an der Hand auf dem Weg zum Kinderhort von WNP-Kauf: „Wo ist denn Deine Mama eigentlich?" – „In Italien! Tolle Kleider machen! Aber ich habe ja jetzt meinen Papa. Der ist mir auch lieber als der Freund von meiner Mama. Der ist voll uncool!" – „Hat Deine Mama nicht gesagt, wann sie wiederkommt?" – „Nein! Ich weiß nicht! ... Bleiben mein Papa und ich immer bei Lisbeth und hier?" Narumi findet die Möglichkeit, dass Kai im Grundsatz bleibt, offenbar reizvoll: „Das musst Du ihn fragen! ... Sag' mal, zur Schule gehst Du noch nicht, oder?" – „Nein, ich war im Kindergarten! Aber jetzt soll ich in die Schule, hat die Mama gesagt!" – „In welche?" Marie zuckt die Schultern: „Weiß nicht!" Narumi rollt mit den Augen: „Oh je ... na dann hat Dein Papa ja noch für einiges zu sorgen!" Sie grinst Kai an; der findet das überhaupt nicht lustig.

Dienstpläne: Die neuen Azubis

Die kurze Einführungsbesprechung im Foyer von WNP-Kauf endet. Die meisten der Abteilungsleiter des Supermarkts sind versammelt. Andersen hält alles im Auge. Besonders auf das

Jungvolk – so nennt er den an diesem Morgen seine Ausbildung startenden Nachwuchs – hat er es abgesehen. Da wäre Monika Schubert, pfiffiges Girlie von heute und von ihren Freunden Mohrle gerufen; optisch den Schönheiten aus spanischen Jugendserien entsprechend, die auf den Streamingdiensten laufen, charakterlich jedoch eher der bodenständige Typ, da aus einem Handwerkerhaushalt kommend. Die 17-Jährige tritt die Ausbildung bei WNP-Kauf spät an, weil sie zuerst ihr Abitur ablegen, dann aber in die Praxis wechseln wollte. Sie setzt darauf, dass eine Arbeit im Einzelhandel die beste Grundlage für die Zukunft ist; die Branche, in der sie beginnt, ist ihrer Ansicht nach dabei nebensächlich, denn Einkauf und Verkauf sind zwei Bereiche, in denen es immer möglich sein wird, Geld zu verdienen. Dass das Internet den Einzelhandel jemals ganz ablösen würde, daran glaubt die sich unangepasst kleidende Mohrle allerdings nicht: „Es geht nichts übers Anfassen!" Dass das Internet vor allem nach dem sprunghaften Anstieg des Onlinehandels während der Pandemie dennoch aus dem Einzelhandel nicht mehr wegzudenken ist, ist ihr trotzdem bewusst.

Ihr etwas verpeilt wirkender Mit-Azubi Rolf Wegener ist für seine 17 schon etwas sehr gesetzt, fast lahmarschig und daher wenig an Grundsatzfragen seines Berufes interessiert. Der etwas dickliche Junge hadert mit seinem Fahrschulunterricht, der ihm sehr viel Kopfzerbrechen bereitet, weil es auf den Straßen immer so schnell zugeht. Er ist das komplette Gegenteil von Mohrle, deren moderne Schönheit wunderbar mit ihrer Lebensfreude signalisierenden Beweglichkeit korrespondiert. Max, Lisbeths Sohn und dritter im Kreis der neuen Auszubildenden, überlegt bereits, wie er sie für sich begeistern kann; von der Ausstrahlung Mohrle nicht unähnlich.

Lisbeth hat ihre Crew um sich versammelt: „So, das wäre es also für heute! Sie kennen jetzt alle News über die aktuellen Sonderangebote, die neuesten Nachrichten aus der Zentrale und die Dienstplanänderungen ... ach, und eins ist mir noch wichtig! Wie Sie wissen, ist Max mein Sohn! ... Aber denken Sie daran –

keine Extrawürste für ihn! Er muss sich hier genauso bewähren, wie seine Mit-Azubis, Mohrle Schubert und Rolf Wegener, die ich Ihnen eingangs vorgestellt habe und die Sie bitte herzlich im Team willkommen heißen. Und nun, an die Arbeit!" Die Runde löst sich auf. Lisbeth bedeutet Kai mit einer Geste, mitzukommen. Sie machen sich auf den Weg zum Büro von Lisbeth: „Ich habe da eine Idee ... und zwar, die kam mir, als ich Sie ... entschuldige ... Dich vorgestern dabei beobachtet habe, wie Du mit dem Kunden und seinem Interesse an dem Wein umgegangen bist. Du wusstest, wovon Du gesprochen hast, wirktest souverän und qualifiziert! Das hat mir gefallen! Deutscher-Wein-Preis ... den kennt hier keiner!" Kai reagiert ungläubig: „Ich soll in der Weinabteilung arbeiten?"

Die Chefin nickt: „Wir brauchen dort jemanden, aber ich habe keine Bewerber. Weinverkauf ist ein diffiziles Fachgebiet und offensichtlich kennst Du Dich da sehr gut aus! Du brauchst einen Job, eine Perspektive ... zumindest vorübergehend! Für den Übergang! Nachmittags könntest Du arbeiten, vormittags in die Uni! Für Marie könnte der Kinderhort sorgen, oder ... wir müssen sowieso das Thema Schule usw. klären! Scheint so, als passe alles zusammen. Ach, ... hier im Laden würde ich aber bevorzugen, wenn wir beim Siezen bleiben, einverstanden?" Doch dann bleibt Kai überraschend stehen. Ringt um seine Fassung. Steht kurz vor einem Zusammenbruch. Atmet schwer! Lisbeth geht noch ein paar Schritte weiter, dreht sich dann aber zu ihm um; Sorgenfalten auf ihrer Stirn. Sekunden vergehen. Kai wird schwindelig. Torkelt, bricht zusammen.

Wenige Minuten später erreicht Kai gestützt von Lisbeth und Dietmar Andersen das Büro der Marktleitung. Er ist zwar immer noch leichenblass, scheint sich jedoch wieder etwas zu erholen: „Danke!" Andersen ätzt: „Tja, Herr Klesper, Ihr natürliches Umfeld scheint das hier aber auch nicht zu sein, wie es aussieht!" Lisbeth knufft ihren Stellvertreter in die Seite. „Tut mir leid, der Spruch aus der Strandbar, ich weiß, sorry!", bereut Kai. „Wir werden sehen, wie sich das entwickelt mit der Idee von Frau Berger", lenkt Andersen ein und reicht Kai einen Stuhl. Der nimmt Platz. Andersen verlässt das Büro wieder. Seine Blicke sprechen Bände. Lisbeth und Kai sind jetzt allein in dem Glaskasten. Lisbeth schaut Andersen bitter lächelnd nach: „Der sieht Dich jetzt schon als weiteres Mittel, um an meinem Stuhl zu sägen!" – „Wieder per Du?" – „Ist ja niemand da im Augenblick! So eng wollen wir das auch nicht sehen! Was war denn los, habe ich ... ich habe doch nichts Falsches gesagt, oder?" – „Nein, danke. Alles bestens! Nur ich habe Andersen vor kurzem einen Spruch reingetan, der war gar nicht gut!"

Tränen stehen ihm in den Augen; Kai wirkt blasser und abgespannter als noch zehn Minuten zuvor. Entsprechend gerechtfertigt sind Lisbeths Zweifel: „Andersen beruhigt sich auch wieder." – „Ich weiß nicht, wie ich mit dem allen fertig werden soll. Mein Vater wollte mich sprechen, hat irre Sorgen und ich keine ... nicht die geringste Ahnung! Dann der Unfall. Und jetzt auch noch Marie! Von einem Tag auf den anderen soll ich die Vaterrolle geben. Einen Weinverkäufer spielen? Wie soll das alles gehen? Ich will mein Leben zurück!"

Lisbeth reicht ihm ein Taschentuch. Sie ahnt, dass es in seinem Inneren desaströs aussieht und Kai vor einem größeren Zusammenbruch steht: „Dass Dein Vater und Du nicht miteinander geredet habt, das kommt in den besten Familien vor. ... Die Bank hatte ihre Entscheidung sicher längst gefällt. Und der Unfall ... ja sowas passiert leider! Und das mit Eckart wird auch, der ist gar nicht so knöchrig, wie er tut!" – „Was mich am meisten fertigmacht ... ich kann mich nicht mal mehr von den Eltern verabschieden! Und dann diese ganzen offenen Fragen!" Kai ringt um seine Beherrschung. Lisbeth legt ihm tröstend eine Hand auf die Schulter und denkt bei sich, dass sie irgendwie immer Babys bleiben, ganz gleich wie alt oder sportlich durchtrainiert, eingebildet oder liebenswürdig sie sind. Lisbeth fröstelt es innerlich auch denn sie erkennt, dass eine Beziehung zwischen den beiden Menschen entsteht und Kai ihr nicht so gleichgültig ist, wie er ihr sein sollte.

Nein, damit ist nicht der Mutterinstinkt gemeint, den ein Notfall wie dieser üblicherweise in ihr weckt; Lisbeth spürt, dass Kai sie auf eine besondere Weise anzieht. Der beruhigt sich langsam wieder: „Wieso kümmern Sie sich überhaupt um mich? Für Ihresgleichen bin ich doch nur ein Sportwagen-fahrender arroganter Neureicher, oder?" – „So würde ich das nicht sagen! Irgendwie habe ich den Eindruck, Sie ... Dich ... jetzt nicht allein lassen zu können. Ganz allgemein." Sie spürt, wie ihr innerlich ganz anderes wird. Am liebsten würde sie Kai jetzt küssen. Aber natürlich beherrscht sie sich. Kai trocknet die Tränen: „Mit Eckart, also, mit Deinem Mann, mit dem habe ich übrigens Frieden geschlossen!" – „Echt? Ihr duzt Euch schon? Ging aber schnell, alle Achtung!" Das Erstaunen bei Lisbeth ist unübersehbar.

Dann geht die Türe auf: Narumi mit Marie samt Limonade in der Hand. Kai: „Wie kann ich das nur alles wieder gut machen?" Narumi kennt die Antwort: „In dem Du Dich um Deine kleine Tochter kümmerst! Ich habe zwar keine Ahnung, um was es hier gerade geht, aber die Kleine braucht Dich!" – „Ich weiß, Du hast jetzt viele neue und auch unangenehme Sachen vor Dir; aller Anfang ist schwer! Aber ich kenne mindestens zwei Menschen, die Dir helfen werden: Eckart und ich sind für Dich da! Versprochen!" Narumi: „Drei Menschen! Ich auch!"

Kai lächelt wieder; voller Dankbarkeit und mit ein wenig Zuversicht. Marie hat bis dahin aufmerksam zugehört. Natürlich hat sie nicht alles verstanden wovon die Erwachsenen sprechen, doch als sie instinktiv spürt, dass es mit der Stimmung aufwärts geht, will sie zu ihrem Vater. Aber der Inhalt ihres Glases entleert sich dadurch dummerweise über Kais Hemd. Zuerst zieht er ein angewidertes Gesicht. Damit wäre sein Lieblingshemd auch noch hin. Kai wirkt unbeholfen. Seine Dünnhäutigkeit ist längst noch nicht ausgebügelt. Es ist einfach alles zu neu für ihn. Aber dann lacht er und nimmt Marie erst unsicher, dann fester drückend in die Arme! Und die Umarmung wird erwidert!

Punktsieg für Eckart und Flyer für Kai

Gerichtsvollzieher Heinz Speck erhebt sich von seinem Platz und geht zu einem Ordner in der Regalwand. Sein Tonfall klingt versöhnlich: „Wieso sind Sie eigentlich kein Rechtsanwalt geworden? Die Gesetzbücher zu zitieren, das ist ja eine Sache, aber so zu argumentieren, eine andere." Eckart fühlt sich längst nicht so selbstsicher wie er offensichtlich beim Vollstreckungsbeamten ankommt. Speck zieht ein Formular aus dem Regal: „Lassen Sie das von dem jungen Klesper unterschreiben!" – „Und dann?" – „Kriegen Sie was Sie wollen! Stecken Sie die Zulassung ruhig wieder ein! Den Kfz-Brief habe ich bereits sichergestellt. Hier, bitte!" Speck händigt Eckart das Dokument aus. „Dann wäre da nur noch eins!" – „Ich weiß: Der Bank nicht allzu gründlich reinen Wein einschenken. Ist ja schließlich Ihr Arbeitgeber, dem Sie gerade 40.000 Euro abgejagt haben!" – „Ja, so in etwa wollte ich das sagen!" – „Keine Sorge! Den Wagen hätte die Bank nie wirklich bekommen oder verkaufen können. Das wäre sowieso noch rausgekommen, wenn ich die Sachen richtig durchgesehen hätte."

Speck reicht Eckart den Kraftfahrzeugbrief und gibt ihm die Hand. In diesem Moment tritt Karl Markgraf in das Gerichtsvollzieherbüro. Speck verabschiedet sich von Eckart: „Auf bald! Ich hoffe, der junge Klesper weiß zu schätzen, was Sie gerade für ihn getan haben! Die Kollegen vom Pfandbüro erledigen den Rest!" Specks Blicke fallen auf Markgraf. Doch er setzt die Verabschiedung von Eckart fort. „Hoffe ich auch! Machen Sie's gut! Vielen Dank! Bis bald!" Noch den Blick zu Speck haltend, achtet Eckart nicht wirklich auf den nachfolgenden Besucher. Der Gerichtsvollzieher schaut Eckart anerkennend nach, bevor er sich seinem neuen Besucher widmet. Der wiederum scheint mehr an Eckart interessiert zu sein, murmelt etwas und geht wieder.

Lisbeth, Narumi und Dietmar Andersen sitzen im Marktleiterbüro beisammen; Kai und Marie sind zwar auch anwesend, aber nicht Teil der Runde. Andersen macht keinen Hehl daraus, dass er Kai nicht ausstehen kann. Sie halten sich im Blick wie eine Raubkatze die andere. Die Begegnung in der Hafenbar hat offenbar doch schwerwiegendere Nachwirkungen. Lisbeth will das Gespräch beenden: „Also, sind wir uns einig?" Kai zögert noch. Narumi hilft ihm auf die Sprünge: „Ohne Geldverdienen gehts jedenfalls nicht. Bei allem Respekt dafür, was Du gerade durch machst und wie frisch das alles ist: Du hast hier eine Chance Dein Leben neu zu gestalten! Und Marie kann nach der Schule – sobald sie eine hat – in unseren Kinderhort!" Andersen hat noch einen anderen Vorschlag für Kai parat: „Oder gehen Sie doch zum Sozialamt! Ein paar Zettel ausfüllen, auf Vater Staats Kosten leben und die Party geht weiter!"

Ein Hinweis, der Lisbeth direkt an die fehlende Soziale Kompetenz ihres Mitarbeiters erinnert, ihr im zweiten Gedankengang aber durchaus interessant erscheint: „Eine alternative Möglichkeit wäre das schon. Kindergeld, Sozialhilfe! Als Basis für Studium und den Nebenjob bei uns?" In Narumi jedoch löst dieser Ansatz Entsetzen aus: „Seid Ihr wahnsinnig? Da nehmen sie ihm doch die Kleine sofort weg, wenn die kapieren, was hier abgeht!" Kai sieht alle fragend an. Er weiß nicht, was richtig ist. „Vielleicht auch besser für das Kind!", meint Andersen. Lisbeth und Narumi widersprechen: „Nein!" Natürlich ist ihr Kollege auf den ersten Blick ein Arschloch, aber eben nicht in Bezug auf kleine Kinder: „Schon gut! Ich sage nichts mehr!" Dennoch ist ihm die Idylle rund um Kai weiterhin ein sichtbarer Dorn im Auge. Er weiß, dass es schöne Menschen im Leben oft leichter haben, aber dass die Herzen der Frauen diesem Schnösel reihenweise zufliegen, passt Krusche trotzdem nicht. Dabei hat auch er das Gesicht eines Männermodels. Und auch einen sportlichen Körper. Aber er scheint nicht glücklich damit zu sein denkt sich Narumi die gerade überlegt, wieso Andersen so ein Ekel sein kann.

Kai unterbricht das von leichter Ratlosigkeit geprägte Schweigen. Die Vorstellung im Supermarkt zu arbeiten behagt

Kai gar nicht: „Hier arbeiten? Ich? Auf Dauer? Nein, das kommt echt nicht in Frage!" – „Seht Ihr? Immer noch der arrogante Schnösel wie sonst auch! Ohne jedes Bewusstsein für seine Verantwortung! Ich wusste es!", triumphiert der Stellvertreter in der Marktleitung. „Da muss ich ihm ausnahmsweise mal zustimmen!", so Narumi verärgert. „Es geschehen noch Zeichen und Wunder!", staunt ihr Vorgesetzter.

Narumi nimmt Marie auf den Arm und schimpft auf Kai: „Du bist eben doch nichts anderes als ein Cabrio-fahrender Berufssohn und Macho! Shoppen auf der Kö, Partyleben im Hafen mit Deinen sauberen Freunden die Dich – wenn es drauf ankommt – im Stich lassen. Und wenn es ernst wird, hast Du gar nichts drauf!" Verärgert wendet sie sich an Marie: „Ich glaube Dein Papa hat noch nicht so ganz begriffen um was es eigentlich geht. Das ist krass! Das ist echt krass!" Lisbeth weist die Kritik zurück: „Ich würde gerne wissen, wie Sie reagieren, wenn Ihr Leben sich vom einen auf den anderen Tag so grundsätzlich verändert! Meinen Sie, Sie hätten dann noch alle Sinne beisammen?" Narumi schaut Kai prüfend an. Er tut ihr jetzt doch leid. Sie ist hin und her gerissen. „Kai, Herr Klesper, nehmen Sie sich einen Tag Auszeit! Fahren Sie mit der Bahn zu uns nach Hause und machen es sich mit Marie gemütlich! Setzen Sie sich in den Garten!" Kais Brustkorb bebt jedoch vor Erregung: „Und dann? Morgen? Wieder Auszeit? Und Übermorgen? Bisschen shoppen? So geht das nicht! Was ist mit der Beerdigung von Ma und Pa?" Andersen: „Immerhin – ein echter Anflug von Sinn für die Realität!" Narumi: „Mit Shoppen und Party ist's wohl vorbei. Und was die Beerdigung angeht … er braucht ein Gesamtkonzept!"

Lisbeth unterbricht: „Da helfen wir ihm weiter! Eckart, Eckart kann das bestimmt regeln und ich auch!" Wieder Tränen in den Augen bei Kai. Diesmal vor Rührung. Andersen: „Ich gehe! Dieses Geheule tu' ich mir nicht an!" Marie schaut wieder traurig und sagt gar nichts. Lisbeth wendet sich noch einmal einfühlsam an Kai: „Marie ist Deine Tochter und Du bist ab sofort für ihr Leben verantwortlich1 Es spielt keine Rolle, wieso

Dir Deine Ex Marie jetzt aufs Auge gedrückt hat! Auch der tragische Tod Deiner Eltern – keine Frage, dass das dramatische Folgen für Dich hat! Aber, das ist alles nebensächlich, weil Du jetzt – ab sofort – für Deine kleine Tochter verantwortlich bist. Nur das zählt, mein Freund! Also nimm Dir etwas Zeit, atme tief durch, bleib ein paar Tage bei uns und dann wird das schon!" Narumi: „Und von was soll er leben, wenn er hier nicht arbeiten will?" Lisbeth: „Mein Angebot, bei uns zu jobben, gilt noch! Aber nur noch für fünf ... nein drei Sekunden! Also?" – „Na, ist das ein Angebot oder ein Angebot?" Für einen gewissen, beinahe magischen Moment schauen sich Narumi und Kai in die Augen. Da blitzt für eine Sekunde der gewohnte Luftikus und Frauenheld auf. Aber nur kurz. Dann verschwindet Narumi mit vielsagendem Augenaufschlag. Marie: „Nun sag' schon ja, Papa! Ich find's voll cool hier!" Kai schluckt. Sein Blick fällt auf den Kittel an der Tür.

Kai: Ein Fall für Umtausch oder Leergutannahme?

Die Beerdigung seiner Eltern, kein eigenes Geld mehr zu haben, den schwerwiegenden, höchstwahrscheinlichen Verlust seiner Position innerhalb der Clique und der Gesellschaft, die Wohnungssituation, der Wegnahme des Autos und die ihm schier übermächtig erscheinende Aufgabe vor der Brust, der Rolle eines verantwortungsbewussten Vaters eines kleinen Mädchens zu entsprechen – das alles lastet schwer auf Kai. Im Grunde ist er daher dankbar für die Chance, die Lisbeth ihm bietet. Aushilfsweise, wie sie ihm noch verdeutlichte, denn sein Studium abzuschließen und die noch ausstehenden Prüfungen abzulegen, dies solle er ihrer Ansicht nach unbedingt machen. Aber den ganzen Lasten vorerst dadurch ausweichen zu können, indem er in die Weinabteilung geht, um zu arbeiten, diese Ablenkung kommt Kai gerade recht.

Im Getränkeshop herrscht inzwischen ein reges Kundenaufkommen. Lisbeth erklärt Kai – inzwischen im Kittel – die wesentlichen Details: „Es wäre klasse, wenn Du Dich in erster Linie um die neue Präsentation unserer Weine kümmern könntest! Ich plagt das Gefühl, dass unsere Kunden nicht wirklich die Hochwertigkeit des Sortiments erkennen! Und das will ich geändert haben!" – „Denkst Du dabei an eine Aufteilung nach Sorten oder Ländern? Wenn man für Weine aus bestimmten Ländern wirbt, kann man viel besser drauf aufmerksam machen, durch landesspezifische Displays, Plakate, Aufsteller! Was sagt Eure Zentrale dazu? Haben die Ideen oder Konzepte?" – „Keine! Wir haben eine Werbeagentur, aber von da kommt nichts. Außer Nachrichten über Betrug!" – „Über die habe ich gelesen: Die, die den Autor in die Pleite getrieben haben? Aus Bremen waren die, stimmts?" – „Richtig!" – „Bin ich ja nun fast wie ein Leidensgenosse. Der Begriff Pleite existierte in meiner Blase gar nicht. Bis gestern!", drückt Kai Mitgefühl aus. Aber ich sehe – wir verstehen uns!", fühlt sich Lisbeth bestätigt. Die Dynamik in den ersten Minuten in ihrem Gespräch gefällt ihr. Narumi geht es nicht anders: „Sehe ich auch so. Sorry, ich habe gelauscht!"

Lisbeth bemerkt, dass es ein wenig zwischen Kai und Narumi zu knistern scheint: „Ihr müsst den Laden ja sowieso beide schmeißen! Ich bin mir sicher, dass Ihr beide hervorragend zusammenarbeitet! Wäre schön, wenn Ihr ein Team bildet! Das passt schon!" Doch innen drin gerät etwas in ihr ins Wanken. Kai und Narumi? Was ist mit ihr und der Unsicherheit, die sie empfand als sie kurze Zeit vorher…? Ach was, schiebt Lisbeth alle Überlegungen zur Seite und erinnert sich an ihren Eckart. Ihren Mann! Ihren Freund!! Ihre bessere Hälfte!!! Dessen unbestrittene Qualitäten gegen einen Jungen wie Kai eintauschen? Der nur unwesentlich älter ist als ihr eigener Sohn Max? Lisbeth muss alle Kräfte in sich aufwänden, um diese Gedanken zu verdrängen. Doch in solchen Dingen erweist sich Andersen stets als freundlicher Unterstützer. So auch in diesem Moment: „Ach ja, was ist mit den Flyern? Wie wäre es, wenn unser Neuzugang sich, anstatt sich sofort in den High-End-Weinhandel zu stürzen, erstmal den Basics zuwendet und die Dinger verteilt? Sind ja nicht viel. Nur die Nachbarschaft!" Narumi: „Ich habe sowieso nur kurz heute. Hatte mir freigenommen. Also einweisen könnte ich Kai eher schlecht! Aber ich würde Marie mitnehmen!" Die Chefin muss sich eingestehen, dass der Ansatz grundsätzlich nicht verkehrt ist. Wohl ist ihr dabei dennoch nicht: „Gemacht werden muss es, Kai!" Dessen kurz aufflackernde Begeisterung für ein Leben im Supermarkt ist wie weggeblasen. Eingeschüchtert willigt er ein: „Wenn Ihr alle meint!" Und in diesem Moment kommt es zu einem Wiedersehen, das sich Kai ganz bestimmt nicht so schnell gewünscht hat: Tobias und Daniel fahren mit dem Lieferwagen der Strandbar vor; genau am Eingang der Getränkeabteilung. Mit ihnen: Jenny. Als sie Kai sehen – und umgekehrt – setzt zunächst betretenes Schweigen ein. Vor allem zwischen Kai und Jenny. Am Ende folgt Ellen. Beschwingt wie immer – und sich wieder so aufführend als gehöre ihnen der Supermarkt – entdecken sie Kai natürlich sofort. Tobias hat Kais Abgang vom Vortag in der Strandbar nicht vergessen.

Noch Stunden später riss er Witze darüber, wie Kai mit der kleinen Tochter vor ihm um ein Dach über dem Kopf gebettelt hat. Und auch jetzt – in dem Augenblick, in dem er dem mit Kittel statt teuren Szeneklamotten eingekleideten Kai gegenübersteht, gibt Tobias sich so cool wie eh und je, fasst den sogenannten Freund am Revers an und lässt seiner Ironie freien Lauf: „Keine Sorge, wir wollen nur einkaufen! Steht Dir gut!" Lisbeth und Narumi sind auf das Schlimmste gefasst. Die Marktleiterin weist ihre Angestellte an, aufzupassen, sich aber im Hintergrund zu halten, während sie im Inneren des Gebäudes verschwindet. Kai ist sauer, bleibt aber entspannt und schlägt Tobias' Hand ohne jede Aggression zur Seite; immer die Blicke auf Jenny gerichtet, die weiterhin verlegen zur Seite schaut. „Dafür ist der Laden ja da, zum Einkaufen!" Weder Tobias noch Daniel können sich ein Grinsen verkneifen. Kai bewahrt die Ruhe: „Gebt Euch keine Mühe! Von Euren Späßen habe ich die Schnauze endgültig voll!" Daniel: „Auf einmal? Ist ja ganz was Neues! Konntest Du sonst nicht genug von kriegen!" Tobias gibt sich Mühe zu zeigen, dass Kai ihm nicht mehr wichtig ist: „Lass' ihn! Wir brauchen Energy Drinks! Die von der blauen Sorte! Und dann Weißwein, für die Damen unter unseren Gästen!" Mit dieser nach Befehl klingenden Betonung gibt Tobias Jenny demonstrativ ein Zeichen, zu ihm zu kommen. Doch die bleibt stehen, wo sie ist; am Lieferwagen, neben Ellen. Ist ihr unangenehm, die Show gegenüber Kai. Daniel kümmert sich um die Einkäufe.

Ellen beobachtet genau wie die Freunde miteinander umgehen und leidet sehr darunter. Dies aber nur wegen der Veränderung des Klimas zwischen Kai, Tobias und Daniel. Jenny hingegen ist ihr egal. Ellen hält das Model für nichts Weiteres als ein billiges Flittchen. Dass Jenny Kai so einfach gegen Tobias eingetauscht hat, dafür hat Ellen nur Verachtung übrig. Jenny spürt, dass sie von Ellen keine Unterstützung zu erwarten hat und wendet sich dem kleineren Übel zu, dem Kai. „Mein Beileid, übrigens, wollte ich Dir noch sagen!" Kai würde ihr am liebsten eine scheuern, so geladen ist er. Nach außen hin zeigt er das aber nur durch verächtliche Abweisung der er so laut Ausdruck verleiht, dass es Tobias mithören kann: „Geschenkt! ... Im Grunde ist es besser, dass Marie und ich nicht bei Dir oder Euch gepennt haben. Hätte ich wahrscheinlich sowieso kein Auge zu bekommen mit Euch beiden nebenan. Hat er bei Dir auch gestöhnt wie ein Ochse und eine Leistung gebracht wie ein Kälbchen? Mit dieser Schwäche ist er der heimliche Star der unter vorgehaltener Hand geführten Gespräche in der Strandbar. Weiß er nur nicht. Ist aber so!" Das ist Tobias peinlich. Er wird sauer! Die Überraschung war auf Kais Seite; 1:0. Tobias zieht Jenny von Kai weg, hin zu Daniel.

Dann ist Ellen an der Reihe. Endlich! Sie kann es nicht mehr erwarten: „Grüß Dich! Du, das tut mir wahnsinnig leid alles!" Sie will ihn umarmen, doch Kai weist sie zurück. „Ach weißt Du, Ellen, geh' doch Tobi und Daniel helfen! Und verschont mich mit Eurem Pseudo-Anteils-Geschlocke!" Ellen ist entsetzt: „Kai!" – „Bücher übrigens haben wir da hinten! Da könnt Ihr ja mal schauen, Lexika, um nachzuschlagen, was das Wort Freundschaft so bedeutet. Ach, was rede ich für einen Blödsinn, Ihr könnt ja gar nicht lesen, glaube ich, oder? In dem Fall ... Alfa Telefon Münster – die helfen!"

Ellen hat nicht damit gerechnet, dass Kai sie mit den anderen in einen Topf wirft. Sie ist überrumpelt und kann keine passende Antwort geben. Sie weiß, Kai reagiert aus seiner Sicht richtig. Ihr passt die Entwicklung innerhalb der Clique nicht: „Kai Du weißt, dass ich weder gut finde, wie Tobias Dich gestern behandelt hat, noch, dass Jenny so schnell..." – „Lass mich da raus!" Jenny mischt sich sofort ein. Sie hasst es für ihr Verhalten kritisiert zu werden; vor allem dann, wenn die Kritik gerechtfertigt ist. Tobias hält seine Kreditkarte demonstrativ in die Höhe, bevor er sie Vanessa gibt, die gerade die Kasse erreicht: „Was ist denn hier los?"

Als sie die Clique erkennt hellt sich ihre Miene deutlich auf: „Ihr seid das!" Tobias aber will schnell verschwinden: „Lasst uns gehen! Wir warten ab, bis unser Kai wieder ein paar Euro mehr in der Tasche hat und aus der Gosse rausgekrabbelt kommt. Dann wird er auch wieder umgänglicher, das garantiere ich Euch!" Obwohl Ellens Sympathien für Kai oder auch ihr schlechtes Gewissen dem gegenüber unübersehbar sind, schließt sie sich der Clique wieder an. Jenny sagt gar nichts. Außer Hörweite für Kai allerdings kommentiert sie Tobias' und Daniels Verhalten eindeutig: „Idioten!"

Tobias und Daniel lassen sie links liegen und laden ihre Getränkeeinkäufe in den Wagen ein, während Ellen aus Trotz und Jenny aus Prinzip jede Mithilfe dabei verweigern. Narumi tritt aus ihrer Deckung hervor; Vanessa kommt zu ihr, verhält sich aber so, als ob sie noch etwas vorhabe. Gemeinsam sehen an Kais Seite aus dem Eingang heraus zu. Kai wendet sich an Narumi: „Tut mir leid! Ich wollte im Laden nicht ausfallend werden." – „Super gelöst! Alles in Ordnung! Kann übrigens niemand besser verstehen als ich!" – „Echt? Wieso?" – „Tja, nicht nur Du hast Geheimnisse!" Kai guckt erst komisch, kapiert dann aber, dass Narumi ihn hochnehmen will. Er grinst. Sie erwidert sein Lächeln. Sie scheinen ganz für sich zu sein. Es knistert erneut. Nur deutlicher. Dann treten Marie und Lisbeth dazu; Lisbeth hat Marie aus dem Hort geholt. Marie hat einen Stoffbär in der Hand, den sie Kai voller Stolz präsentiert: „Schau mal, Papa, den hat mir die Lisbeth geschenkt!" – „Hey, ein Bär! Cool." – „Das ist Papa-Bär! Jetzt habe ich Papa-Bär und meinen Papa! Darf der auch mit uns bei Tante Lisbeth wohnen?" Kai grinst: „Tante klingt auch gut! Ich weiß nicht, ob er bei uns wohnen darf!" Marie schaut fragend zu Lisbeth hoch: „Darf er?" Lisbeth freundlich: „Er darf!" Das kleine Mädchen strahlt. Ellen beobachtet aus dem Kreis um Tobias, Daniel und den anderen, was vor ihren Augen passiert. „Jetzt schaut Euch diese Szene an! Wie aus einem Groschenroman. Nicht zum Aushalten!", ätzt Tobias. Kai streichelt seiner kleinen, glücklichen Tochter über den Kopf. Auch dem Teddy. Lisbeth und Narumi gefällt das.

Vanessa jedoch sucht die Nähe zur Clique und dockt bei Daniel an: „Hallo!" – „Tach auch!" – „Ich glaube, jetzt haben wir wohl den Typ am Hals!" Ihr Blick zu Kai rüber verrät Daniel, wen Vanessa meint. Er lacht: „Viel Spaß damit!", scheint Daniel bereit, sich auf die junge Frau einzulassen. Auch Tobias wird jetzt auf Vanessa aufmerksam. Die fährt fort: „Irgendwie hab' ich das Gefühl, dass der uns länger erhalten bleibt. Keine Kohle, einen miesen Job, könnt Ihr den nicht wieder zurücknehmen?" – „Umtausch? Oder Leergutannahme? Weil, da ist ja nicht mehr viel zu holen beim Kai! Gibt's Pfand auf ihn?" Gelächter bei Tobias, Daniel und Jenny. Ellen setzt sich in den Wagen und schweigt. „Also, ich habe noch ganz andere Ziele in meinem Leben!", beginnt Vanessa. Daniel sieht, dass Tobias mit einem fetten Grinsen wahrscheinlich schon die nächste Verbal-Attacke vorbereitet und schwankt noch zwischen den Optionen, Vanessa weiterhin zuzuhören und ihr eine Chance zu geben oder

sich über sie lustig zu machen. „Wirklich?" – „Ja, also, ich will..."
Dann aber funkt Tobias dazwischen: „Daniel, bitte! Lass uns hier
verschwinden!"

Mit mitleidigem Blick zu Vanessa: „Und Du gehst am
besten Einkaufstüten sortieren oder sowas! Sei doch ehrlich – für
mehr reicht es doch sowieso nicht bei Euch Einzelhändlern aus
dem Supermarktgewerbe!" Beide, sowohl Tobias als auch Daniel,
lassen Vanessa einfach stehen und drehen ihr den Rücken zu.
Vanessa ist wie vor den Kopf gestoßen. Es ist ihr peinlich, dass
Kai und Narumi sowie Lisbeth Zeugen der Abfuhr geworden
sind. Daniel wäre offenbar doch gerne geblieben. Vanessa legt
den Trotzgang ein: „Ich schaffe das doch! Notfalls auch ohne
Euch!"

Es ist Andersen, der Vanessa mit seinem Auftauchen
aus dem Mittelpunkt des Interesses holt; an seiner Hand ein
Handwagen mit den zum Verteilen vorgesehenen Flyern, den er
vor Kai parkt: „Das sind die Flyer für die Nachbarschaft! Auf
der Liste hier sind die genauen Straßennamen verzeichnet, in
deren Briefkästen die Flyer müssen. Wenn Sie sofort anfangen,
sind Sie schneller fertig!" Ein Grinsen kann sich Andersen nicht
verkneifen. Kai atmet durch und weiß in diesem Augenblick
keine Wahl zu haben. Narumi nimmt ihm wenigstens eine Sorge
ab: „Geh' Du nur! Ich achte auf Marie!" Damit löst sie ein Problem das Kai noch gar nicht als solches erkannt hatte. Er fasst den
Griff des Handwagens an und will gerade losgehen, als ein Hupen und der Klang eines Sportwagenmotors das Erstaunen aller
Anwesenden auf sich zieht. Kurz darauf parkt Eckart mit dem
Sportcabrio von Kai rasant ein; das Dach zurückgeklappt. Die
Überraschung bei allen Anwesenden ist perfekt.

Eckart stellt den Motor ab und lässt dann per Knopf-
druck das Dach öffnen: „Da staunt Ihr, was? Macht irgendwie
schon Spaß, so eine Kiste zu fahren. Aus der Sicht eines Bankers
viel zu teuer, ja, aber ... zugegeben, Spaß macht es!" Kai geht auf
seinen Porsche zu. Vollkommene Fassungslosigkeit! Eckart
steigt aus. Max betritt die Szene aus dem Gebäude heraus und ist

ebenso überrascht: „Mein alter Herr, das ist ja echt mal voll krass!" – „Sie ... Du hast es wirklich geschafft? Wahnsinn!" Seine Augen leuchten. Er freut sich riesig, den Wagen wiederzusehen. – „Hier, da hast Du Dein Auto zurück!" – „Ich weiß nicht, was ich sagen soll!" Freudentränen. „Ein schlichtes ‚Danke' reicht!" Der alte Kai ist wieder da: Obenauf. Er steigt ein, greift zum Handschuhfach, nimmt die Sonnenbrille heraus, setzt sie auf. Seine alte Coolness ist wieder zurück! Tobias und Daniel verhagelt diese Entwicklung gründlich die Laune. Jenny ebenfalls. Sie begreifen gar nichts.

„Seht Ihr, Ihr Vollpfosten? Wer zuletzt lacht, lacht am besten!", klatscht Ellen Beifall. Andersen schüttelt den Kopf. Lisbeth, Narumi und Marie gehen auf das Sportcabrio zu. Kai möchte Eckart umarmen vor Freude, traut sich aber nicht. Eckart macht einen Schritt auf ihn zu, und dann umarmen sie sich doch. Marie drängt sich dazwischen: „Ist das Deins, Papa?" Kai, cool mit Sonnenbrille: „Yep! Das ist mein Auto!" Dann aber besinnt er sich, nimmt auch die Brille ab: „Nein, ich meine, das ist ‚unser' Auto, Marie!" Die Kleine streicht über den vorderen Kotflügel: „Geil!" Gelächter auf der Seite von WNP-Kauf. Kai freut sich über den Zuspruch von Marie und schaut zu Narumi, Guiseppe und den anderen Kollegen, die aus dem Supermarkt herauskommen: „Ganz Vaters Tochter, oder? Zumindest was die Wahl des Autos angeht!" Kai nimmt Marie auf den Arm. Aber auf die Freude über die Rückkehr seines PS-starken Lieblings folgt die Ernüchterung.

Lisbeth bringt es zur Sprache: „Schade, dass Du das Auto nicht behalten kannst!" Kai blickt irritiert zu Eckart: „Wieso? Ich denke, doch?" Der Banker pflichtet seiner Lebensgefährtin bei: „Naja, der Wagen muss ja schließlich verkauft werden. Du brauchst eine Wohnung, die sich für Dein Kind eignet, Du musst Marie versorgen und arbeiten. Für teure Versicherungsprämien und Benzinrechnungen wird da wohl kein Geld übrig sein. Ich habe ihn zurückgeholt, um Euch finanziell abzusichern! Er ist Dein Startkapital, sozusagen!" Kai ist geschockt. Die Freude dahin. Dennoch nehmen sich Lisbeth und Max die Zeit, einen gründlichen Blick auf den faszinierend schönen Sportwagen zu werfen. Ganz beiläufig erkennen sie dabei, dass ein nach Handwerker aussehender Mann die Szene beobachtet. Lisbeth sieht flüchtig zu ihm rüber; lange genug aber, dass Max dies auffällt. Er folgt den Blicken seiner Mutter für einen kurzen Moment und sieht Markgraf ebenfalls, bevor er sich begeistert dem Sportcabrio widmet. Lisbeth bedauert ehrlich, dass Kai das Fahrzeug nicht halten kann: „Flott aussehen tut er ja! Aber, wo Eckart Recht hat, hat er Recht!" Max setzt einen drauf: „Flott aussehen? Endgeil ist der!" Auch Vanessa gefällt das Sportcabrio. Irgendwie gefällt ihr jetzt auch Kai wieder viel besser. Sie richtet sich die Frisur und lächelt Kai an: „Marie braucht Essen, Kleidung, Schulzeug, Spielsachen ... also, wenn Du die Kiste verkaufst, dann reicht es erst mal für die Haushaltskasse. Aber vielleicht auch noch für ... 'ne chice Freundin?" Dafür erntet sie rundum mitleidiges Kopfschütteln.

Kai weiß, dass er sich von dem Auto trennen muss. Nach den Grundsätzen der Vernunft jedenfalls: „Wenn Ihr meint ..." Seine Enttäuschung ist groß. Eckart dreht sich unbewusst in die Richtung um, in der Karl Markgraf das Geschehen beobachtet. Niemand achtet drauf, dass der Handwerker zurückzuckt in der Sekunde, in der er befürchten muss, in Eckarts Blickfeld zu geraten. Er taucht zwischen den Fahrzeugen auf dem Parkplatz ab, wo auch sein Wagen steht. Lisbeth hingegen registriert die zunehmende Frequenz an Kundenaufkommen: „Egal. Jetzt ist erst mal Feierabendgeschäft angesagt! So, alle wieder auf ihre Posten!" Andersen hält Kai am Haken: „Klesper, Sie verteilen jetzt die Flyer!" Eckart zu Kai: „Ich parke den Wagen ein. Den Schlüssel gebe ich in Lisbeths Büro. Kannst Du Dir dann später holen. Ich fahr mit einem Taxi zur Bank!" Kai: „Nochmals vielen Dank!" Eckart nickt: „Gerne geschehen! Das Dach mache ich noch zu." Narumi: „Gib' mir Deinen Kittel! Ich nehme ihn mit. Dann kannst Du los! Treffen wir uns nachher hier wieder, so in zwei Stunden?" Kai nickt: „Danke Dir, dass Du Deine freie Zeit für Marie opferst!" – „Das tu' ich gern!"

Japanischer Garten

Und so kommt es dann auch! In dem Moment, in dem Kai mit einem ebenso wehmütigen wie auch fröhlichen Blick auf sein Sportcabrio von dannen zieht und das Projekt Flyerverteilung startet, nimmt Narumi Marie an die Hand und schlägt den Weg zu ihrem Kleinwagen ein. Sie bringt das kleine Mädchen samt Papa Bär gründlich unter und parkt wenige Kilometer weiter auf dem Parkplatz vor dem Nordpark. Dieser gilt als absolutes Highlight von Düsseldorf mit einer weit zurückreichenden Geschichte. Aus unerschlossenem Brachgelände schuf der damalige Düsseldorfer Gartenamtsleiter Willy Tapp in eineinhalb Jahren Bauzeit für die 1937 zur Durchführung terminierte Reichsausstellung Schaffendes Volk. Zu der von 6,9 Millionen Menschen besuchten Gartenbaumesse steuerte der Düsseldorfer Architekt Fritz Becker die Bauten bei, so wie beispielsweise die sogenannte Große Halle für Blumenschauen. An diese erinnert heute nur noch ein großes rundes Beet mit einer Skulptur mittendrin das aber für seine Blütenpracht bis weit über die Grenzen der Stadt hinaus bekannt ist. Narumi betritt den Nordpark auf der Höhe der, von Anfang an dort vorhandenen, Wasserspiele, deren Fontänen das kühle Nass imposant in die Höhe schießen. Marie rennt sofort auf die Anlage zu und streckt ihre kleinen Hände ins Wasser, um dann ihr Gesicht zu erfrischen. Es herrschen hochsommerliche Temperaturen von rund 28 Grad; Anlass genug sich abzukühlen hat sie also, die Marie. „Wird es Papa Bär nicht zu warm im Auto?"

„Nein, der schafft das schon! Du weißt doch bestimmt, dass Stoffbären mehr aushalten als zum Beispiel Hunde. Die darf man niemals im Auto lassen, wenn die Sonne scheint!" – „Warum nicht?" – „Die Luft erhitzt sich im Auto zu schnell und zu stark. Die Hunde atmen die für sie viel zu warme Luft dann ein

und bekommen einen Hitzschlag. Das geht sehr, sehr schnell!" –
„Und dann?" – „Das ist dann nicht gut! Sie sterben qualvoll!" –
„So wie Papas Mama und Papa?" Die Frage sitzt. Mit allem hat
Narumi gerechnet, nur nicht damit, von einer Frage nach Papa
Bär aus binnen Sekunden beim Tod der Großeltern der kleinen
Marie zu landen. Narumi ist alles andere als auf den Kopf oder
Mund gefallen, aber bei diesem sensiblen Thema entscheidet sie
erst nachzudenken und nicht einfach darauf loszureden: „Hast
Du Lust auf ein Eis?"
Dafür hätte Kai keine Zeit. Mit dem Handwagen im
Schlepp stellt er sich absolut dämlich an, was die Arbeit angeht.
Er lässt Flyer fallen, wenn er den Wagen abstellt, stolpert über
hochstehende Bürgersteigplatten und legt sich auf die Nase,
versaut sich die Hände und damit die neuen Handzettel, klingelt
an den Haustüren, um an die innenliegenden Briefkästen zu
gelangen und trifft auf entnervte Hausbewohner. „Wieso stören
Sie mich beim Nachmittagsschläfchen? Wieso muten Sie mir zu
aufzustehen und zur Tür zu gehen, nur weil Sie Ihren Müll los-
werden müssen? Den ich dann wieder zum Altpapiercontainer
schleppen muss? Das ist unverschämt! Supermärkte und ihr
Werbemist gehören verboten!" So in dieser Art und das nicht
nur an einer Tür. Irgendwann – so ist Kai überzeugt – kippt auch
jemand einen Eimer Wasser von oben runter. Wenn er Glück
hat. Als Abkühlung bei der Hitze nicht schlecht. Aber was wird,
wenn faule Eier fallen? Kai verdrängt diese Befürchtung einfach.
In dieser Gegend war er auch nie zuvor. Die Erkrather Straße
und ihr Umfeld gehören nicht zu den ersten Adressen der Stadt.
Zwar ist das Bemühen einiger Hausbesitzer um ein freundliche-
res Erscheinungsbild unübersehbar, aber ein Konzept steckt da
nicht hinter. Kai erinnert sich, dass sein Vater in dieser Gegend
mehrere Vorschläge vorgestellt und mit den Stadtplanern auch
über Hochhauslösungen gesprochen hat, aber ein Büromonster
oder lebendigeres Wohnen, daran schieden sich die Geister mit
ungewissem Ausgang.

Es war eine der seltenen Diskussionen mit seinem Pa, die Kai dazu in den Sinn kommt. Er vertrat seinerzeit die Auffassung, dass Büroraum an den Stadtrand gehöre. Natürlich sei es für das Büropersonal eine Wohltat, die Mittagspause auf der Königsallee verbringen zu können, aber an die Kunden denkt dabei niemand: Sich, mit dutzenden Autos, um einen Parkplatz im Zentrum balgen zu müssen, obwohl man nur für fünf Minuten zum Steuerberater möchte, um die Monatsbuchhaltung abzugeben, das erschien Kai suspekt. Vor der Stadt in Außenbezirken – so versuchte er seinen Vater zu überzeugen – könne man eben anhalten, rein, Papiere abgeben, raus und wieder verschwinden. In der City sei die An- und Abfahrt viel zu zeitraubend. Dass die Auftragnehmer dies ihren Kunden und Klienten zumuten und diese es sich gefallen ließen, verstehe er eh nicht. Auch in Sinne der Verkehrswende wäre eine Entzerrung des Dienstleistungsangebot in einem Stadtzentrum empfehlenswert. Und mit dem Argument, das nachts leere Bürohäuser alles andere als attraktiv seien, gewann er die Oberhand in dem Gespräch.

Sein Vater musste einlenken, dass ein Aufenthalt in einer sommerlich warmen Stadtmitte zwischen unbelebten Gebäudekörpern nicht wirklich entspannend ist; ein von Wohnraum dominierter Stadtkern für die Bewohner sowie auch für dessen Gäste weitaus interessanter. Aber Kai konnte auf Vaters Argument, dass Büroräume mehr Miete bringen und dadurch die Bebauung von preislich überzogenen Citygrundstücken oft erst erschwinglich wird, nichts erwidern. Außer, dass für den Fall, dass mehr Lebensqualität gewünscht wird, dann eben dieser Preis gezahlt werden muss. „Für die Radfahrer baut man ja auch Radwege, ohne, dass die auch nur einen Cent dafür zahlen würden. Nur, weil es politisch gewünscht ist! Aber ist nicht mehr Qualität beim Leben im Zentrum genauso erwünscht?"

Marie und Narumi genießen ihre beim Café im Nordpark gekaufte Eiscreme und schlendern durch das farbenprächtige Blumenmeer. Rote, blaue, weiße, violette, gelbe und orangefarbene Blüten wohin das Auge reicht; eingefasst von mannshohen Büschen. Ihr Weg führt sie in Richtung Japanischer Garten, korrekt mit ‚Japanischer Garten am Rhein' bezeichnet. Der wurde am Westrand des Nordparks angelegt und 1975 eröffnet. Marie stutzt: „Hier ist es aber nicht so bunt!" Narumi sucht sich ein ruhiges Plätzchen und erklärt ihr die Hintergründe: „Das stimmt! Die Gartenkultur meiner Heimat ist eine etwas andere. Der Japanische Garten war ein Geschenk der Japaner, die in Düsseldorf leben. Er wurde von Architekten aus meiner Heimat angelegt, die die traditionell überlieferte Gartenbaukunst beherrschen und hier auf 5.000 Quadratmetern etwas sehr Schönes geschaffen haben. Schau mal, da gibt es Kiefern und japanischen Fächerahorn!" – „Die Äste da sehen aus wie Wolken!"

Die Kleine ist Feuer und Flamme für die aus ihrer Sicht seltsame Art von Bäumen. „Das ist eine Schwarzkiefer, die die Gärtner auf besondere Weise beschnitten haben. Sie wollen die Natur auf eine idealisierende, also so schön wie nur mögliche Form, darstellen." Marie klebt regelrecht an den Lippen der japanstämmigen Deutschen. „Die Gartenbaukunst meines Volkes reicht bis ins 8. Jahrhundert zurück. Man unterscheidet bei japanischen Gärten zwischen See-, Teich- und Inselgarten. Der kleine Berg, auf dem wir uns gerade befinden, der wird Hügelgarten genannt." Marie: „Warum ist denn da kein Wasser im Fluss? Der Teich hat auch nichts!" – „Siehst Du die Kiesel nicht?" – „Kiesel sind doch Steine und kein Wasser!" – „In etwa schon, denn in unserer Gartenbaukultur stehen die kleinen Steine für das Wasser." – „Also Steine sind Wasser?" Marie versteht gar nichts mehr. Narumi: „Ja! In japanischen Gärten ist das so gemeint! Es ist wie ein Märchen. Die Steine erzählen die Geschichte des Wassers!" Jetzt versteht Marie. „Und weißt Du was lustig ist? Japanische Gärtner haben Seidenstrümpfe an, wenn sie auf die Bäume klettern, und tragen mit Harz getränkte Handschuhe, um die Äste und Stämme nicht zu beschädigen. Kannst Du Dir einen deutschen Gärtner mit Strümpfen aus Seide im Garten vorstellen?" Nein, kann Marie nicht. So weit reicht das Verständnis der Sechsjährigen. Sie lacht. Was Narumi ansteckt. Marie findet immer mehr Gefallen an ihrer neuen Freundin. Ebenso, wie Narumi an dem Kind.

Billige Wohnungen statt der Gebäude von Daniel Libeskind hätten am Kö-Bogen gebaut werden sollen – an diesen Beitrag eines Internetusers in einem Chat erinnert sich Kai ganz besonders. Wie das hätte umgesetzt werden können bei dem hohen Preis, der für das wunderschöne Baugelände zwischen Schadowplatz, Königsallee und Hofgarten-Park zu zahlen gewesen ist, das hätte Kai mal jemand erklären müssen. Ein schöner Abend war das, als er mit seinem Vater samt eines Glases Wein darüber gefachsimpelt hat. An einem Tag, an dem er sich nie hätte träumen lassen, zwei Jahre später als Handzettelausträger an der Erkrather Straße zu enden. Er beißt sich auf die Lippen, um gegen die aufkommenden Tränen zu kämpfen. Eine Bö packt einen Teil der Handzettel und schickt die Blätter auf eine Reise über die Straße. Kais ist das egal. Er geht dazu über, die Flyer unter die Scheibenwischer der am Straßenrand geparkten Wagen zu klemmen. Als er an einem Fahrzeug des Typs vorbeikommt, den er selbst besitzt, wird ihm klar, dass es ihm lieber wäre, sich einfach in sein Auto zu setzen, auf und davon zu fahren, ohne wiederzukommen. Auch dieser Wagen bekommt einen Flyer.

In dem Moment, in dem er das Wischerblatt anhebt, fällt Kais Blick auf einen Altpapiercontainer auf der gegenüberliegenden Straßenseite. Und dann auf die Handzettel. Es sind weniger geworden, ja, aber bei dem in seiner Ungeübtheit begründeten langsamen Arbeitstempo könnte das noch die halbe Nacht dauern, bis er fertig ist. Was ein Blick auf die Liste von Andersen mit den Namen der abzuarbeitenden Straßen bekräftigt. Die Versuchung ist groß, der Altpapiercontainer scheint ihn beinahe anzulachen. Doch Kai arbeitet weiter, wie es von ihm erwartet wird.

Wer ist eigentlich Dietmar Andersen?

Mittlerweile nähert sich die Sonne dem Horizont. Bei WNP-

Kauf herrscht der für den Zeitpunkt nach dem Büroschluss ganz normale Wahnsinn. Andersen beobachtet über seine Monitore genau was an den Kassen vor sich geht. Acht davon hat der Supermarkt; keine ist unbesetzt. Die Türe zwischen Dietmar Andersens und Lisbeths Büro ist offen. Die Vorgesetzte liest Betriebswirtschaftliche Auswertungen. Andersen kriegt das mit: „Die würden besser aussehen, wenn wir nicht so viel Personal an den Kassen einsetzen!"

Lisbeth sieht nicht von den Tabellen auf: „Dann müssten unsere Kunden aber länger warten! Und das kommt für mich nicht in Frage!" – „Die Konkurrenz bleibt da gelassener! Bei Poldie sind von fünf Kassen maximal drei besetzt in der Regel. Und die Leute kommen trotzdem wieder!" – „Interessiert mich nicht, weil die Kunden mit Sicherheit schlechterer Laune sind als bei uns! Besser gelaunte Menschen kommen aber eher zurück und kaufen mehr! Ich tue deswegen alles dafür, dass die Leute spitzenmäßig bedient werden und dazu gehören eben auch kurze Wartezeiten an den Kassen! Andere lassen sich die Kunden Beine in den Bauch stehen, das ist denen egal. Oder setzten auf Selbstbedienungskassen! Das ist der letzte Dreck! Da sollen die Kunden die Arbeit der Kassiererinnen machen!" – „Wieso nicht?" – „Wieso nicht? Darüber könnte ich mich jedes Mal neu aufregen! Kunden arbeiten unentgeltlich für uns! Sie erledigen ‚unseren' Job! Das ist pervers! Das ist Ausbeutung der Kundschaft!" – „Die finden es teilweise sogar hip!" – „Bis ihnen jemand die Augen öffnet! … Hauptsache, der Vorstand fährt in seiner Luxuslimousine auf Konzernkosten nach Hause!" Lisbeth lässt sich von Andersens Visionen, wie sie sie hinter vorgehaltener Hand bezeichnet, nicht beirren. Der steht auf und nimmt seinen Schlüsselbund: „Ich muss kurz weg!" – „Jetzt?" – „Vertrauen ist gut, Kontrolle ist besser!" Lisbeth stutzt, ist einen frühen Abgang ihres Stellvertreters nicht gewohnt. Andersen verlässt das Marktleiterbüro und geht schnellen Schrittes zu den Kassen.

Er registriert schon, dass die Kunden dennoch sehr zufrieden aussehen. Sie werden freundlich begrüßt und trotz des hohen Besucheraufkommens zuvorkommend behandelt. Keiner der Mitarbeiter an der Kasse lässt sich aus der Ruhe bringen; nirgends kommt Unruhe auf. Von den SB-Kassen will niemand etwas wissen. Noch unter Aufsicht einer erfahrenen Kollegin kassiert die Azubine Mohrle eine Dame ab, die einen sehr vollen Einkaufswagen hat: „So, gnädige Frau, dann macht das 45 Euro sieben! Karte oder bar? Sammeln Sie Punkte?" – „Haben Sie sich auch da nicht verrechnet?" – „Garantiert nicht, die Dame! So was ist das Ergebnis, wenn man zu Dauer-Tiefpreisen einkauft!" Eins wird deutlich: Mohrle hat es drauf; ebenso vorwitzig wie charmant zeigt sie keinerlei Berührungsängste.

Die Kundin ist happy: „Es ist schön, wenn man einen Laden verlässt und den Eindruck hat, dort nicht ausgenommen worden zu sein! So wie bei Kackopacko! Ich kaufe am liebsten hier und das bleibt auch so!" – „Das würde uns sehr, sehr freuen! Wir mögen unsere Kunden, denn die sichern unseren Arbeitsplatz!" Eine zweite Dame mischt sich ein: „Die sind hier immer alle sehr freundlich! Und so entspannt, so ganz ohne Hektik kann man hier einkaufen. Da sollten sich die von Königs, Poldie und Kackopacko mal ein Beispiel dran nehmen, die sich ihre Pseudo-Liebesbekundungen meiner Meinung nach sparen können!"

In diesem Moment rast Max an Ihnen vorbei und reißt einen Ständer mit recyclebaren Einkaufstüten um, die sich über den Bereich vor den Kassen verteilen. Die zufällige vorbeikommende Vanessa beherrscht die Situation, die nicht nach Ruhe aussieht: „Sehen Sie, manchmal haben wir es so eilig Sie zufriedenzustellen, dass unser Nachwuchs da gerne über die Stränge schlägt! Vor allen Dingen bei so sympathischen Ladies wie Ihnen!" Die Kundinnen fühlen sich geschmeichelt. Andersen hilft die Tüten einzusammeln. Vanessa: „Und da geht selbst unser Vize-Chef gerne in die Knie!" Dietmar wirft ihr böse Blicke zu, doch dann macht er Cheese für die Damen. Was bleibt ihm anderes übrig? Wenig später fährt Andersen mit seinem unauffälligen Mittelklassewagen durch die Erkrather Straße. Sehr langsam; so verhalten, dass hinter ihm gehupt wird. Auf dem Beifahrersitz liegt eine Kopie des Zettels mit den Straßennamen, die er Kai gegeben hat. Und eine Kamera mit Teleobjektiv. Einige der Flyer ragen aus den Hausbriefkästen heraus. Das stimmt ihn versöhnlich: „Hätte ich ihm gar nicht zugetraut! Ich dachte das Zeug landet direkt im Müll!" Der Stellvertreter von Lisbeth war nicht immer so negativ anderen Menschen gegenüber eingestellt und unnahbar.

Ein Betriebswirt erhält durch sein Studium eine höhere kaufmännische Ausbildung, als ein normaler Auszubildender. Er erfüllt kaufmännische oder betriebswirtschaftliche Aufgaben in Unternehmensbereichen Marketing, Controlling, Personal-, Rechnungs- und Steuerwesen. Sein diesbezügliches Studium hat Dietmar Andersen mit Auszeichnung abgeschlossen. Der Liebe wegen ist der gebürtige Hamburger nach Düsseldorf gezogen. Er hätte zwar an der Elbe bei Kackopacko anfangen können, aber da er sich zuvor via Internet in Annabelle verliebt hatte, entschied er sich für die Metropole am Rhein. Auf der Rennbahn in Düsseldorf-Grafenberg lernte Andersen den Stellvertretenden Vorsitzenden Dr. Stefan Stock kennen, der in der Nähe seine Pferde eingestellt hat. Der Konzernführer war sofort von dem 35-Jährigen begeistert und lud ihn zu den Wochenenden ein, an denen Pferderennen ausgetragen werden. Theorie allein reicht Stock allerdings nicht; von seinen zukünftigen Führungskräften verlangt er auch zwei Jahre Praxis, die Dietmar Andersen im Markt von Lisbeth quasi ableistet. Der war der Streber-hafte Betriebswirt sofort zuwider; selbst nach eineinhalb Jahren. Der Eindruck, dass er sie bespitzeln würde, den gewann sie erst später. Eckart riet ihr, Ruhe zu bewahren. So kam der Hamburger Jung an den Rhein, doch die Liebe zu Annabelle hat nicht lange gehalten. Stock erfuhr auf der Rennbahn von der Trennung, doch empfahl er Andersen, sich auf seine Karriere zu konzentrieren. Er habe schließlich mehr mit ihm vor; alles andere sei nebensächlich. Außerdem, so meinte er mit einem süffisanten Grinsen, würde es genug paarungswillige Aushilfskräfte in den Supermärken geben. Er wisse, wovon er spreche! „Ich soll meine Position ausnutzen?" – „Davon, mein lieber Dietmar, habe ich nicht gesprochen! Immer schön an ‚Me, too!' denken!", antwortete Stock mit einem Augenzwinkern: „Und stets die Augen offenhalten, niemals die Kontrolle verlieren!" Somit entwickelte Dietmar sich zu dem Kontrollfreak, als den ihn seine Kollegen heute kennen: Oft wegen seiner nordischen Kälte, die ihn umgibt, als Menschenfeind angesehen.

In den Minuten, in denen Andersen hinter dem Lenkrad sitzt und überlegt, wo Kai sein könnte, fliegt ihm ein Teil der Flyer entgegen. „Also doch!" Er stellt den Wagen an den Straßenrand, nimmt die Kamera und macht sich zu Fuß auf die Suche. Es dauert nicht lange und er findet ihn: Zeuge dessen werdend, wie Kai auf einen Altpapiercontainer zusteuert und den Rest der Prospekte in einem der Behälter entsorgt. Andersen fokussiert die Kamera und drückt auf den Auslöser. Im Reihenbildmodus; jede Sekunde des Weges der Handzettel in den Container festhaltend: „Ich wusste es, dass dieser Typ uns bescheißen wird! Typen wie der können gar nicht anders!" Ob er ihn hier und jetzt zur Rede stellen soll? Nein, er wäre nicht Dietmar Andersen, wenn er da nicht eine bessere Idee hätte. Kai hingegen fühlt sich erleichtert. Als schwebe er zehn Zentimeter über dem Boden beeilt er sich zum Supermarkt zurückzukommen. Ein Drink wäre jetzt nicht schlecht! Ein Drink am Kö-Bogen vielleicht? Zu dem er ja schnell mal eben fahren könnte mit seinem Auto? Kai freut sich auf den Wagen.

Und Marie ganz offensichtlich wieder auf ihren Papa, denn sie erwartet ihn schon in der Cafeteria des Bäckerladens bei WNP-Kauf: „Papa, ich habe Wasser aus Steinen gesehen! Wasser können Steine sein!" Kai versteht kein Wort. Narumi erklärt: „Eine Form von Darstellung in der japanischen Gartenbaukunst!

Wir waren im Japanischen Garten!" Die Worte treffen Kai: „Das sind nur wenige Meter von da zu uns nach Hause!" Narumi würde sich am liebsten auf die Zunge beißen: „Oh je, daran habe ich nicht gedacht!" – „Ist schon gut! Sonst alles klar gegangen?" Narumi strahlt: „Marie ist ein fantastisches Kind! Da hast Du großes Glück mit! Und bei Dir? Die Zettel verteilt?" – „Ja, alles bestens gelaufen! Danke dass Du auf die Kleine aufgepasst hast!" – „Gerne! Tja, gut, dann fahre ich jetzt!", wirkt sie verlegen. Kai trennt sich ebenfalls ungern von der Kollegin, aber im Bewusstsein, sie eben in Bezug auf die Flyer belogen zu haben, ist es ihm dann doch lieber, mit Marie verschwinden zu können: „Lust auf eine Fahrt im Auto?" Die Kleine kreischt vor Freude, drückt Papa-Bär ganz fest und will schon losrennen. „Marie, warte, pass' auf die Straße auf!", nickt Kai noch einmal Narumi zu und folgt seiner Tochter. Und Karl Markgraf wiederum ihm. Wovon weder er noch die Japanerin etwas merken, denn die kann ihre Blicke nicht von Kai lösen.

Das Auto und das liebe Geld – die letzte Fahrt?

Kai steuert das Sportcabriolet verantwortungsbewusst und sicher durch den Düsseldorfer Feierabendverkehr. Seine Hände greifen das Lenkrad auf eine Weise, die zeigt, wie sehr er das Auto liebt und festhalten möchte. Der Glanz in seinen Augen ist nicht verblasst, doch es ist ein nasser Glanz, einer von Tränen, denn ihm wird mit jedem Meter, den er zurücklegt, bewusst, dass Eckart ihm das Auto aus rein wirtschaftlichen Erwägungen zurückgeholt hat und damit auch vollkommen richtig liegt. Er braucht Startkapital. Selbst wenn die kleine Marie sich auf den engen Notsitzen im Fond des Sportcabrios sichtlich wohl fühlt, Papa Bär fest an sich drückt und Kai – wie er im Rückspiegel sieht – glücklich anlächelt, so weiß er doch, dass dieses Vergnügen für das neue Vater-/Tochtergespann ein so gut wie einmaliger Spaß sein wird. Andererseits kommt Kai sein Vater in den Kopf.

Er erinnert sich genau daran wie er das Auto zum Abitur geschenkt bekommen hat, wie glücklich er gewesen ist, wie happy aber auch sein Dad war, weil in der Lage, seinem einzigen Sohn überhaupt so ein Geschenk machen zu können. Ohne Steuervorteile zu nutzen, wenn er ihn über die Firma gekauft hätte. Dass er den Wagen auch auf ihn zugelassen hat – war das das erste Signal dafür das Sportcabrio vor dem eventuellen Zugriff Dritter schützen zu wollen? Kai weiß es nicht. Er weiß nur, dass er seinem Vater diese Frage nicht mehr stellen kann. Und das Sportcabriolet somit das einzige persönliche Erinnerungsstück ist, das ihm von seinen Eltern wirklich bleibt. Andere Gegenstände wird es nicht geben, denn die Villa und ihr Inventar sind in der Hand der Bank. Kai realisiert, wieviel Glück er gehabt hat damit, dass Eckart das Auto aus den Klauen des Gerichtsvollziehers befreien konnte. Wie in alten Zeiten fährt Kai jetzt aus dem nördlichen Bereich der Landeshauptstadt auf den Kö-Bogen zu, sieht die Platanenallee vor dem Fashion- und Lifestylekaufhaus Breuninger und die mit ihren vielen Lichtern glitzernde Rückseite des im Wellendesign gestalteten und ihm vertrauten Gebäudes. Auf einen Besuch im Café verzichtet er; das Fahren ist ihm wichtiger.

Natürlich ist das nicht der direkte Weg nach Hause, doch als solches kann Kai die Unterkunft bei Lisbeth und Eckart sowieso nicht betrachten. Wie auch, nach nur einer Nacht? Außer dem bisschen Kleidung und den Schuhen, Sneakers wie auch zwei Paar Dr. Martens, die er zusammengerafft hat, als Heinz Speck ihn des Hauses verwies, besitzt er nicht viel. Womit er wieder beim Verkauf des Autos wäre. Doch nein, diese Gedanken verdrängt der junge Mann. Vollgetankt hatte er zuletzt am Tag des Unfalls seiner Eltern; das will er ausnutzen und noch ein wenig Spaß haben. Er lächelt Marie an: Alles im Lack auf der Rückbank. Kai ist zufrieden und drückt auf das Gaspedal. Der Sechszylinder brüllt auf und katapultiert das Auto nach vorne. Die Kleine quietscht vor Vergnügen! Noch einmal rechts, dann rollt der Wagen über die Königsallee. Die Musik dreht er etwas lauter: „Zu laut? Alles gut bei Dir, Kleines?"

Marie nickt strahlend. „Okay, dann noch einmal die Kuh fliegen lassen auf der Kö. Einmal wenigstens! Und vielleicht nie wieder! Aber heute Abend auf jeden Fall! Selbst wenn's nicht mehr als besseres Schritttempo ist!" Dass Markgraf kein Problem hat, ihm im Lieferwagen durch den dichten Verkehr zu folgen bleibt unbemerkt. Selbst dann, als er nach dem Schwenk zum Hauptbahnhof vor einem Blumenladen stoppt, aus dem Sportcabrio springt und einen großen Strauß kauft, bezahlt, ihn auf die Rückbank neben Marie legt und wieder einsteigt. Maries Blicke heften in der Zwischenzeit erneut auf einem Plakat, das für Zugreisen nach Italien wirbt! So ein Zufall. Da ist doch ihre Mama.

Noch einmal den Motor aufheulen lassen und ihn dann abstellen – so feiert Kai sein Debüt als Autofahrer vor dem Reihenhaus von Lisbeth und Eckart. Er öffnet die Tür und dreht die Musik leise: „Na, hat's Spaß gemacht?" – „Yep! Fahren wir jetzt immer mit dem Auto?" – „Fürchte nein! Das geht wohl nicht!" Was ihn wieder trauriger stimmt. Liebevoll und nachdenklich streicht er mit den Händen über das Lenkrad. Lehnt sich zurück: „Danke Papa!" Marie fühlt, dass etwas Wichtiges in Kai vorgeht und greift seine Hand, die sie drückt. Karl Markgraf beobachtet die beiden Insassen des Sportcabriolets, bevor er seinen Wagen unauffällig in einer Reihe parkender Fahrzeuge abstellt. Und wird Zeuge dessen, dass auch Lisbeth und Eckart – jeweils in ihren Autos – nach Hause kommen. Doof nur für Eckart, dass seine Einfahrt vom Sportcabriolet zugestellt ist. Der Hausherr steigt aus, will gerade was sagen, da kommt Lisbeth ihm zuvor: „Lass gut sein, Ecki! Der Wagen ist sowieso bald weg. Und wenn unsere Nachbarn eine Nacht denken wir seien jetzt unter die reichen Leute gegangen, schadet dass unserem Ruf ja auch nicht!"

Kai kapiert: „Kein Problem! Ich suche einen anderen Parkplatz!" Max klettert aus dem Fond des Wagens seiner Mutter. Lisbeth: „Steht Dir wirklich gut das Auto, aber gewöhne

Dich nicht dran! Er ist Vergangenheit. Du wirst ihn abgeben müssen." – „Wie oft wollt Ihr mir das noch unter die Nase reiben? Das ist alles, was mir von meinen Eltern bleibt!" Eckart schließt seinen Wagen ab und gesellt sich zu seiner Frau und seinem Sohn: „Etwa 40.000 Euro dürften drin sein!" Max: „Mindestens!" – „Ein schönes Startkapital. Das bringt Dich sehr weit, wenn Du richtig damit umgehst!", ergänzt sein Vater. Lisbeth weiß, dass Kai an dem Wagen hängt: „Es ist doch nur ein Auto!" Max schüttelt den Kopf: „Nur ein Auto! Es gibt Dinge, von denen hat sogar meine schlaue Mama keinen Plan von! Paps, wie hast Du das nur geschafft mit der Kiste? Dieses Biest zu bändigen, meine ich!"

Eckart aber hört erst einmal Lisbeth zu. Auch die geht nicht auf Max' Anmerkung ein: „Du musst ja nicht ohne Wagen sein. Von der Summe die Eckart eben nannte kannst Du 10.000 Euro in die Wohnung und Zukunft investieren, den größten Teil auf die hohe Kante legen und für den Rest kaufst Du Dir einen guten Gebrauchten! Ecki, ich meine, um zur Arbeit zu kommen und sich um die Kleine zu kümmern ist ein Wagen ja nicht verkehrt!" Eckart pflichtet ihr bei: „Das stimmt!" – „Nur, der hier ist von meinem Papa!", will er raus aus dem Thema. Damit greift Kai in den Fond vom Cabriolet, holt den Blumenstrauß heraus und überreicht ihn Lisbeth: „Ist nicht viel, aber ich wollte zumindest Danke sagen! Danke für alles!" – „Das wäre nicht nötig gewesen!" – „Doch, ist das Mindeste! Kommt von Herzen!" Jetzt ist sie ein kleines bisschen gerührt, die Hausherrin, lächelt.

Und auch Eckart rechnet Kai die Geste wohlwollend an, obwohl er weiß, dass der Strauß vermutlich von seinem Geld bezahlt wurde. Trotzdem: Er schätzt das Geschenk hoch ein. Die viereinhalb Leute gehen infolgedessen in das Reihenendhaus. Lisbeth zuletzt. Sie spürt einerseits, dass ein neuer Zeitabschnitt in ihrem Leben beginnt, aber andererseits auch, dass etwas nicht stimmt. Sie dreht sich – inzwischen allein vor dem Haus – um und sieht sich die Gegend an. Sie sieht auch Markgrafs Lieferwagen, denkt sich aber nichts dabei und folgt den anderen ins Haus.

Sommerabend

Sonnenuntergang im Endspurt! Rötlichgoldenorangene Streifen am Horizont! Feierabend! Fröhliche hippe junge, aber ebenso bodenständige Leute, Studenten von 20 bis 55 bevölkern die kleinen Außenterrassen der Cafés in Düsseldorfs Stadtteil Derendorf. Mehrgeschossige Altbauten, die meisten saniert, manche mit Efeu an der Fassade, charmante Hinterhöfe mit Tischen und Stühlen zum Plausch zwischendurch geradezu prädestiniert – das ist die Heimat der WG von Narumi, Guiseppe und Vanessa. Der Italiener sucht einen Parkplatz. Aber nicht für das Auto, das er nicht hat, sondern für sein Fahrrad: „Mamma mia, das ist schwerer sein Rad abzustellen als eine PS-Schleuder!" An jedem Zaun, jeder Absperrkette, an Ampel- und Laternenpfosten sind Fahrräder angekettet. Schön ist das nicht, das sieht selbst Guiseppe als Radfahrer so. In dieser Sekunde treffen Narumi und Vanessa ein: „Schwierigkeiten?" – „Wo parkt Ihr mit dem Auto?" – „War ganz problemlos! Direkt um die Ecke!" Guiseppe fühlt sich verarscht und grunzt. Kurze Zeit später und ein paar Etagen höher legen die beiden jungen Frauen schon ihre Sachen ab, als Guiseppe mit dem Fahrrad im Huckepack schnaufend die Wohnung erreicht.

Diese sieht genauso aus, wie eine WG eben aussieht: Möbel verschiedenster Epochen zusammengestellt in einem Mix, der fast schon wieder den Eindruck erweckt, das System dahinterstecken könnte. Tut es aber nicht. Antiquitäten vermischt mit neuesten Einrichtungsgegenständen, Produkte aus einem schwedischen Möbelhaus; klassische Bilderrahmen mit bunten Postern drin, kombiniert mit Beleuchtungskörpern unterschiedlichster Stilrichtungen. Ein paar Teppiche auf dem Parkettboden. Eine Küche, in der das Chaos Programm zu sein scheint. Aber: Gemütlich! Fast jedes der Zimmer hat einen kleinen Balkon. Selbst die Küche. Die Geländer sind aus Schmiedeeisen. Alles alt, aber stylish.

Wohnzimmer und Küche wurden ineinander übergehend angelegt. Der Essbereich wird von einem riesengroßen Holztisch dominiert. Farbenfrohe Gardinen rechts und links an den Fenstern beziehungsweise Balkontüren – eine Wohnung, die vor guter Laune nur so strotzt. Einzelne, von innen beleuchtete Lettern, buntes Porzellangeschirr, viele Urlaubsfotos an den Wänden. Kinoplakate. Bilder von Demos für die Rettung des Klimas.

Persönlichkeit ist in den einzelnen Zimmern zu finden: Narumis spartanische Einrichtung ist der japanischen Auffassung von Wohnlichkeit nachempfunden. Vanessas Zimmer wird von der Farbe Pink dominiert und erinnert irgendwie an Barbie. Ein Raum ist leer und unrenoviert; nur eine alte Matratze am Boden beinhaltend. Und Guiseppes Bleibe ist vom liebenswürdigen Chaos des Italieners geprägt, dessen Liebe zum Fußball dort sichtbar wird. Nach dem der sein Fahrrad in der großzügigen Diele abgestellt und Narumi die Tasche mit den mitgebrachten Lebensmitteln gegeben hat, bringt Vanessa ihn auf den neuesten Stand. Er lauscht aufmerksam, während er mit der Vorbereitung des Abendessens beginnt. Vorab jedoch: Ein Glas Rotwein.

„Und da kommt der doch glatt wieder im Sportwagen vorgefahren! Voll geil, oder? Was für ein Auftritt! Alle seine Freunde .. oder Ex-Freunde ... denen fiel die Kinnlade runter! Die Gesichter hättest Du sehen müssen! Echt mega, die Show!" – „Wieso habe ich das Gefühl, dass er jetzt doch wieder interessant für Dich ist?" Narumi räumt nicht benötigte Lebensmittel in den Kühlschrank: „Er hat scheinbar wieder Geld, zumindest, wenn er den Wagen verkauft!" – „Frauen! Auf nichts anderes aus als auf das Geld der Männer!" Vanessa: „Na und? Wir müssen sehen, wo wir bleiben! Alle! Bis wir alt und grau sind muss das Nest gebaut sein!" – „Frauen und ihre Taktik! Das soll einer verstehen! Und ich dachte es geht immer um Liebe und Romantik", so Guiseppe gespielt enttäuscht! „Da kann man sich nichts

150

von kaufen!" – „Und da ist er einfach mit dem Wagen los?" Narumi nickt: „Hat sich mit seiner Kleinen in das Ding gesetzt und weg war er!" – „Cool! So einen Freund will ich auch", seufzt der Mitbewohner. Vanessa und Narumi schauen sich fragend an: Noch ein Konkurrent?

In der Strandbar tobt das Leben. Viele Leute bevölkern den Medienhafen an diesem Sommerabend, tanzen zu der sommerlich-urlaubshaften Musik und trinken ihre meist alkoholfreien Cocktails. Die Skyline von Düsseldorf zeigt sich wieder von ihrer besten Seite. An der Theke: Tobias und Jenny, Daniel und Ellen. Ellen ist schlecht drauf. Der Betreiber hält sein Personal im Auge. Kai ist wieder das Gesprächsthema des Abends. Tobias pafft Rauchkringel in die Luft: „Tja, vom Millionärssohn zum Handlanger! In Minutenschnelle! Weinflaschen verkaufen, ein Job mit Zukunft!", lacht er sich kurz darauf halbtot. Daniel stimmt, natürlich, in das Gelächter ein. Ellen hält sie offenbar für Idioten: „Du machst ja im Grunde nichts anderes! Schau Dich um! Überall Flaschen, für die Du Geld kassierst, oder?" Sie zeigt auf das Regal hinter der Theke. Eine Alkoholflasche neben der anderen.

Tobias verschluckt das Lachen. So Unrecht hat die Freundin nicht, muss er zugeben. Ellen bringt es auf den Punkt: „Also, mir wäre es lieber, Kais Eltern würden leben und er hier mit uns Spaß haben! Aber das scheint Euch am Arsch vorbeizugehen!" Daniel ist schon ein wenig angetrunken: „Vorbei ist vorbei ..." Ellen: „Arschloch! Und ich war der Ansicht, Kai wäre ein Freund von uns! Aber Eure Definition von Freundschaft scheint echt nicht von dieser Welt zu sein! Und Deine ganz besonders nicht, Jenny!" Der ist's egal. Sie grinst nur schulterzuckend. Ellen springt daraufhin wütend auf und verschwindet irgendwo im Getümmel. Tobias, Jenny und Daniel zucken gelangweilt die Schultern und verlagern ihr Dasein auf die Tanzfläche.

Familiärer geht es am Küchentisch bei Lisbeth und Eckart zu. Kai schmiert sich eine Stulle; Max sitzt auf der Arbeitsplatte der Küchenzeile, ein Brötchen muffelnd: „Ich find's irgendwie cool, Dich hierzuhaben ... 'n großer Bruder fehlte mir irgendwo immer!" – „Von Dauer wird es nicht sein!" – „Bleib doch! Meine Ellies mögen Dich! Platz ham'mer auch, was willste mehr?" – „Ellies?" – „Eltern!" – „Ah. Also, ich kann mir nicht vorstellen, dass Deine ‚Ellies' sich nochmal die Erziehung einer Sechsjährigen antun wollen! Sie könnten ja gar nicht anders als darin einbezogen zu sein, wenn wir hier leben!" – „Und Du? Willst Du das? Kannst Du das überhaupt?" – „Gute Frage! Keine Ahnung! Heute haben die mich alle so abgelenkt, im Supermarkt, mit dem Auto, Marie. Und im Moment bin ich froh, dass sie pennt! Ich hatte keine Sekunde Ruhe zum Nachdenken!" – „Verstehe!" – „Marie und ich ... ich habe echt keinen Plan wie das gehen soll! Das schaff' ich nicht, das ist vollkommen unmöglich. Das geht nie gut mit der Kleinen!"

Weder Kai noch Max bemerken, dass Marie hinter der Tür zur Diele lauscht. Sie versteht sehr gut – und schaut traurig aus. Papa-Bär feste an sich klammernd. Bis sie Lisbeth nach sich rufen hört: „Marie, kommst Du? Bisschen frisch machen?" Eckart betritt die Küche: Mach' Dir keine Sorgen! Wir finden schon einen Weg!" – „Du hast gelauscht, Paps?" – „Ich weiß auch so, über was Ihr sprecht!" Kai bleibt bei seinen Zweifeln: „Ich werde mir Mühe geben!" – „Habt Ihr nach Eurer kleinen Vorspeise noch Hunger? Wie wäre es mit italienisch? Ich habe mir sagen lassen, Nudeln machen glücklich! Können wir alle gebrauchen, oder? Aber es ist auch Schnitzel da!"

Eckart wartet die Antwort gar nicht erst ab, sondern startet die Zubereitung. Kurze Zeit später sitzt die Familie gemeinsam mit Marie am reichhaltig gedeckten Esstisch im Wohnbereich. Eckart gefällt das: „Dass unser Sohn auch noch mal mit uns zu Abend isst, so richtig förmlich, hier an dem großen Tisch, wer hätte das gedacht? Kein Date oder so anhängig?" Max kaut: „Im Moment geht hier mehr ab! Spannend, dass mit Kai und so!" – „Auf diese Art Spannung hätte ich verzichten können!" Trotzdem greift er zu. Eckart fragt Max nach der Ausbildung bei seiner Mutter: „Wie war Dein erster Tag heute? Und Deine Ma als Chefin?" – „Von Mutsch habe ich nicht viel mitgekriegt. Wurde von Andersen, diesem Menschenhasser, eingewiesen. Ekelhafter Kerl! Aber sonst wars cool. Meine Kollegen sind alle nett!" – „War auf jeden Fall richtig, die Lehre im Supermarkt anzufangen. Eine kaufmännische Grundausbildung ist die beste Basis für die Zukunft. Man kann in fast alle Bereiche und Branchen wechseln. Obwohl, Dich in der Bank auszubilden hätte mir auch gefallen!" – „Lass stecken! Nur Zahlen sind mir zu dröge!"

Es schmeckt allen Beteiligten. Nur Marie sitzt etwas bedrückt da und muffelt eher lustlos rum. Lisbeth erkundigt sich nach dem Grund: „Schmeckt's Dir nicht, Kleines?" – „Doch!" Trotzdem muffelt sie lustlos weiter. Lisbeth ist skeptisch: „Wir müssen uns morgen ein paar Sachfragen stellen. Das Thema Beerdigung Deiner Eltern zum Beispiel, Kai. Tut mir leid, aber ich muss es ansprechen." Eckart hakt sich bei dem Thema ein: „Ich hatte bei Gericht auch nach Deiner persönlichen Habe gefragt. Es wird einen Termin geben, bei dem Du ins Haus kommst und Deine Kleidung und was Dir sonst noch gehört, rausholen kannst. Schränke, Möbel und so weiter!"

Kai bedankt sich mit bitterem Unterton in der Stimme. Max: „Das war lecker! Gibt es was zum Nachtisch?" Lisbeth will aufstehen: „Steht im Kühlschrank!" Kai ist schneller: „Ich mach' das!" Auf dem Weg dahin fällt sein Blick auf das Klavier. Seine Hand streicht drüber. Erinnerungen werden wach. Schon wieder! Es stimmt, er benötigt einen Plan.

Aber in dieser Sekunde öffnet er den Deckel, klimpert ein wenig. Max steht auf, geht an dem Gast vorbei in die Küche, um den Nachtisch zu holen; spürend, dass er den neuen Mitbewohner jetzt nicht stören sollte. Kai setzt sich und beginnt – Klavier zu spielen! Erst zaghaft, dann immer intensiver. Eine Ballade. Erst sehen und hören Lisbeth, Marie, Eckart und Max ihm zu; dann rinnen im Wissen um seinen Verlust ein paar Tränen über das eine oder andere Gesicht. Die Kleine geht zu ihrem Vater, schaut ihn lächelnd an. Es ist schön, was er da macht. Kai erinnert sich an glückliche Tage mit seinen Eltern, seine Kindheit, den Einzug in die Villa in Golzheim, seinen Vater stolz an einer Baustelle beim Richtfestfeiern, den Tag als er das Sportcabriolet geschenkt bekam und ... und ... und so weiter bis hin zum ersten Mal als er Marie gesehen hat; damals noch ein Säugling. Der Eintrag im Stammbuch der Mutter kommt Kai in den Sinn, in dem er als Vater von Marie eingetragen ist.

Er bemerkt nicht, dass es immer später wird, so hingebungsvoll widmet er sich seinem Klavierspiel. Mittlerweile hat Lisbeth Kerzen aufgestellt. Und da bleibt sie noch eine Weile um ihn herum versammelt, die Familie Berger-Bücken. Marie sitzt neben ihrem Papa auf dem breiten Klavierstuhl, der – nach einem Blick auf die Uhr – zum Abschluss ein Schlaflied spielt.

Weniger gemütlich und harmonisch ist es in einer abgewrackten Wohnung im Look der 1980er-Jahre. Offenbar wohnt dort kein Geld. Gerlinde Markgraf – 50, relativ ungepflegt und verhärmt – sitzt im alten Kittel am ebenso verwitterten Küchentisch aus den 1960er-Jahren, auf dem ein Haufen Abrechnungsbelege liegen. Sie bedient einen altertümlichen Tischrechner, doch die Zahlen, die er ausspuckt, scheinen nicht ihren Erwartungen zu entsprechen. Sie haut auf das Gerät drauf: „Verdammt! Es passt nicht!" In diesem Moment betritt ihr Mann die Küche. Seine Laune ist nicht die schlechteste: „N'Abend!"

Gerlinde ist alles andere als nach Smalltalk zumute: „Dass Du noch so guter Dinge sein kannst! Die Haushaltskasse ist leer, wir haben Rechnungen ohne Ende, können nichts bezahlen, aber der Herr ist bester Laune! Mein Gott, was ich diese verschissenen Bauträgerfirmen hasse. Die machen den dicken Molly, drücken unsere Preise bis zum Geht-nicht-mehr, wir arbeiten, dann machen sie Konkurs und die Kohle für unsere Arbeit ist futsch!" – „Nicht alle sind so! Man darf die Hoffnung niemals aufgeben." – „Der nächste steht schon vor Deiner Tür! Verlass Dich drauf! Markgraf behält seine gute Stimmung bei, angelt sich eine Flasche Bier aus dem Kasten und setzt sich an den Tisch. Gerlinde hakt nach: „Was ist es? Die Hoffnung auf einen Lottogewinn? Oder ein großer Auftrag, der wieder nicht pünktlich abgerechnet wird?" Ihr Mann tut geheimnisvoll: „Red' nicht, ich weiß, wie wir an unser Geld kommen! Ich bin ihm auf der Spur, sozusagen!" Er steht wieder auf und geht zum Herd. Ein Topf steht drauf. Markgraf schaut rein. Der Inhalt scheint ihm jedoch nicht zu gefallen. Gerlinde zetert weiter: „Guck Du nur! Ist halt leer, die Haushaltskasse! Wie die Geschäftskasse! Die Rücklagenkasse! Die Portokasse! Alle leer!" Sie verlässt die Küche. „Holst Du was zum Essen? Was richtiges?" – „Nein! Ich gehe zu meiner Schwester! Sieh' doch zu, wo Du bleibst!" Das Knallen einer Tür verrät Markgraf, dass er von seiner Angetrauten an diesem Abend nichts mehr zu erwarten hat. Gar nichts. „Von wegen, in guten wie in schlechten Zeiten!"

Was für ein Glück, Dich zu haben

Lisbeth und Eckart auf einem Abendspaziergang durch ihr Viertel. Die Marktleiterin genießt die frische Luft, wirkt jedoch nachdenklich. Eckart steht noch unter dem Eindruck der kleinen Privatvorstellung: „Wunderschön, oder? Am Kai ist ein Klavierspieler verloren gegangen. Vielleicht wäre das etwas mit dem er Geld verdienen kann? … Man ist zwar in der Bank die ganze Zeit auf den Beinen, aber abends noch mal um den Block, das tut gut. Allein schon der Luft wegen. Ich glaube, man hetzt viel zu sehr den Verlockungen von Karriere, Luxus, noch mehr Karriere und Luxus hinterher, als mal jeden Tag die kleinen Schönheiten der Natur und des einfachen Lebens zu genießen!" Lisbeth reagiert eher zögerlich: „Du siehst ja, wo das Streben nach dem großen Geld im Fall der Eltern vom Kai geführt hat!" Eckart bemerkt den seltsamen Unterton in der Stimme seiner Lebensgefährtin: „Lissi, alles klar?" – „Was? … Stimmt! Ich bin auch froh, wenn ich aus dem Laden raus bin!" – „Was geht Dir eigentlich durch den Kopf? Kai und die Kleine?" – „Eckart!" – „Sie sagt Eckart. Na, dann wird es ernst!" Lisbeth bleibt stehen: „Ich wollte Dir … wollte eigentlich unter vier Augen mit Dir reden, aber ... das geht ja kaum! Da ist noch was, was Du wissen solltest!" – „Ja? Geht's um Kai und Marie, ob sie bleiben oder nicht? Ich bin gespannt, was meine Vorgesetzten auf der Bank dazu sagen würden!" Lisbeth sieht Eckart lange und intensiv an. Sie ringt nach Worten, schaut dabei in die Augen des sie offensichtlich liebenden Mannes. Doch dessen Gesichtsausdruck drückt Sorge aus. Lisbeth bringt es nicht übers Herz, zu sagen, was sie bedrückt, und weicht aus: „Hab' ich Dir eigentlich schon gesagt, wie sehr ich Dich liebe?" Eckart bleibt zunächst ernst; so, als wolle er die Glaubwürdigkeit von Lisbeths Worten gegenchecken. Er erkennt, dass sie Ausflüchte sucht. Aber er lächelt: „Was ich doch für ein Glück habe! Nach 25 Jahren wilder Ehe immer noch an der Seite der Frau zu sein, die ich damals wie heute in mein Herz geschlossen habe ... und die dann noch so schöne Worte für mich übrighat!" Ein Kuss. „Was für ein Glück, Dich zu haben, Lisbeth, Frau meines Lebens und Mutter meines Sohnes!" Die lächelt jetzt wieder: „Nun übertreib nicht!"

Eckarts Verliebtheit ist unübersehbar: „Sie liebt mich, steht ihren Mann im Beruf, hat 'nen tollen Sohn erzogen und ... naja, adoptiert gerade so halb einen erwachsenen Vater, der selbst noch nicht trocken hinter den Ohren ist und im selben Aufwasch quasi eine Enkelin mitbringt! Also, wenn es nicht schon eine Mutter Theresa geben würde, ich würde glatt Dich dafür vorschlagen!" – „Schwätzer!" Lisbeth umarmt ihren Mann. Dann küssen sie sich erneut. Hätte der jedoch am Hinterkopf Augen, dann würde er an Lisbeths Gesichtsausdruck erkennen, dass sie von schlimmen Sorgen geplagt ist, die ihr selbst in diesem Augenblick durch den Kopf gehen.

Zwei Viertelstunden später erreichen Lisbeth und Eckart wieder ihr Zuhause; eng umschlungen und liebevoll miteinander turtelnd. Und erleben eine Überraschung: Kai und Max chillen am Sportcabrio. „Na, Ihr zwei? Was treibt Ihr hier draußen? Wo ist Marie?", erkundigt sich die Hausherrin. Max kennt seine Mutter ganz genau: „Ich sage Dir doch, die fühlt sich jetzt mega verantwortlich! … Keine Sorge, wir waren bei ihr, bis sie geschlafen hat. Sie hat Angst, dass Kai sie auch noch allein lässt. Und nach ihrer Mama fragt sie unentwegt! Wir sind auch nur seit fünf Minuten hier!" Lisbeth schaut besorgt nach oben zum Fenster: „Das übersteigt alles ihren Horizont. Sie ist sechs! Und dann geht ihr hier raus?" – „Sie schläft wirklich tief und fest! Wir wollen nur noch mal kurz zum Wagen schauen", so Kai. Eckart hält Lisbeth im Arm: „Jetzt mach' Dir nicht schon wieder Sorgen!"

Max erkennt eine Gelegenheit: „Jetzt wo Ihr wieder da seid, könnten wir doch eigentlich eine kleine Spitztour machen, der Kai und ich. Eine, so zum Abschied vom Auto!" Dessen Halter scheint der Idee gegenüber aufgeschlossen: „Der Tank ist viel zu voll für den Verkauf und das Benzin bezahlt mir sowieso keiner extra!" – „Jetzt sagt nicht nein, bitte!", fleht Max. Lisbeth missfällt das. Ihr Sohn im Sportwagen dieses dann vielleicht doch zu fremden Mannes? Oder meint sie Raser? „Lieber nicht! Wir müssen morgen früh raus! Alle." Max verzieht das Gesicht. In dieser Sekunde fährt Narumi mit ihrem Kleinwagen vor. Noch mehr Überraschung. Lisbeth: „Narumi, so spät noch unterwegs?" – „Guten Abend! Naja, ehrlich gesagt ist mir das etwas peinlich jetzt, aber ich wollte noch mal nach Kai sehen!"

Kai grinst. Lisbeth wirkt unsicher: "Naja, ich bin ja auch nicht Kais..." Das Wort Mutter verkneift sie sich: „Gut, Eckart, Max, wir gehen dann?" – „Und die Spritztour?", protestiert Max. Kai hat aber eine Lösung: „Du fährst morgen früh mit mir zur Arbeit, okay? Marie sitzt sowieso hinten! Und wenn das Wetter morgen ist, wie ich es denke, bringt das uns viel Spaß!" Passt Max zwar nicht, aber er fügt sich. Eckart will die Situation auflösen: „Gute Nacht zusammen!" Kai und Narumi erwidern den Gruß, während Max, Lisbeth und Eckart ins Haus gehen. Kai wiederum ist happy: Der Abend scheint eine unerwartete Wende zu nehmen: „Und nun?"

Ist es wie in alten Zeiten. Kai sitzt am Steuer seines Sportwagens, das Dach zurückgeklappt, die Musik laufend lassend und an der Seite eine schöne Frau: Narumi. Doch diese Spritztour führt ihn nicht zum Medienhafen. Erstes Ziel des Abends ist Düsseldorf-Kaiserswerth, ein von historischen Gebäuden geprägter Stadtteil im Norden der Landeshauptstadt, der besonders durch seine Kaiserpfalz berühmt geworden ist. Die Burgruine ist eines der beliebtesten Ausflugsziele der Stadt. Kaiser Friedrich Barbarossa erteilte 1184 den Befehl zum Ausbau der seinerzeitigen Zollfestung und gab der heute als Ruine bekannten Kaiserpfalz die Grundlage zu ihrem aktuellen Aussehen. Seit der Sprengung im Laufe des Spanischen Erbfolgekrieges von 1702 sind nur noch Mauerreste übrig. Die Bürger von Kaiserswerth haben die Trümmer für den Wiederaufbau ihrer Häuser benutzt. Die Ruine konnte sich drei Mal größerer Instandsetzungs- und Erhaltungsmaßnahmen erfreuen; zuletzt von 1998 bis 2001. Die teilweise 5,60 Meter dicken Mauern sind die Lieblinge der zahlreichen Besucher der alten Burg, auf die man offiziell klettern und den Rhein von oben bewundern kann.

Ein Reiz, den schon Fernsehmacher entdeckt haben: Kino-Superstar Florian David Fitz erarbeitete hier mit seiner Hauptrolle in der Fernsehserie ‚Verdammt verliebt‘ seine erste große Auszeichnung. Ein Ort wie geschaffen also für zwei junge Leute die sich gerade kennenlernen; vor allem an einem späten Sommerabend. Kai erzählt Narumi in dieser romantischen Umgebung viele Anekdoten aus den Erinnerungen an seine Eltern und findet mit der einfühlsamen Japanerin eine aufmerksame wie auch ehrlich interessierte Zuhörerin. Das Sportcabrio parkt indes auf den Parkplatz vor dem Burghof; einem neben der Kaiserpfalz gelegenen Restaurant mit dem vielleicht schönsten Biergarten ganz Nordrhein-Westfalens, der zu später Stunde den uneingeschränkten Blick über den Rhein auf die untergehende Sonne garantiert. Die inzwischen aber längst hinter dem Horizont verschwunden ist.

Zwei Stunden später steuern Kai und Narumi noch das Palio Poccino am Kö-Bogen an. Dem Doorman am Steigenberger Parkhotel fallen beinahe die Augen aus dem Kopf, als Kai mit seinem Sportcabriolet in den Abstellbuchten des Hotels ausrollt. Mit allem hätte der Mann gerechnet – nur nicht damit allerdings, dass der durch die Medien stadtbekannte und verarmte Sohn des Bauunternehmers nur so kurze Zeit später wieder mit seinem Sportwagen vorfährt. Zwar bezweifelt der Hotelangestellte, dass Kai selbst wieder zu Geld gekommen ist, doch Einspruch dagegen, dass dieser seinen Wagen an der gewohnten Stelle parkt, wagt der Doorman sicherheitshalber nicht einzulegen. Kai lässt aber nicht erkennen, dass er diesen kleinen Triumpf genießt.

Ganz Gentleman geleitet er Narumi zu den Außenplätzen des Palio Poccino. Der wellenförmige Look des Kö-Bogen-Gebäudeensembles wirkt im Zusammenspiel mit den Fenstern nachts noch mehr wie ein Edelstein als tagsüber. Die illuminierte Fußgängerbrücke in den Hofgarten leuchtet grünlich; die in die Hofgarten-Terrassen eingelassenen Beleuchtungskörper tauchen das Anwesen in ein magisches Licht. Kai betont Narumi gegenüber, dass es aus seiner Sicht der schönste Platz der Stadt ist, doch es wegen der nur knapp dreißig Euro, die er noch in der Tasche hat, leider nicht für ein feudales Gelage reicht. Aber Narumi ist das gleichgültig: „Dann setzen wir uns eben auf die Stufen. Und ich geb uns einfach ein Getränk aus! Was möchtest Du?"

Kai will zunächst Einspruch einlegen, doch Narumi lässt ihm keine Wahl. Also bittet er um ein alkoholfreies Bier, das er nur wenig später an der Seite der aus seiner Sicht schönsten Japanerin der Stadt genießen kann. Wie auch das wunderschöne Ambiente des Kö-Bogens. Erst kurz nach Mitternacht erreichen Kai und seine Begleiterin wieder das Reihenhaus von Lisbeth und Eckart. Sie verabschieden sich und Narumi fährt los. Kai verschließt das Dach und beeilt sich ins Haus zu kommen, wo er zuerst nach seiner kleinen und tief schlafenden Tochter schaut. Liebevoll zieht Kai die Decke gerade, damit sie es muckelig hat: Marie schlummert friedlich; Papa-Bär fest im Arm haltend.

Der Irrtum

Der Kaffee dampft. Die Sonne scheint in die Küche. Lisbeth steht vor der Kaffeemaschine und – zittert! Sie ist bereits fürs Geschäft angezogen: Blazer; schlicht, aber schick. Und erinnert sich kurz an die kompetente Beratung bei Breuninger. Die junge Dame hatte viel Zeit investiert, weil Lisbeth sich nicht entschließen konnte. Aber nicht die Geduld verloren. Für einen Moment dachte Lisbeth daran, sie abzuwerben, aber dass die Fachberaterin ein Modehaus erster Güte gegen einen Supermarkt tauschen würde, das erschien ihr sofort abwegig. Also beschloss sie, alles zu lassen, wie es ist, damit sie beim nächsten Mal wieder kompetent beraten wird. Aus einer der Taschen zieht sie den Zettel mit der Terminangabe für Dr. Schweiger, ihr Internist. Lisbeth hat Angst davor.

Kai betritt die Küche: „Moin, moin!" Lisbeth grüßt eher knurrig zurück: „Ja, danke gleichfalls!" – „Alles klar?" – „Sicher!" Doch das kommt so zitternd, dass ihr diese Antwort niemand auf der Welt würde glauben können. Selbst Kai nicht, der sonst nicht so unbedingt superviel Empathie anderen gegenüber zeigt: „Wirklich?" – „Alles gut! Wir müssen los! Wo ist Marie?", ist ihre Laune deutlich schlechter als am Vorabend. Kais und Lisbeths Blicke treffen sich, bleiben ineinander verbunden. Bis Eckart reinkommt. Das löst den Blickkontakt zwar wieder, aber der ist dem Hausherrn trotzdem nicht entgangen. Doch der lässt sich nicht anmerken, dass er etwas bemerkt hat. Lisbeth ist schon fast aus der Tür: „Fährst Du ... fahren Du und Marie mit mir?" Kai verneint: „Nein, solange ich mein Auto noch habe, fahre ich auch damit. Der Tank ist fast voll. Außerdem habe ich Max versprochen, ihn mitzunehmen. ... Ich müsste übrigens auch noch zum Altenheim, mit denen über den Zivildienst sprechen, kann ich ja nun so nicht weitermachen! Nur kurz vorbeifahren, Bescheid sagen, dann komm ich zum Markt!" – „Zivildienst? In dem Alter noch? Naja, gut, in Ordnung! Da gibt es bestimmt Möglichkeiten. Schichtwechsel, Zeiten irgendwie tauschen ... wir finden da einen Weg! Also bis später! … Marie sitzt draußen! Gefrühstückt hat sie schon! … Ach, ich habe noch was vergessen. Bis denne!" Lisbeth ist geistig schon abwesend. Kai nickt. Die Hausherrin verlässt die Küche und eilt die Treppe nach oben. Eckart wirft Kai einen skeptischen Blick zu: „Ich nehme mir noch einen Kaffee!"

Es ist einer der wunderschönen Frühsommermorgen, wie er den Düsseldorfern bestens vertraut ist. Schon oft stellten die Bewohner der Landeshauptstadt fest, dass das Schicksal sie an einen echten Platz an der Sonne verschlagen hat: Reich, schön, und überwiegend mit gutem Wetter. In den Netzwerken posten die Mitarbeiter aus dem Rathaus wie an jedem Morgen Bilder von der Rheinuferpromenade, die von der Sonne in ein helles Licht getaucht wird. Zu dieser Tageszeit wirkt sie jungfräulich, weil kaum jemand sich darauf aufhält. Außer die bereits erwähnten Hundehalter, die die große Freilaufzone für die Tiere weidlich ausnutzen.

Die kleine Marie weiß die Annehmlichkeit des Sommermorgens ebenfalls zu schätzen: Sie sitzt auf der kleinen Bank vor dem Haus in der Sonne. Papa-Bär im Arm. Kai tritt aus dem Gebäude. Sein Blick fällt auf das Töchterchen. „Morgen Papa!", lächelt sie ihm freundlich zu. Das also ist jetzt sein Leben! Ein kleines Mädchen, das versorgt werden will. Den ganzen Tag. Von morgens bis abends. Gut, dass das erste Bedürfnis des Tages Lisbeth gestillt hat. Marie spürt, dass ihr Vater eher wieder mit ihr fremdelt. „Kommst Du?" – „Ich warte auf Tante Lisbeth!" Max stürmt aus dem Haus. Kai fragt nach: „Du willst nicht mit Max und mir fahren?" – „Nein! Ich bin schon groß! Ich warte auf Tante Lisbeth! Und Papa-Bär ist ja auch bei mir!"

Max tritt auf den Wagen zu und findet nichts dabei: „Nu' komm, dann fährt sie eben mit Mutsch!" Er ist richtig heiß auf die Spritztour und will los! Die Sonne lacht: Cabriowetter; keine Minute davon verschwenden. Da hat er Kais aufkeimendes Verantwortungsbewusstsein aber unterschätzt. So einfach steigt der nicht ins Auto: „Na gut. Aber Marie, Du gehst nicht hier weg, verstanden? Du wartest auf Lisbeth, okay?" – „Ja!" – „Versprochen?" – „Jaaaa!" Diese langgezogene Antwort auf seine Frage reicht Kai aus. Okay, dann auf ins Vergnügen. Die beiden jungen Männer schwingen sich in den Porsche, lassen das elektrische Dach öffnen, werfen die Musik an, starten den Motor und brausen los. Am Lieferwagen von Schreiner Markgraf vorbei. Kai blickt nur kurz mittels des Rückspiegels zurück zu Marie, deren Blicke dem Sportcabrio folgen. Ein blödes Gefühl beschleicht ihn. Aber gut, jetzt los, wirklich!

Lisbeth steht immer noch vor dem Spiegel im Bad. Sie wirkt abgespannt. Ein kurzes Nachdenken noch, dann der Griff zu ihrer Handtasche. Eine Medikamentenpackung. Ein Beruhigungsmittel. Sie überlegt, zögert, nimmt dann aber doch zwei der Tabletten. Marie sitzt indes immer noch auf der kleinen Bank. Schaut sich um. Zur Haustür. Wo bleibt Tante Lisbeth? In ihrem kleinen Köpfchen arbeitet es; so, als würde sie etwas ausbrüten. Sonst: Niemand da. Nur von der anderen Straßenseite nähert sich ein Mann, der aus dem Lieferwagen steigt. Markgraf geht auf Marie zu: „Na, meine Kleine, wer bist Du denn?" – „Ich bin Marie!", streckt sie ihm die Hand entgegen. „Und, wo willst Du hin so früh am Morgen?" – „Ich will zu meiner Mama! Nach Italien!" – „Na, dann komm, ich bring' Dich zu Deiner Mama! Ich habe ein Auto, sieh mal! Und Dein Bärchen nehmen wir mit!" Marie ist misstrauisch: „Ich weiß nicht! Meine Mama hat gesagt, ich soll nicht mit fremden Männern mitgehen!"

Ein intensiver und leidenschaftlicher Kuss hinter einem Vorhang atemberaubend langer Haare – so hingegen beginnt der Morgen von Tobias. Die ersten Sonnenstrahlen erwärmen den gestählten Brustkorb des Mannes. Jenny nimmt sich was sie will, weckt Tobias mit einem Anstoßen des Waschbrettbauchs auf, um den Tag standesgemäß mit einer Runde Frühsport zu beginnen. Der Lendenbereich des Eigentümers der Strandbar lässt sich nicht lange bitten: Nur Sekunden nach dem Aufwachen versinkt Tobi in Jennys Armen und ihrem fordernden Liebesspiel. Eine Viertelstunde später dann die berühmte Zigarette

162

danach. Tobias macht einen sehr zufriedenen Eindruck: „Und, wer ist jetzt besser? Kai oder ich?" – „Frag' doch einfach gleich wer den Längsten hat!" – „Meinst Du das wüsste ich nicht selbst?" Jenny horcht auf: „Du hast mit Kai gepoppt?" Tobias lacht laut auf: „Blödsinn! Aber es ist nicht so, dass wir nicht schon einen Abend zu viert verbracht hätten! Da lernt man die Details kennen!" Jenny: „Einen Vierer? Wieso war ich nicht dabei?" – „Wie lange, hast Du gesagt, kennst Du Kai?" – „Das ist natürlich auch wieder wahr! Wieso hast Du ihn dann nicht hier schlafen lassen? Deine Eltern sind doch gar nicht da!"

Tobias steht auf und geht nackt, wie Gott ihn schuf, ans Fenster seines Zimmers in dem hochmodern gestylten Bungalow in Niederkassel. Er blickt über dem Garten mit Pool, krault sich seine haarigen Eier und entdeckt beim Schwenk seiner Augen auf die Straße eine schwarze Limousine, die er nicht kennt. Er misst der aber keine Bedeutung bei und geht ins Bad: „Weil ich keinen Bock auf Kindergeschrei und einen Loser habe!" – „Gott bewahre! Ich vergaß!" – „Keine Ahnung, was bei seinem alten Herrn los ist! Interessiert mich auch nicht! Hätte er sich mal früher um eine eigene Basis bemüht!" Jenny zieht sich ein T-Shirt über: „So wie Du? Die Strandbar hast Du mit eigenem Geld aufgemacht?" – „Nee! Habe ich auch nicht! Aber ich habe dafür gesorgt, dass ich die Kohle selbst aufbringen kann! Wenn mir eins zuwider ist, dann sind das Schmarotzer, die Papa auf der Tasche liegen oder sich eine reiche Alte suchen!" – „Ihr habt mit derselben Frau geschlafen, aber Du lässt Kai trotzdem fallen?" – „Ein Dreier bedeutet mir nichts! Ein Doppel, ein Vierer auch nicht! Und selbst wenn ich mit Kai allein rumgemacht hätte – scheißegal! Ist doch eh in, dass es Jungs mit Jungs ausprobieren! Aus nichts von alledem ergibt sich für mich eine Verpflichtung auf ewige Treue!" Die letzten Worte unterstreichen seinen unverhohlenen Egoismus. Jenny denkt nach. Selbst auf ein intensives Hineinhorchen in sich selbst kann sie keine andere Haltung finden, als Tobias sie eben zu sich geäußert hat. Sie denkt genauso: „Na, dann passt es doch!"

Marie und Markgraf sowie der Lieferwagen sind verschwunden. Lisbeth und Eckart verlassen das Haus. „Wo ist die Kleine? Noch drinnen?" – „Na, wo soll die schon sein? Bei Kai und Max natürlich!", erwidert der Banker. „Meinst Du?" – „Meine ich! Im Haus ist sie jedenfalls nicht! Sie saß die ganze Zeit hier in der Sonne!" – „Na gut!" Lisbeth akzeptiert die Aussage von Eckart. Sie ist viel zu angespannt und innerlich aufgekratzt; aber Überzeugung fühlt sich anders an. Lisbeth lässt die Zimmer im Kopf noch einmal Revue passieren, muss ihrem Mann danach zustimmen. Da war niemand mehr! Eckart: „Ein Kuss?" Ja, ein Kuss. Damit verabschieden sich die faktischen Eheleute voneinander und gehen zu ihren Fahrzeugen. Lisbeth steigt zwar allein ein, doch sie ist nicht allein im Auto: Keine Frage, dass die Unruhe, die sie empfindet, mit im Wagen sitzt.

Max und Kai genießen indes die Fahrt im offenen Cabriolet. Der warme, frische Wind des Sommermorgens fährt durch ihre Frisuren und versetzt die Insassen auf diese Weise in einen Kurzurlaub. Genau das mache das Cabriofahren aus, erklärt Kai seinem Begleiter: „Es ist, als koppelst Du Dich ab vom Alltag, fährt wirklich in den Urlaub! Der Weg ist das Ziel, und das mehrmals täglich, wenn du willst! Es ist einfach ein unbeschreiblich schönes Gefühl! Schnell unterwegs zu sein ist dabei gar nicht nötig!"

Kurze Zeit später spricht er mit Oberschwester Hannelore auf dem Flur des Altenheims. Durch die Fenster erkennt sie das Sportcabrio, an dem Max lehnt. Hannelore: „Wer ist der junge Mann?" – „Der Sohn des Ehepaars bei dem ich untergekommen bin. Die einzige Option die ich hatte! Er hat in dem Supermarkt eine Lehre angefangen in dem ich auch jobben soll. Womit wir beim Thema wären! Ich muss Sie um Urlaub bitten! Können wir da eine Regelung finden? Ich meine, Tochter, neuer Job … ich weiß nicht, was durch den Tod meiner Eltern noch auf mich zukommt! Den Wagen muss ich zu Geld machen! Ich bin fix und fertig, glauben Sie mir!" Die Oberschwester kann das natürlich nachvollziehen: „Wir haben es ja alle im Fernsehen gesehen. Niemand redet hier über etwas anderes. Mein Beileid, Herr Klesper! Selbstverständlich lasse ich Ihnen den Freiraum, damit Sie Ihre Angelegenheiten regeln können! Aber verstehen Sie, Sie hier schlafen mit Ihrer Kleinen lassen, das ging und das geht nicht! Da musste ich Sie abweisen, sie wissen ja, die Vorschriften!" Ihr ist anzusehen, wie unangenehm ihr die Situation war. „Kein Ding! Wie gesagt, ich habe ja was gefunden! Zumindest vorübergehend!" – „Wie auch immer, kümmern Sie sich erst mal um sich! Hoffentlich schaffen Sie einen Neuanfang! Und lassen Sie von sich hören, wenn es wieder besser geht, verstanden? Wir müssen den Zivildienst ja trotzdem irgendwie zu Ende bringen!" – „Mach' ich. Danke! Ich gehe dann!" Hannelore nickt und sagt Auf Wiedersehen.

Kai dreht sich um; vor ihm steht unverhofft Frau Meinhardt. Das heißt, sie sitzt in ihrem Rollstuhl: „Aber doch nicht, ohne sich von mir zu verabschieden?" – „Frau Meinhardt! Niemals! Wie geht es Ihnen?" – „Ach Kai, Sie Armer! Lassen Sie sich drücken!" Er muss sich verbeugen, damit Frau Meinhardt ihn umarmen kann. Schweigen. Trost. „Es tut mir so leid, was Sie jetzt alles durchmachen müssen! War alles im Fernsehen. Traurig, sehr traurig. Herzliches Beileid! Kommen Sie denn klar? Mit dem Konkurs, den Schulden Ihrer Eltern?" – „Da habe ich wohl nichts mit zu tun! Ich verkaufe mein Auto, und dann geht es irgendwie. Obwohl...?" – „Obwohl was?" – „Obwohl es das letzte ist, was mir von meinen Eltern bleibt. Ich meine so als das über die Erinnerung an sie hinaus. Es war ein Geschenk, das Auto! Das gibt es nie wieder! Wenn Sie miterlebt hätten, wie glücklich meine Eltern damals waren, mir diesen Traum erfüllen zu können!" Kai schluckt. Die Verbindung Auto – Eltern ist unübersehbar zu stark.

Meinhardt merkt, dass das Auto ihm nicht wegen der Tatsache etwas bedeutet, dass es ein toller Sportwagen ist, sondern weil er das letzte Stück Elternhaus darin sieht. Doch Kai bemüht sich um Fassung: „Aber, wissen Sie was ... meine kleine Tochter ist bei mir!" Die Überraschung sitzt: „Eine kleine Toch-

165

ter? Davon haben Sie mir gar nichts erzählt! Kai! Welche Tochter?" – „Sie lebte ja bisher auch bei ihrer Mutter. Aber die hatte andere Pläne!" – „Ach, und jetzt ist sie bei Ihnen? Wie alt ist sie denn?" – „Sechs! Und wissen Sie was? Ich habe was verpasst die Jahre, die ich nicht mit ihr zusammen war! Das wird mir immer klarer! Wie sie mich angelächelt hat heute früh! Obwohl etwas ungewohnt ist das schon, dass sie jetzt bei mir ist." Frau Meinhardt strahlt: „Bringen Sie sie mal zu mir mit? Bitte!" – „Klar! Geht klar, Frau Meinhardt! Das mache ich!" Die Heiminsassin tut jetzt geheimnisvoll. Sie greift in die Tasche und zieht 500 Euro hinaus: „Hier, nehmen Sie!" Kai schüttelt den Kopf: „Das kann ich nicht annehmen!"

Frau Meinhardt besteht aber darauf und erinnert Kai eindringlich an dessen Lage: „Bitte! Sie brauchen es doch viel eher als ich im Moment! Als ich Sie im Fernsehen … also, da habe ich die Scheine sofort eingesteckt! Ich wusste, dass ich Sie wiedersehen würde, und wollte vorbereitet sein. Schauen Sie, ich habe doch genug und eh niemand, der es erbt, das Geld. Der Staat tritt in diesem Fall das Erbe an! Was für ein furchtbarer Gedanke! Erst kassieren sie Steuern, und am Ende holen sie sich nach meinem Tod noch den Rest! Bitte tun Sie mir den Gefallen! Nehmen Sie es!" Kai drückt Frau Meinhardt: „Ich komme bald wieder vorbei, versprochen! Danke nochmals!" – „Schon gut!" – „Und ich bring' Marie mit!" Ein paar Minuten später hat Frau Meinhardt Position an einem der großen Fenster des Foyers bezogen und winkt Kai glücklich nach, der ins Sportcabrio steigt und das Gelände verlässt.

Erwischt

Die Geschäfte rund um den Supermarkt WNP-Kauf sind ab 9:30 Uhr morgens geöffnet. Der Markt selbst sowie die Backabteilung empfangen ihre Kunden bereits zweieinhalb Stunden früher. Doch zu dieser Zeit ist neben Lisbeth oder Andersen im Wechsel als Vertreter der Filialleitung nur eine Notbesetzung da. Die

Kernmannschaft kommt erst mit Öffnung des Supermarkts und bleibt dafür je nachdem bis zum Schluss um 22:00 Uhr. Dafür gibt es zwei individuelle freie Tage für jeden der Mitarbeiter. Wie jeden Morgen versammelt Lisbeth die meisten Crewmitglieder im Foyer, um sie auf den Arbeitstag einzuschwören. So auch aktuell wieder. Kai und Max sind ebenfalls anwesend; genau wie Narumi und ihre WG-Mitbewohner Vanessa und Guiseppe. Lisbeth beendet gerade ihre Ansprache an das Marktpersonal: „Unser Podcast ‚Marktgeflüster' startet also kommende Woche! So, meine Damen und Herren, damit wäre alles gesagt! Ich wünsche Ihnen und uns dann gute Geschäfte! Und immer dran denken: ‚Immer schön freundlich sein!' Damit sichern sie nicht nur unsere Arbeitsplätze, sondern machen unseren Kunden und sich selbst auch den Tag schöner!" Die Versammlung will sich auflösen. „Einen Moment noch!"

Andersen tritt vor und zückt Ausdrucke von Fotos aus der Tasche: „Ich hätte auch noch etwas zu sagen! Nämlich, wie ich mir Arbeit nicht vorstelle!" Der Stellvertretende Marktleiter reicht die Fotos herum und zeigt, wie Kai die Handzettel in den Altpapiercontainer entsorgt. Lisbeth erblasst. Andersen erläutert: „Sie sehen, ich achte auf alle Details, Herrschaften! Uns, die Geschäftsleitung, verarschen zu wollen, das gelingt hier niemandem, solange ich hier bin! Also, lassen Sie sich gewarnt sein. Mir entgeht nichts! Vor allen Dingen nicht bei unseren Neuen!" Damit schaut er zu Mohrle, Max, Ralf, aber alle Augen sind auf Kai gerichtet! Narumi gibt ein Bild an ihn weiter. Der Schock sitzt. Lisbeth betrachtet einen Abzug, auf dem Kai zu erkennen ist, wie er die Handzettel im Altpapiercontainer verschwinden lässt. Sie verzieht sauer das Gesicht: „Herr Andersen, in mein Büro!" Der triumphiert: „Vertrauen ist gut, Kontrolle ist besser! Ganz alte Weisheit, aber immer noch hochaktuell!"

Lisbeth tritt bereits von der Bühne ab: „Aber nicht so, Herr Andersen! Nicht öffentlich! Wir leben nicht mehr in Zeiten, in denen man jemand an den Pranger stellt! Ach, was sag' ich? Wem sage ich das? Bei Ihnen sind doch sowieso Hopfen und

Malz verloren! Von Fairness und Menschlichkeit haben Sie doch keine Ahnung! Von Menschenführung auch nicht! Ich weiß gar nicht mehr, ob Sie überhaupt von irgendetwas Ahnung haben!" Sie lässt Andersen stehen. Die anderen gehen an die Arbeit. Die meisten haben mitleidige Blicke für Kai. Der atmet schwer. Lisbeth winkt ihn zu sich. Er soll ihr folgen.

Wenig später ist der junge Klesper fällig. Lisbeth kommt stinksauer sofort zur Sache: „So etwas hat was mit Vertrauen zu tun! Warum soll ich einem Betrüger helfen, der den Lohn kassiert, aber die Hälfte der Arbeit unter den Tisch fallen lässt? Beziehungsweise in den Abfall wirft?" Kai ist ehrlich zerknirscht: „Tut mir leid!" Diese Worte bewirken, dass Lisbeths Wut zunimmt: „Tut mir leid, tut mir leid! ... Das sind drei kleine Worte, die einfach alles wieder gutmachen sollen, was auf der Welt schiefgeht! Jedes Mal, wenn irgendwer Mist verzapft, heißt es ... es ‚tut mir leid'! Aber ist die bloße Aussprache dieser Floskel die Garantie dafür, dass der zuvor angerichtete Schaden wieder ausgeglichen wird?" Kai will das für ihn unangenehme Gespräch abbrechen. Er wird laut weil er weiß, dass Lisbeth die Sache richtig sieht und er ihr Vertrauen missbraucht hat: „Was soll ich sonst noch sagen? Die Jobberei ist eben nichts für mich! Ich habe gerade eben mein Elternhaus verloren, ein Kind bekommen, stehe von einem auf dem anderen Tag vor dem Nichts und soll Handzettel austragen! Das ist doch der blanke Horror!"

Lisbeth anerkennt, dass Andersen Kai zu viel zugemutet hat: „So einfach kannst Du es Dir trotzdem nicht machen! Mein Mann und ich wollten Dir helfen, nehmen Dich bei uns auf und Du hast nichts Besseres zu tun, als uns alle zu enttäuschen! Du hättest etwas sagen können, wenn Dich das mit den Flyern überfordert!" – „So was überfordert mich nicht! Ich bin nicht blöd!" – „Ich meinte, wenn es Dich emotional überfordert! Ist ja nicht so, dass ich kein Verständnis dafür hätte aufbringen können!" Kai denkt nach: „Ich glaube wir lassen das alles! Ich verschwinde aus Düsseldorf und fange irgendwo neu an!" Die Marktleiterin lacht sarkastisch auf: „Ach, und jetzt einfach alles hinwerfen? Du musst mal aus Deiner Traumwelt aussteigen und Dich der Realität stellen! Du bist jetzt Vater und hast alles zu tun, um für Dich und Deine Tochter sofort eine Existenzgrundlage zu schaffen! Das kannst Du hier bei uns! Das kannst Du aber so kurzfristig auch in einem Burgerladen oder als Straßenkehrer! Wo Du willst! Deine Entscheidung! Aber selbst dann, wenn Du das Auto verkaufst: Der Erlös geht für eine Einrichtung und Wohnung, Kaution, Miete, eventuell noch die Beerdigung drauf! Leben kannst Du dann davon nicht ewig!"

Guiseppe betritt in diesem Augenblick das Marktleiterbüro. Im Kittel, mit einem Aktenordner. Er geht direkt auf Kai los: „Du bist ein richtiger Arsch! Ich frage mich, warum wir uns hier überhaupt um Dich kümmern! Vielleicht bist Du doch nur für Dein Schicki-Micki-Getue geeignet!" – „Hat Dich keiner drum gebeten!" Schon vor Ablauf derselben Sekunde, in der er es gesagt hat, wirft Kai ihm um Verzeihung flehende Blicke zu. Guiseppe schnaubt nur verächtlich, legt den Ordner ab und wendet sich an Lisbeth: „Ich kann dann los? Sie sagen Andersen Bescheid?" – „Ja, mache ich!" Lisbeth ist nach wie vor stocksauer, ruft Guiseppe noch ein ‚Viel Glück' zu und wendet sich dann wieder Kai zu. Der hat eine Idee: „Ich zahle Ihnen meinen Lohn für die Handzettelaktion zurück!"

Lisbeth lehnt dies barsch ab: „Nein, Freundchen! Von wegen, jetzt aufhören und mit Geld wieder alles gut machen! Mit Geld, das Du sowieso nicht hast! Du gehst jetzt erst einmal und kümmerst Dich um Deine kleine Tochter!" Kai spürt, dass an dieser Stelle nichts mehr zu reißen ist, nickt schuldbewusst und will das Marktleiterbüro zügig verlassen, rempelt dabei jedoch Max an, der gerade eintreten will. „Nicht so schnell, Mann!" – „T'schuldigung!" – „Na, war ja jetzt so nicht wirklich ein guter Einstand hier, aber wird schon! Gib' Dir was Mühe, dann verzeiht Dir meine Mutter schnell wieder! Und wenn Du irgendwas brauchst, wende Dich an mich!" Kai will etwas sagen, aber Lisbeth kommt ihm zuvor: „Na Ihr seid Euch wohl einig! ... Sohnemann, höre auf, meine Autorität zu untergraben! Du bist hier auch nichts weiter als ein Azubi, ist das klar?" Max klopft Kai auf die Schulter und geht ins Marktleiterbüro, die Tür hinter sich schließend: „Glasklar!"

Narumi und Vanessa bedienen die ersten Kunden im Getränkeshop. Sie wundern sich, dass Guiseppe wortlos an ihnen vorbeirauscht. „Was ist mit der Diva los?" Die Japanerin schüttelt den Kopf: „Schwule haben eben auch ihre Tage!" Was der Kollege und Mitbewohner noch hört: „Unser Super-Kai meint, dass er unsere Hilfe nicht nötig hätte! Er sagte, er hätte niemanden drum gebeten, dass wir uns für ihn einsetzen!" Unübersehbar ist, dass die Begeisterung von Guiseppe aus der Strandbar dieses Mal bei ihm deutlich nachgelassen hat. Vanessa weiß gerade nicht, welche Position sie beziehen soll: „Kai macht sich wohl gerade keine Freunde!" Narumi: „Aller Anfang ist schwer!" – „Seit dem Spruch in der Strandbar hasst Andersen den Kai, soviel ist sicher! Sonst wäre der dem nie hinterhergefahren, um Fotos zu machen!" – „War eben falsches Timing, das in der Bar! Auch ein Kai hat sicher mal schlechte Laune. Kein Grund für Andersen, so nachtragend zu sein! Irgendwie hat der ein Problem, von dem wir noch nichts wissen! Aber weißt Du, was mir aufgefallen ist? Seit Kai wieder Sportwagen fährt, glänzen Deine Augen, wenn Du ihn siehst. Wie kommt das?" Vanessa will von sich und ihrer möglichen Schwärmerei für Kai ablenken. Ihr brennt noch eine andere Frage auf der Seele: „Jetzt sag' schon, was war gestern Abend? Sonst mach ich mich an ihn ran!"

Redseligkeit und allzu schnelles Offenbaren von Gefühlen sind jedoch nicht die Sache von Japanern. So hält sich Narumi eher bedeckt und lächelt nur geheimnisvoll: „Ein Netter ist er schon!" Dem wiederum pflichtet auch der zurückkommende Guiseppe bei: „Das ist wohl wahr, leider, deswegen kann man gar nicht anders als ihm wieder zu verzeihen!" Vanessa augenzwinkernd: „Mann mit einem oder zwei N geschrieben?" Wie auf Kommando erscheinen Sonnyboy Kai – immer noch mit betreten wirkendem Gesichtsausdruck – und Lisbeth im Getränkeshop.

Als Lisbeth bemerkt, dass Andersen hinter ihr auftaucht, schaltet sie auf Befehlston um: „So, wir gehen dann jetzt bitte wieder zur Tagesordnung über! Kai, Du bleibst heute im Getränkeshop und verschaffst Dir einen Überblick über das Weinangebot! Der Wein bleibt Dein Hauptaufgabengebiet. Darüber hinaus springst Du nur ein bei den Softdrinks und dem Bier, wenn hilfsbedürftige Kunden Deine Unterstützung brauchen! Wenn Weinkunden da sind, dann nimm Dir bitte viel Zeit mit der Beratung, höre in erster Linie zu, um herauszufinden, was sie für Bedürfnisse und welches Wissen sie schon haben und stelle demzufolge Deine Empfehlung zusammen! Und bevor ich es vergesse: morgen früh fährst Du zum Einwohnermeldeamt und meldest Dich auf unsere Anschrift an!" Kai nickt brav. „Und Sie, Herr Andersen, bereiten einen Anstellungsvertrag vor!" Damit, so stellt Lisbeth innerlich fest, hat sie wohl deutlich gemacht, dass sie zu Kai steht und jeder Spekulation über ein Ende seiner Zeit bei WNP-Kauf im Keim erstickt. Dann jedoch fällt ihr etwas auf. Sie guckt sich suchend um. Alle sehen sie an. „Wo ist eigentlich Marie?" Jetzt schauen alle Kai an: „Ich dachte, sie wäre mit Dir ... mit Ihnen mitgefahren! Sie wollte auf Sie warten, vor dem Haus auf der Bank!" Andersen entgeht der Versprecher nicht. Max: „Sie hat ausdrücklich gesagt, sie wolle mit Dir fahren! Also, da sagt Kai die Wahrheit! Ich habe es selbst deutlich gehört!" – „Mit mir, nein, ist sie nicht!" Max schluckt. Er spürt großen Ärger aufkommen: „Sie wollte auf Dich warten!" Lisbeth braust auf: „Das darf ja nicht wahr sein!"

Andersen wird laut und lässt den Boss raushängen: „Also, jetzt reicht es mir langsam! Das ist der reinste Kindergarten hier!" In exakt diesem Moment klingelt das Festnetz-Handy des stellvertretenden Marktleiters das er in seinem Kittel bei sich trägt: „Moment! ... WNP-Kauf, Andersen!" Lisbeth lässt ihn dabei nicht aus den Augen. Was wiederum dafür sorgt, dass auch Narumi, Guiseppe, Kai, Max und Vanessa still sind. Andersens

Mine verfinstert sich. Er wird sauer und noch lauter: „Hören Sie! Also passen Sie mal auf! Geht es Ihnen gut ansonsten? ... Was haben Sie? Hallo? ... Hey, sind Sie noch dran? Was soll der Scheiß?" Ganz offensichtlich hat der Anrufer aufgelegt.

Lisbeth ist mehr an Kai interessiert: „Lässt einfach seine Tochter sitzen! Ich kann es nicht glauben! Sie ist ein kleines Kind, das man unter keinen Umständen aus den Augen lassen und einfach davonfahren kann!" Allerdings ist unübersehbar, dass sie sich mitschuldig fühlt. Kai will etwas sagen, doch Andersen fällt ihm ins Wort. „Chefin!" Dass Andersen sie auf diese, für ihn fast schon als devot zu beschreibende, Weise anspricht lässt Lisbeth aufhorchen. „Was?" – „Da war jemand am Telefon der behauptet, die Kleine vom Klesper in seiner Hand, in seiner Gewalt zu haben!" Das Entsetzen darüber steht allen Anwesenden ins Gesicht geschrieben. Selbst Andersen macht da keine Ausnahme: „Er will Geld!" Lisbeth schaut zu Kai. Der wird kreidebleich.

Entführung

Guiseppe und Vanessa stürmen in das Marktleiterbüro, in dem sie von Kai und Narumi in Erwartung der Nachricht, dass sie Marie doch noch gefunden haben, empfangen werden. „Keine Spur von ihr! Weder im Kinderhort noch sonst wo!" Lisbeth gibt ihnen, an ihrem Schreibtisch sitzend, ein Handzeichen: „Ich telefoniere gerade mit meinem Mann. Moment!" Kai: „Im Lager ist sie auch nicht." Narumi: „Ich habe mit Max das Außengelände abgesucht. Nichts! Kein Hinweis, wo sie sein könnte. Der Anrufer muss die Wahrheit gesagt haben!" Max steht indes vor den Monitoren in Andersens Büro. Kai ist außer sich: „Ich fass' das alles einfach nicht!" Lisbeth beendet das Telefonat: „Nun reg' Dich nicht auf! Das wird schon! Mein Mann lässt Dir Grüße ausrichten. Er hat einen Ansatz! Du sollst Ruhe bewahren!" – „Das hilft mir gerade auch nicht weiter! Die Bank ist doch schuld an allem!", reagiert Kai mit einem Anflug von Arroganz.

Was wiederum Lisbeth boshaft werden lässt: „Er macht da auch nur seinen Job! Und er hat verdammt Ärger bekommen wegen Deines Cabriolets! Die sind stocksauer, dass er sich für Dich eingesetzt hat, mein Lieber!" – „Oh mein Gott! Wird er etwa gekündigt?", erschreckt Narumi. Lisbeth fährt wieder runter: „Nein, das können die auch nicht! Es ist juristisch gesehen Kais Auto, er hat der Bank nichts genommen, weil die gar keine Rechte daran hatten! Die regen sich schon wieder ab. Für eine Kündigung deswegen reicht es nicht! Er hat sich nichts zu Schulden kommen lassen!" Es klopft.

Ohne ein ‚Herein' abzuwarten, betreten Hauptkommissar Deverakis und ein uniformierter Beamter das Büro: „Guten Morgen! Hauptkommissar Deverakis mein Name. Michael Deverakis." – „Lisbeth Berger! Ich habe Sie angerufen! Ich bin hier die Marktleiterin!" – „Ah ja! Okay!", fällt Deverakis' Blick auf Kai: „Wir kennen uns doch? Klesper, richtig?" – „Sie müssen meine Tochter finden! Bitte!" – „Im Haus Ihrer Eltern hatten Sie die aber noch nicht bei sich, oder? Aber immer mit der Ruhe! Zuerst will ich genau wissen, was sich wie abgespielt hat!"

Eckart betritt nur kurze Zeit nach dem Telefonat mit Lisbeth das Büro seines Vorgesetzten, des Bankdirektors Kruse. Der schaut überrascht von seiner Arbeit auf: „Was ist jetzt schon wieder?" Der Vorgesetzte ist richtig genervt. Die Tatsache, dass ein Angestellter seiner Bank Kai zu dessen Auto verholfen hat, ärgert den Direktor mächtig. „Die kleine Tochter von dem jungen Klesper ist entführt worden! Man hat eine Lösegeldforderung gestellt!" – „Na, dann soll er doch den Sportwagen verkaufen, den er uns entwendet hat. Besser gesagt – den Sie uns entwendet haben, Herr Bücken! Das ist eine Unverschämtheit gewesen! Sich anstatt für die Bank für den Jungen einzusetzen! Was haben Sie sich eigentlich dabei gedacht?" Mit jedem Wort, das Kruse ablässt, wächst irgendwie Eckarts Selbstvertrauen. Er fühlt sich gut dabei, seinem ungeliebten Vorgesetzten eins ausgewischt zu haben: „Das Auto gehörte nicht zum Vermögen der Firma oder dem Privatvermögen der Eltern Klesper! Wir hätten den Wagen definitiv früher oder später wieder herausgeben müssen. Wieso also nicht gleich? Das hat uns Kosten und Ärger erspart." Kruse weiß, dass Eckart recht hat: „Papperlapapp! Nichts als Spitzfindigkeiten um sich rauszureden! Woher wissen Sie denn eigentlich von der Entführung?" Eckart muss innerlich grinsen. Dass Kruse das im Grunde lange außer Mode gekommene Wort Papperlapapp benutzt, ist ein eindeutiger Hinweis darauf, dass er Ärger mit der Berliner Hauptstelle der Bank gehabt und vom greisen Gründer des Bankhauses kurz zuvor eins übergezogen bekommen haben muss, sonst würde Kruse jetzt nie Papperlapapp sagen: „Meine Frau hat mich benachrichtigt. Es hat einen Anruf gegeben im Supermarkt, in dem sie arbeitet." – „Was hat ein Supermarkt mit Klesper zu tun? Sagen Sie nicht, dass der Junge jetzt da untergekommen ist!" Eckart nickt: „Doch! Auf Vermittlung meiner Frau!" – „Zum Mindestlohn wahrscheinlich! Sollen wir vielleicht noch das Lösegeld finanzieren?" – „Wäre das so schlimm? Würde unserem Image Vorteile bringen. Außerdem zahlt WNP-Kauf über dem Durchschnitt!" Kruse lehnt vehement ab: „Nur über meine Leiche finanziere ich dem das Lösegeld!"

Damit erwischt er Eckart aber auf dem falschen Fuß: „Wäre Ihnen die Leiche eines unschuldigen Kindes in Verbindung mit Graumann & Companie in den Nachrichten lieber?" Kruse zuckt mit den Augenbrauen. Ihm fällt auf, dass Eckart heute nicht der devote Angestellte ist, als welchen er ihn sonst kennt und ahnt, dass er die Auseinandersetzung verliert: „Sie vergessen, wer vor Ihnen sitzt, Herr Bücken?" Eckart gibt sich wieder diplomatischer, behält aber seine Auffassung bei: „Der Zeitpunkt gibt mir zu denken! Unmittelbar nachdem wir der Firma Klesper den Geldhahn zugedreht haben, will jemand Geld vom Junior! Dieses Tempo ist merkwürdig!" – „Ich war es jedenfalls nicht!" Eckart entwickelt seine Gedanken weiter: „Aber vielleicht einer, der Forderungen an die Klespers hatte!" Eine Idee, die Kruse imponiert und ihn kooperativer werden lässt, weil er hofft, dass sich eine andere Lösung anbahnt: „Ein Handwerker vielleicht? Einer, der sich um seinen Lohn geprellt sieht? Weil wir nicht zahlen?" – „Ja, so in der Art! Soll ich mal durchgehen, welche Gläubiger beziehungsweise offene Rechnungen wir in der Akte haben? Wenn wir da helfen, wäre das für uns eine sehr gute Presse, auch ohne, dass wir Geld in die Hand nehmen!" Ein Ansatz, der Kruse ausnehmend gut gefällt. Doch er zeigt das nicht sofort, sondern gibt vor, dass ihm ein solches Zugeständnis sehr schwerfallen würde: „Na gut! Wir sind schließlich keine Unmenschen! Wo wir helfen können, helfen wir gern!" Eckart durchschaut die Show. Ihm passt die Art seines Chefs ganz und gar nicht. Aber er weiß eben, wie er Kruse anzufassen hat. Eine Eigenschaft, die den Frauen und Männern aus der zweiten Reihe der Führungsetage eines Unternehmens oft mit mehr Macht ausstattet, als der Chef sie selbst hat.

Die Stimmung im Marktleiterbüro ist nach wie vor angespannt. Deverakis fasst zusammen und wendet sich Kai und Max zu: „Also, Sie, Herr Klesper und Herr Berger, Sie sind zuerst aus dem Haus. Sie sind zu Ihrem Auto gegangen und haben die kleine Marie zurückgelassen. Bombe! Echt!" Der Hauptkommissar schüttelt verständnislos den Kopf. Kai ist ebenso zerknirscht wie voll echter Sorge um die Kleine: „Ich weiß, dass ich das nicht hätte tun dürfen. Aber ich dachte doch, dass Lisbeth ... ich meine, Frau Berger sie kurzfristig mitnimmt." Max unterstützt ihn: „Und Marie hat definitiv gesagt, sie will mit Mama fahren! Kai kann nichts dafür!" Ein Kripobeamter installiert im Hintergrund das Tonband zum Mitschneiden der Anrufe. Lisbeth schüttelt den Kopf ebenfalls: „Doch! Kann er! Das ist unverantwortlich von Euch! Ehrlich, wie blöd muss man sein?" Max lenkt ein: „Ich weiß! Wenn ich das nur rückgängig machen könnte!" Kai nickt: „Ich hätte sie nicht allein lassen dürfen! Ich geb es ja zu!" In Lisbeths Stimme schwingt ein deutlicher Vorwurf mit: „Du hattest doch gestern Abend schon nur Dein Auto im Kopf!" Narumi und Vanessa lauschen ebenso wie Guiseppe. Die drei Freunde haben Angst vor dem, was im schlimmsten Fall passieren könnte. Während der Unterhaltung sitzt Max nach wie vor an den Überwachungsmonitoren in Andersens Teil des Glaskastendoppelbüros. Er switcht von Kamera zu Kamera. Als er einen merkwürdig zwischen den Gängen herumlungernden Mann erkennt, der wie ein Handwerker aussieht, aber sich nicht für die Waren in den Regalen interessiert, wird er stutzig.

Deverakis sucht bei Kai nach Anhaltspunkten: „Wie lange wohnen Sie jetzt bei Ihrer Chefin?" – „Zwei Nächte!" – „Also quasi von dem Moment an, von dem an Sie aus der Villa geworfen wurden! Kennen Sie sich schon länger?" Lisbeth schaltet sich ein: „Nein, das war eher eine Hauruck-Aktion. Herr Klesper tat mir leid, als er in dieser Nacht so allein mit dem Kind war und nicht wusste, wohin er sollte! Normalerweise nehme ich niemanden so schnell auf, aber da war es eben einmal so. Außerdem ist er mir erst kurz vorher wegen seiner Weinkenntnisse aufgefallen und uns fehlt ein Fachmann in diesem Segment!" Kai bestätigt das mit einem Nicken. Deverakis macht daran seine Schlussfolgerung fest, dass jemand, der so hautnah mitbekommen konnte, dass Kai seinen Wohnsitz gewechselt hat, dem sehr dicht auf den Fersen gewesen sein muss. Der entgegnet aber, davon nichts gemerkt zu haben.

Hauptkommissar Deverakis hat auch nicht damit gerechnet: „Spielt im Moment auch keine Rolle! Wir müssen uns zunächst auf die Suche nach Ihrer Tochter konzentrieren. Ich habe die Beschreibung von Marie an die Zentrale weitergegeben. Alle Beamten der Stadt wurden informiert. Nur das wir kein Foto haben, das ist Bullshit!" Lisbeth schaut zu Max rüber: „Max, hör' mal das Rumspielen an den Monitoren auf! Du verstellst da noch alles! Und dann flippt Andersen wieder aus!" – „Keine Sorge, Mutsch!" Deverakis: „Ihr Sohn?" – „Und unser neuer Lehrling. Von dem ich mir wünschen würde, er ginge wieder an die Arbeit!" Ihr Nachwuchs lässt aber einen speziellen Bildschirm nicht aus den Augen: „Kann mir mal jemand sagen, was der Typ da eigentlich macht? Den kenne ich! Der ist mir gestern schon aufgefallen. Auf dem Parkplatz!" Deverakis tritt hinter Max. Auch die anderen wollen sehen, wen Lisbeths Sohn meint.

Liegt die Lösung zwischen den Regalen?

Lisbeth und Deverakis gehen harmlos tuend auf Markgraf zu; miteinander sprechend und um Unauffälligkeit bemüht. Untermalt mit einem Lachen. Markgraf mustert die beiden kurz, misst ihnen dann aber keinerlei Bedeutung zu. Er will möglichst ohne Aufmerksamkeit zu erregen an ihnen vorübergehen. Doch als er mit Lisbeth auf gleicher Höhe ist, spricht die ihn an. „Guten Tag, Lisbeth Berger mein Name. Ich bin hier die Marktleiterin. Sind Sie Richard Müller, der Handwerker, auf den wir seit gestern warten wegen der Kühlanlage?" – „Nein, ich heiße nicht Müller, ich heiße Markgraf, Karl Markgraf!" Deverakis steigt auf Lisbeths Taktik ein: „Ach, dann haben Sie nichts mit der Kühlanlage zu tun?" Markgraf bleibt argwöhnisch: „Nein, habe ich nicht!" Lisbeth bedankt sich freundlich: „Dann entschuldigen Sie die Störung! Können wir sonst noch etwas für Sie tun? Haben Sie unsere aktuellen Sonderangebote schon beachtet? Wir haben jeden Tag frisches Fleisch, frische Wurst- und Fischwaren! Drüben, an der Frischetheke unseres Hauses!"

Markgraf bleibt ruhig und bedankt sich mit dem Hinweis auf das Angebot, dass er keinen Fisch mag. Lisbeth und Deverakis sehen sich an, setzen ihren Weg fort und verschwinden um die Ecke, wo sie schon von zwei Beamten in Zivil erwartet werden. Deverakis fordert diese auf, an dem Verdächtigen dranzubleiben: „Wenn er das Gelände verlassen will, dann haltet ihn auf! Routinekontrolle oder so was, klar?" Die Beamten nicken und gehen. Deverakis nimmt Lisbeth am Arm und schlägt mit ihr den Weg zurück ins Büro ein.

Ohne etwas davon zu bemerken, dass Andersen wenige Regalreihen weiter ein Telefonat führt, von dem er offenbar möchte, dass niemand etwas davon mitbekommt: „Also, im Moment spielt sie Hobbydetektivin. Irgend so ein Balg von einem Typen, den sie aufgegabelt hat und der im Getränkeshop arbeiten soll, dem sein Kind ist irgendwie angeblich entführt worden. Und sie mischt mit. Kümmert sich um alles, wie immer, nur nicht ums Geschäft!" Andersen hört dem Mann am anderen Ende der Leitung zu, bevor er weitere Erklärungen gibt: „Ja, der soll in die Weinabteilung! Kennt sich angeblich aus. So'n Schicki-Micki-Typ, aber von der verarmten Sorte. Haben Sie vielleicht in den Nachrichten gehört, Sohn von so diesem gescheiterten Bauunternehmer, der verunglückt ist. ... Nee, den hätte ich nie eingestellt! Obwohl, Ahnung scheint er zu haben, aber offensichtlich ist er unzuverlässig!" Nach ein paar Sekunden weiteren Zuhörens zieht Andersen den Schluss daraus, dass Kai ihm und dem Gesprächspartner im Grunde nur recht sein kann. Mit dem Versprechen, dass sich der Mann am anderen Ende der Leitung wie immer auf ihn verlassen könne, beendet er zufrieden das Telefonat. „Das weiß ich, Herr Andersen! Und die andere Sache erläutere ich Ihnen morgen früh persönlich! Wir sehen uns; Sie wissen ja, wo genau!", legt auch Dr. Stefan Stock auf.

Narumi geht nervös vor dem Supermarkt auf und ab. Sie raucht dabei. Vanessa will ihr Gesellschaft leisten und macht große Augen, als sie den Glimmstängel entdeckt: „Seit wann rauchst Du?" – „Tu' ich doch gar nicht!" – „Das sehe ich, dass Du keine Zigarette in den Fingern hast!" Narumi macht sich wirklich Sorgen: „Shit, wenn Marie was passiert!" Vanessa registriert einfühlsam, dass sich ihre Freundin, Mitbewohnerin und Kollegin ernsthafte Sorgen macht: „Wird schon gutgehen! Es geht irgendwie doch immer alles gut bei uns!" Eine lange, von Vanessa ausgehende, Umarmung gibt Narumi die kurz verlorengegangene Zuversicht zurück: „Sie ist sechs! Eine Sechsjährige lässt man nicht einfach so vor dem Haus warten. Irgendwie habe ich das Gefühl, ich bin mit schuld!" – „Quatsch' keine Opern! Wieso solltest Du?" Narumi wirft die Zigarette weg: „Lass uns reingehen! Rauchen hilft auch nicht weiter!" Auf dem Weg über den Parkplatz passieren sie den Lieferwagen der Firma Markgraf. Narumis Blicke bleiben für einen Moment an dem kleinen Kastenwagen hängen. Vanessa: „Und seit wann hast Du ein Faible für Lieferautos? Da ist mir ein Sportwagen dann doch lieber!" Narumi grinst, hakt sich bei Vanessa ein und verschwindet kurze Zeit später in dem Einkaufszentrum.

In dessen Marktleiterbüro legt Deverakis den Hörer des Haustelefons auf: „Meine Kollegen durchforsten jetzt den Computer nach dieser Firma Markgraf und ihrem Inhaber. Sagt jemandem von Ihnen der Name etwas? Ihnen vielleicht, Herr Klesper?" Narumi, Vanessa, Andersen, Guiseppe und Lisbeth schütteln den Kopf. Kai: „Nein, sagt mir auch nichts! Rein gar nichts!" Er ist völlig neben der Spur; es arbeitet intensiv in ihm. Auf seiner Stirn steht Schweiß: Angstschweiß. Alle im Raum befindlichen Mitstreiter merken, dass eine Veränderung in Kai vorgeht. Max hält nach wie vor die Monitore im Auge: „Er scheint sich in Richtung Ausgang zu bewegen!" Deverakis versichert dem 18-Jährigen, dass die Zivilbeamten an Markgraf dran sind. Kai wird zusehends nervöser: „Sagen Sie Ihren Leuten, sie sollen mir meine Tochter wiederbringen!" Deverakis geht auf Kai zu und legt ihm eine Hand auf die Schulter: „Behalten Sie die Ruhe! Ich bin schon froh, dass wir ein Sexualdelikt ausschließen können. Ist mein erster Gedanke, wenn ein kleines Mädchen verschwindet!"

Was alles andere als beruhigend auf Kai wirkt. Er rastet vollkommen aus: „Sexualdelikt! Mensch, wenn sich irgendjemand an meiner Tochter – an meinem kleinen Mädchen – vergreift, dann bringe ich den um! Mit meinen eigenen Händen! So wahr ich Klesper heiße!" Auf den Wutausbruch folgen Tränen. Die anderen im Raum sind berührt; fühlen mit dem jungen Mann mit. Selbst Andersen ist anzusehen, dass er jetzt mehr auf Kais Seite ist als jemals zuvor. Narumi reicht ihm ein Taschentuch und gibt ihm durch ihre spürbare Nähe das Gefühl, dass jemand für ihn da ist. Lisbeth beobachtet das argwöhnisch. Hauptkommissar Deverakis entgehen diese Blicke nicht. Er hat sich bereits vorhin gewundert, wie schnell Lisbeth Kai eine Unterkunft gewährt hat. Sicher, es ist schön, dass jemand hilft, zumal der junge Mann auch nach Deverakis' Wissensstand keine Schuld an seinem Unglück hat. Der Rauswurf aus der Villa geht allein auf das Konto der Geschäfte seines Vaters. Der Hauptkommissar weiß, dass Kai daran nicht beteiligt war. Aber er erkennt ebenso treffsicher, dass Lisbeth nicht allein aus Hilfsbereitschaft eingesprungen sein kann. Sonst würde sie, so ist sich Deverakis sicher, nicht so eifersüchtige Blicke auf Narumi und Kai richten.

Der Ermittler bleibt eine kleine Weile bei diesen Gedankengängen, bevor er sich – wie alle anderen – wieder dem Geschehen auf dem Monitor widmet und Markgrafs Bewegungen nachvollzieht. Da betritt Eckart das Marktleiterbüro. In der Hand hat er einen Bogen Papier: „Guten Tag zusammen!" Deverakis: „Und Sie sind?" – „Eckart Bücken! Ich bin der Lebensgefährte von Frau Berger! Und Vater dieses jungen Herrn hier!", deutet er auf Max. „Hauptkommissar Deverakis. Ich nehme an Sie wissen um was es hier geht?" – „Weiß ich, ja! Meine Frau hat mich informiert." – „Können Sie vielleicht etwas mit dem Namen Karl Markgraf anfangen?" – „Ja, sicher! Kann ich!" Wenn nicht schon vom Zeitpunkt seines Auftauchens an, dann ganz bestimmt von dieser Äußerung an ruhen alle Augen auf Eckart. Doch bevor der sich erklären kann, funkt Max dazwischen: „Ich habe ihn verloren. Er ist weg! Ich kann ihn nicht mehr sehen!" – „Lassen Sie mich ran!", drängt Andersen Max zur Seite.

Eckart: „Markgraf ist einer der Handwerker, die noch von der Firma Klesper Geld zu bekommen haben. Hier, ich habe ihn auf unserer Liste aus der Bank." Lisbeth und Andersen schauen interessiert auf. Deverakis ist zufrieden: „Na also! Passt doch! Fast schon zu gut, um wahr zu sein!" Narumi durchfährt es wie ein Blitz: „Mensch, Markgraf! Jetzt fällt es mir ein! Das Auto! Auf dem Parkplatz steht ein Lieferwagen mit der Aufschrift Markgraf. Den habe ich die Tage schon mehrfach gesehen! Gestern Abend sogar, bei der Chefin vor dem Haus!" Narumi würde sich für die letzten Worte am liebsten die Zunge abbeißen, weil sie damit verraten hat, dass sie spätabends zu Kai gefahren ist. Japaner lassen eben eher ungern Einblicke in ihr Privatleben zu.

Deverakis ist zufrieden und greift zum Funkgerät: „Danke! Das nenn' ich ja mal einen richtigen Hinweis! ... Achtung, Zielperson ist Hauptverdächtiger! Sucht bitte das Gelände nach einem Lieferwagen mit der Aufschrift ‚Markgraf' ab!" Kai legt in diesen Minuten eine rasante Wandlung hin. In ihm brodelt es gewaltig. Er läuft rot an vor Wut: „Wenn das Schwein da meine Marie drin hat!" Lisbeth und Eckart schauen sich an. Es nicht so, dass sie Gefallen an der Wut als solcher finden, aber wie sich Kai um seine Tochter sorgt und sich für sie einsetzt, das spricht die Gefühle der Lebenspartner an; sie sind voller Freude über die Veränderung von Kai in dessen Haltung zu Marie.

Weniger erfreut aber sind sie eine Sekunde später, als Kai wie von der sprichwörtlichen Tarantel gestochen aus dem Marktleiterbüro hechtet. Lisbeth befürchtet nichts Gutes: „Haltet den auf!" Eckart teilt ihre Sorge und drückt das dadurch aus, seine Lisbeth in den Arm zu nehmen. Deverakis folgt Kai: „Herr Klesper, bleiben Sie hier! Lassen Sie das meine Kollegen machen!" Doch der hört nicht auf ihn. Auch Narumi rennt raus: „Ich weiß, wo der Lieferwagen steht! Kommen Sie mit! Wir sind schneller!" Deverakis rechnet mit allem: „Vorsicht! Vielleicht ist der bewaffnet!" Vanessa kommentiert die Sachlage auf ihre eigene Weise: „Oh mein Gott! Ich brauche eine schusssichere Weste! Sofort! Was für eine Scheiße!" Lisbeth grinst: „Dafür, dass Sie immer so auf vornehm machen, haben Sie aber manchmal wirklich eine sehr unschickliche Ausdrucksweise, verehrtes Fräulein!" Vanessa zuckt gleichgültig die Schultern: „So bin ich eben!" Sogar Andersen lächelt: „An die Arbeit! Die Polizei macht das schon." Lisbeth: „Herr Andersen hat recht! Vanessa, Max, Guiseppe – los, ab in den Laden!"

Markgraf sieht sich um. Er fühlt sich unbeobachtet, greift zu seinem altertümlichen Handy, unterdrückt die Nummer, wählt und spricht. Ein paar Minuten. Nicht darauf achtend, dass Deutschlands schnellster Kampfpanzer – Kai – das Foyer durchforstet. Jedes noch so kleine Detail mit den Augen scannend. Er hält nach Markgraf Ausschau und entdeckt ihn, als der gerade auflegt. Aus dem Augenwinkel heraus sieht Markgraf wie Kai auf ihn zustürmt, nimmt die Füße in die Hand und flüchtet auf den Parkplatz. Im Grunde ist es keine Frage, dass der sportlich durchtrainierte Kai einem fast doppelt so alten Handwerker in Lauf und Spurt deutlich überlegen ist. Aber bei der sich nun auf dem Areal entwickelnden Verfolgungsjagd zieht Kai zunächst den Kürzeren, weil Markgraf freie Bahn hat während Kai immer wieder Kundenautos ausweichen muss. Einmal einer Limousine von links, dann einem Van von rechts und am Ende sogar einem Sportwagen über die Motorhaube springend. Szenen wie aus einem Actionfilm, so Lisbeth zu Eckart. Beide verfolgen die Jagd vom Haupteingang aus.

Aus die Maus

Narumi und der Hauptkommissar erreichen indes den Lieferwagen. Sie schauen hektisch in das Innere, können aber nichts erkennen. Die Japanerin rüttelt an den Türen des abgeschlossenen Fahrzeuges; schlägt sogar mit der Faust auf die Seitenbleche der Karosse: „Marie, bist Du da drin? Marie, sag' doch was!" Aber es kommt keine Antwort. Narumi ist überzeugt davon, dass sich das Mädchen in dem Wagen befindet und sieht es in Gedanken mit einem Knebel gefesselt auf dem Boden liegend. Markgraf setzt seine Flucht kopflos fort; ohne ein Gefühl für die Richtung, in die er rennt, oder ein Ziel zu haben. Er hat nicht daran gedacht zu seinem Wagen zu laufen, um wegzufahren. In Bezug auf das Fliehen hat er keine Erfahrung. Vor ihm taucht die Anlieferungsrampe des Supermarkts auf.

Mehrere Leute entladen einen Truck, rollen Paletten und Kistenstapel aus dem Wageninneren in die großformatigen Rolltore des Warenhausgebäudes. Als Markgraf völlig außer Atem vor ihnen auftaucht sind sie überrascht, halten ihn aber nicht auf. Sie kennen die Zusammenhänge nicht. Markgraf aber begreift, dass seine Flucht hier zu Ende sein könnte, dreht sich um und – rennt Kai in die Arme. Der denkt nicht lange nach und holt zum Fausthieb aus. Markgraf geht zu Boden. Kai nimmt ihn sich vor, schlägt ihm noch einmal ins Gesicht und packt ihn dann unter den staunenden Augen des Marktpersonals am Kragen: „Ich bedaure, wenn Sie durch den Konkurs der Firma meines Vaters Geld verloren haben. Aber mein kleines Mädchen kann da bestimmt nichts für! Also, was haben Sie mit ihr gemacht? Raus mit der Sprache! Wo ist sie? Wo haben Sie meine kleine Tochter versteckt?"

Als die Lageristen hören, dass es um ein kleines Mädchen geht, schlagen sie sich sofort auf Kais Seite und umringen die beiden Kontrahenten auf eine Weise, dass Markgraf spätestens jetzt Angst um sein Leben haben muss. „Nichts! Ich habe…" Doch dann geht Deverakis dazwischen und zerrt Kai – der sich dagegen wehrt – von dem Angst-erfüllten Handwerker weg: „Lassen Sie das! Das ist unser Job!" Ein nachfolgender Beamter legt Markgraf Handschellen an. Kai würde am liebsten zuschlagen, so aufgebracht ist er. Doch hat er dazu tatsächlich einen Grund?

Wenig später sind die Türen des Lieferwagens geöffnet. Deverakis und Streifenbeamte durchsuchen den Wagen auf Spuren, finden aber nichts. Erst recht nicht Marie. Nicht einmal eine Decke, ein Haar, ein verlorenes Detail. Fehlanzeige! Die Spurensicherung nimmt sich den Wagen sofort vor. Lisbeth und Eckart sind jetzt auch zugegen. Kai – gerade unbeobachtet – packt erneut Markgraf: „Wo ist meine Tochter, verdammt?" Und fängt sich prompt eine Ermahnung von Deverakis ein: „Hören Sie auf!" Der Verdächtige wimmert weinerlich vor sich hin: „Ich sage Ihnen doch, ich habe sie nicht entführt!" Der Hauptkommissar lässt aber nicht locker: „Es steht doch unzweifelhaft fest – und dafür haben wir Zeugen – dass Sie Herrn Klesper in den letzten Tagen verfolgt haben! Wir konnten Sie als Anrufer identifizieren und Sie haben es zugegeben, der Erpresser gewesen zu sein! Wie sind Sie auf die Adresse gekommen, wo Sie Herrn

Klesper finden?" Markgraf ist vollkommen entkräftet. Das liegt aber weniger an der kurz vorher schlecht für ihn ausgegangenen Verfolgungsjagd als vielmehr an der gesamten Situation. Die Phase der Beobachtung und der Erpressung von Kai hat dem Mann einen Adrenalinschub verpasst, doch dessen Wirkung ist jetzt verpufft. Er ist am Ende, er ist ruiniert und verhaftet. Genau das stellt er auch nach außen hin dar.

„Ich habe ihn da ... den Herrn von der Bank beim Gerichtsvollzieher gesehen. Da fiel der Name Klesper. Ich bin einfach an ihm drangeblieben." Eckart: „Ich erinnere mich, im Hinausgehen aus Specks Büro, stimmt! Entschuldigung, daran habe ich nicht gedacht! Da habe ich keinen Bezug hergestellt!" Deverakis: „Kann ich verstehen! ... Herr Markgraf, Sie haben also Herrn Bücken verfolgt. Wann sind Sie das erste Mal auf Marie aufmerksam geworden?" – „Hier, im Supermarkt! Ich wusste, dass sie zum jungen Klesper gehört. Mensch, der Alte schuldet mir so viel Geld. Ich brauch' das doch auch!"

Aber mit seinem Versuch, um Verständnis für seine Erpressung zu werben, hat Markgraf keinen Erfolg. Lisbeth lässt keinen Zweifel daran aufkommen, was sie von Straftaten hält, die darauf abzielen, Geld einzutreiben: „Wie gesagt, aber nicht per Selbstjustiz und Entführung! Dafür gehen sie erst einmal ins Gefängnis! Und ich sage Ihnen was: Da gehören Sie auch hin!" Deverakis bekommt einen Anruf, wendet sich aber noch einmal an den vermeintlichen Kidnapper: „Also, wo ist die Kleine? Ich will jetzt eine Antwort!" – „Sie hat mich doch nur nach der S-Bahn zum Bahnhof gefragt. Sie wollte nach Italien! Dann ist sie weg. Ich dachte, das wäre meine Chance!" Lisbeth: „Sie haben das kleine Mädchen einfach ziehen lassen?" – „Ja was sollte ich denn machen? Ich dachte, was soll schon passieren? Sie kommt doch sowieso nicht weit und die Zeit wollte ich nutzen!" Deverakis: „In dem Sie eine Entführung vortäuschen? Ich habe schon so manches gehört, aber so was Dämliches?" Die Umstehenden reagieren fassungslos. Kai: „Das ist doch die reinste Märchenstunde! Solche Lügen können Sie sich klemmen!" Aber innen drin sagt ihm eine Stimme, dass der Mann nicht lügt! Stichwort: Italien!

Dann widmet sich Deverakis seinem Telefon, hört zu, schaut zu Kai: „Der Plüschbär! Ein kleines Mädchen mit einem Plüschbären ist gesehen worden, auf das die Beschreibung Ihrer Tochter passt! Er sagt die Wahrheit!" – „Sag' ich doch die ganze Zeit! Ich habe sie nicht entführt! Die Kleine wollte zu ihrer Mama. Nach Italien! Die macht da Mode. Sie hat mich nach dem Weg zum Bahnhof gefragt. Ich habe ihr erklärt, dass sie zuerst die S-Bahn nehmen muss. Erst dachte ich, die meint das nicht ernst, aber dann..." – „...kam Ihnen die Idee die Gelegenheit zu nutzen, um zu versuchen, eine Entführung vorzutäuschen und darüber an Ihr Geld zu kommen! Nein mein Lieber, bei allem Verständnis für Ihre Situation, aber aus so was eine Erpressung zu machen ist nicht nur unzulässige Selbstjustiz was Ihre Forderungen gegenüber Klesper Bau angeht, sondern eine glasklare Straftat!" Mit dem Befehl an seine Uniformierten, den Handwerker abzuführen, beendet Deverakis die Ermittlungen. Markgraf fügt sich betreten in sein Schicksal. Er sieht ein, richtig Mist gebaut zu haben.

Kai hat dafür keinen Sinn mehr: Er spurtet bereits zu seinem Sportcabrio, startet den Sechszylinder, tritt aufs Gaspedal und wendet mit der Handbremse; schwarzen Gummiabrieb auf den Parkplatz zeichnend. Hier sowie bei den teils halsbrecherischen Fahrmanövern, die Kai auf dem Weg zum Hauptbahnhof durchzieht, kommt zum Vorschein, was für ein hervorragender Autofahrer Kai ist. Nicht einer der Jungstars, die hunderte PS unter dem Hintern, aber nicht das nötige Wissen haben, diese auch zu beherrschen. Obwohl er faktisch in Schlangenlinien über die zweispurige Prinz-Georg-Straße stadteinwärts und damit den anderen Autofahrern um die Ohren fährt, bringt er nicht ein einziges Fahrzeug – und erst recht keinen Fußgänger – in Gefahr! Er zirkelt den Porsche präzise durch den Verkehr und erweist sich als hochkonzentrierter Könner hinter dem Lenkrad. Auch wenn der eine oder andere Augenzeuge zusammenzuckt, wenn er erkennt, dass zwischen Kais Wagen und anderen Fahrzeugen kaum mehr ein Blatt Papier passt, so gewinnt niemand den Eindruck, der Fahrer wisse nicht, was er täte. Von der Oststraße kommend und in die Immermannstraße einbiegend nutzt Kai die getrennt von der Hauptfahrbahn angelegten Fahrgassen zu den Parkbuchten, um sich vorbeizumogeln am von Ampeln gebremsten Verkehr, umso schneller den Hauptbahnhof zu erreichen.

Eckart verabschiedet sich von Lisbeth: „Wenn die Geschichte nur gut endet. Schaffst Du das hier allein? Ich muss in die Bank zurück!" Lisbeth bleibt nicht verborgen, dass ihr sonst eher ruhiger Lebensgefährte nervöser wirkt als üblich. Eine Folge der Entführungssache oder hat das einen anderen Hintergrund: „Also raus mit der Sprache! Was ist los?" – „Ach, los ist gar nichts! Mir wurde nur schon beim Fahren mit dem Auto vom Kai bewusst, dass wir vielleicht etwas ändern sollten. Weißt Du, in den letzten Jahren sind wir schon sehr in unserem Alltag gefangen. Und dass ich dem Kai das Auto retten konnte und meinem Chef mal die Stirn gezeigt habe, das hat mir, ehrlich gesagt, gutgetan!" – „Dann ist es nicht schlimm, dass Kai bei uns wohnt?"

Der Mann ist in diesen Minuten zu sehr mit seinen eigenen Gedanken beschäftigt, als dass er den optimistischen Unterton in Lisbeths Stimme in puncto Kai zur Kenntnis nehmen würde: „Nein, auf Dauer möchte ist das nicht! Aber ich will, dass wir uns vielleicht auf die Dinge besinnen, die früher einmal zu unseren Idealen zählten: Mehr Hilfe anderen gegenüber! Leuten helfen, die uns brauchen! Für Gerechtigkeit sorgen! Da wo wir es können. Wieder, wie früher, eine Demo besuchen! Und unserem Leben etwas mehr Abenteuer hinzuzufügen, das würde auch nicht schaden. Das Dasein an einem Bankschreibtisch oder in einem Leitstand eines Supermarkts kann es doch nicht sein. Aber wir müssen ja nicht gleich eine Sechsjährige und ihren vielleicht noch nicht ganz erwachsenen Vater adoptieren!" Lisbeth lächelt:

Da ist er wieder, der Eckart, in den sie sich einst verliebt hatte!

Was nun, Papa?

Kai bremst das Sportcabrio aus seinem hohen Tempo direkt vor dem Nebeneingang des Parkplatzes des Hauptbahnhofs am Konrad-Adenauer-Platz ab. Vor einem weiteren Schild des Angebots die Italienreisen betreffend, das seine Blicke kurz streifen. Er springt aus dem Zweisitzer, rennt durch die Eingangshalle und erreicht kurz darauf die Bahnsteige. Die Treppe hoch, sich Gleis-übergreifend umsehend. Er hat Glück: Nicht ein einziger Zug versperrt ihm die Sicht. Doch es ist auch kein Kind zu sehen, das annährend nach Marie aussieht. Er realisiert, dass ein Bahnbeamter auf ihn aufmerksam wird und ergreift die Gelegenheit: „Ich suche ein Mädchen ... meine Tochter, etwa so groß, blond, ganz süß, und ein kleiner Teddybär, den hat sie dabei! Papa Bär!" Auch den beschreibt Kai mittels Geste in der Größe. Der Bahnbedienstete kann damit tatsächlich etwas anfangen: „Ja, die Kollegen sprachen davon, dass es da eine Suchmeldung gibt. Aber als wir die Bestätigung hatten und die Kleine zu uns ins Büro holen wollten, war sie weg!"

„Shit! Können Sie nicht besser aufpassen bei so was? Hätten Sie sie nicht direkt unter Aufsicht stellen können? Ihr beobachtet hier doch sonst jeden Pups!" Der Beamte plustert sich auf und will erwidern. Kai unterbindet die Antwort mittels einer Geste. Kurzes Nachdenken! Er beruhigt sich wieder: „T'schuldigung! ... Sagen Sie, wohin sind die Züge von hier gefahren, also die, die von diesem Bahnsteig?" – „Die gehen Richtung Köln." – „Einer von ihnen nach Italien?" – „Junger Mann, die Zugauskunft bin ich nicht!" – „Bitte, es geht um Leben und Tod! Um meine kleine Tochter, verdammt noch mal!" Der Bahnbeamte erkennt, dass es wirklich ernst und seine Hilfe nötig ist: „Kommen Sie, ich schaue, was ich tun kann! Auf die Bahn ist immer Verlass! Auch in schwierigen Situationen! Italien sagen Sie? Nein, nicht von hier!" Zwei Bahnsteige weiter setzt sich gerade ein Zug in Bewegung. Mit einem kleinen Mädchen an Bord, dass es sich und dem Teddy in einem der Abteile richtig bequem macht. Wovon weder Kai noch der Bahnbedienstete etwas mitbekommen.

Tobias schließt in dem Moment die Tür der Strandbar auf als sein Kumpel eintrifft. Die beiden Jungs begrüßen sich. Daniel erkundigt sich nach Kai: „Hast Du noch was von ihm gehört?" – „Hör mir bloß mit Kai auf! Was dieses Hickhack mit dem Auto soll kapiere ich echt nicht! Hat der jetzt noch Geld oder nicht?" – „Verstehe, Du hast Angst, Jenny wieder zu verlieren! Ich glaube aber nicht, dass der die zurückhaben will!" Tobias haut Daniel mit der flachen Hand vor dessen Stirn: „Und wie kommst Du Schnarchsack darauf, dass Jenny überhaupt weg von mir will? Zu der Flachpfeife von Kai will die bestimmt nicht mehr!" – „Dafür, dass Du und Kai bis vor ein paar Tagen dicke Freunde gewesen seid redest Du ziemlich schlecht über ihn!"

Es stört Daniel wirklich, wie Tobias sein Verhalten gegenüber einem der ältesten Mitglieder der Clique verändert hat. Es ist nicht so, dass sich Tobias, Kai, Ellen und er selbst erst vor kurzem kennengelernt hätten. Ein Gespann sind sie schon seit dem 5. Schuljahr. Damals – am ersten Tag in ihrem Gymnasium an der Königsallee – kamen sie alle Vier zusammen. Das Quartett entwickelte sich zu einer festen Größe an der Schule. Sie haben sich gegen alle Einflüsse von außen behauptet, sich bei Prügeleien gegenseitig geholfen, Intrigen anderer Schüler vereitelt und ihr Miteinander zu einer uneinnehmbaren Festung entwickelt. Tobias war schon damals der Lauteste und Frechste von ihnen; Kai wusste von Anfang an mit seiner Ausstrahlung und seinem guten Aussehen zu punkten.

Daniel stand immer etwas im Hintergrund, verstand sich mit Ellen am besten. Sein Interesse für die Modebranche führte dazu, dass er von Tobias und Kai als beste Freundin Ellens veralbert wurde: Gute Mode zu tragen war für die beiden Leithammel das eine; Mode zu machen etwas anderes – Frauensache eben! Allen gemeinsam aber war der Spaß am Feiern: In den

Kasematten der Rheinuferpromenade, in der Arena, wenn die Fortuna spielte oder bei der DEG an der Brehmstraße, in den Clubs der Stadt wie der Nachtresidenz und dem Dr. Thompson's. Eben da, wo was los war. Bis Tobias auf die Idee kam, die Strandbar zu eröffnen. Ihm hatte das Nachtleben nicht mehr zugesagt, wollte direkt am Rhein etwas ganz Neues machen! Keiner von Ihnen hätte damit gerechnet, dass die Schnapsidee sich zu einer Goldgrube entwickeln würde. Aber so war es dann doch. Dass Daniel mithelfen würde, Tobias' Idee zu verwirklichen, war selbstverständlich. Nur aus der Zusage ihn als Partner gleichberechtigt zu behandeln ist nichts geworden. ‚Meine Idee – mein Laden!' so die Worte von Tobias kurz vor dem Grand Opening.

Kai dagegen hatte kein Interesse an einer Partnerschaft; er kümmerte sich immer schon viel lieber um Autos und um Frauen. Ellen hat Tobias zwar bei der Einrichtung der Bar geholfen, aber aus der Freundschaft heraus. Als Angestellte der Ölhandlung war sie sowieso immer in der Nähe, denn ihre Arbeitsstelle liegt im Industriehafen der Stadt. So fügte sich Daniel in die Rolle, in der er mittlerweile angekommen zu sein scheint: Handlanger von Tobias in Gegenwart und Zukunft. Als die beiden sich den ersten Aufräumarbeiten widmen wird ihre Aufmerksamkeit von einer schwarzen Limousine beeinträchtigt, die vor der Schranke zum noch leeren Parkplatz stoppt.

Drei mit schwarzen Anzügen gekleidete Männer steigen aus und betreten zielstrebig das Gelände der Strandbar. Tobias zu Daniel: „Was meinst Du? Stadtverwaltung oder Schutzgelderpresser? ... Hey, wir haben noch geschlossen! Habt Ihr Knöpfe auf den Augen? Oder was?" Die Besucher lassen sich von Tobias' Ansage nicht beeindrucken. Einer von ihnen – klein, untersetzt bis fett, erstklassig frisiert und gekleidet, aber insgesamt schmierig wirkend – stellt sich vor. Auf eine unverblümt großkotzige Weise; ein Typ wie aus einem billigen Mafiafilm, Kategorie C-Movie: „Vladimiro de Gaspero mein Name! Ich will ihre Bar kaufen!" Tobias guckt erst wie ein kaputtes Auto, kann es nicht begreifen, bricht aber dann in ein lautes Lachen aus: „Ihr Pappnasen, verschwindet! Hier ist nichts zu verkaufen!" – „Sicher? Hören Sie doch erst einmal zu, was ich Ihnen anzubieten habe!" – „Nicht nötig!" – „Ganz sicher?" – „Absolut sicher! Und jetzt avanti, verschwindet, das versteht Ihr doch!? De Gaspero sieht sich um; vergewissert sich, dass keine Zeugen anwesend sind, und nickt seinen beiden Begleitern zu. Ohne weiteres Zögern schnappen die sich Daniel und beginnen damit, ihn brutal zusammenzuschlagen. Tobias wird von De Gaspero zurückgehalten. Am Ende liegt Daniel blutüberströmt auf dem Boden. „Wir sind bald wieder zurück! Und dann sprechen wir über den Kaufpreis!" So schnell sie gekommen sind, so schnell verschwinden die drei Männer auch wieder; De Gaspero noch einmal drohend zurückschauend. Tobias kann es nicht fassen, was sich soeben abgespielt hat und versucht, dem stark blutenden Daniel aufzuhelfen.

Kai indes rast mit seinem Sportcabrio durch Düsseldorf. Er gibt Vollgas dort, wo es gerade geht. Aus dem Rheinufertunnel herausschießend, bei Rot über die Ampel an der Ausfahrt am Stadttor, in die Hammer Straße durch den Medienhafen um das Port Seven Event Center in Richtung Lausward. Er schneidet einer schwarzen Limousine den Weg ab, die aus der Abzweigung zur Strandbar fährt, verhindert erfolgreich einen Zusammenstoß und rast weiter zum Klärwerk. Kai kennt sich gut aus und weiß, wo er den Zug stoppen kann, in dem er seine Marie vermutet. Hier – weit entfernt von jedem normalen Publikumsverkehr – kann er aus dem Sportcabriolet herausholen was es zu leisten im Stande ist.

Marie fühlt sich wohl. Sie sitzt im Zug und schaut aus dem Fenster. Das kleine Mädchen ist fasziniert davon, in welchem Tempo die Häuser der Großstadt, die Parks und Wälder an ihm vorbeirasen. Sie drückt Papa-Bär dabei fest an sich. In diesem Moment wird eine Schaffnerin auf sie aufmerksam: „Tag Kleines! Na, darf ich denn Deine Fahrkarte sehen?" – „Ich habe keine! Ich bin erst sechs! Ich bin Marie!", streckt sie der Bahnbediensteten die Hand entgegen. „Ach, und dann schon ganz allein in die weite Welt?" – „Guck mal, ich bin doch nicht allein, ich habe doch Papa-Bär!" Die Schaffnerin lächelt und setzt sich: „Der ist aber süß!" Und wohin willst Du?" Marie fasst Zutrauen zu der Mittdreißigerin: „Nach Italien! Zu meiner Mama! Die hat mich nämlich zu meinem Papa nach Düsseldorf gebracht, aber ich glaube, der mag mich nicht so richtig!" Bei der Schaffnerin klingeln die Alarmglocken: „Hat er Dir etwa wehgetan?" – „Nein, er hat mir doch Papa-Bär geschenkt!" – „Dann muss er Dich richtig liebhaben!", so die Schaffnerin schmunzelnd: „Also, Marie, weißt Du, so ganz allein möchte ich Dich trotzdem nicht lassen! Auch wenn Dein Papa-Bär dabei ist, verstehst Du?" Marie versteht nicht. Die Bahnangestellte greift zu ihrem Funkgerät: „Ja, ich bin es! Seid so nett und bringt mir eine Limo oder sowas in den Wagen zehn. Ich habe hier einen kleinen Fahrgast; ich glaube, der hat Durst. Und hört mal nach, ob es irgendwelche Vermisstenmeldungen gibt! … Ach, habt Ihr schon? Gerade eingegangen?"

Der Zug verlässt jetzt Düsseldorfs Stadtgebiet und fährt durch Felder und Gärten im Stadtteil Hamm. Marie schaut aus dem Fenster auf eine Straße, die unweit des Bahndamms verläuft. Sie entdeckt das Sportcabrio, das mit hoher Geschwindigkeit an dem Zug vorbeirast: „Ich glaube, da fährt mein Papa!" Der Schaffnerin fällt fast das Funkgerät aus der Hand. Kai hat den Zug längst im Visier. Er spricht in die Freisprechanlage seines Mobiltelefons: „Das muss er sein! Die Auskunft von dem Bahnbeamten war eindeutig! Sie hat mehrere Leute gefragt, um den richtigen Zug zu finden!" Aus dem Lautsprecher der Freisprecheinrichtung hört Kai Deverakis' Stimme: „Überlassen Sie uns das! Wenn Marie in dem Zug ist, dann ist doch auch alles in Ordnung! Sie holen sie einfach in Köln ab!"

Doch ihn hören und auf ihn hören, das sind zweierlei Dinge. „Never! Sorry, das ist allein mein Job! Glauben Sie, ich wüsste nicht, dass die Kleine aus Angst vor der Zukunft abgehauen ist? Und sich jetzt ‚wer weiß was' für Sorgen macht? Das muss beendet werden, und zwar – sofort!" Kai biegt in einen Feldweg ab, gibt noch einmal Vollgas und erreicht den nur mit leichten Schranken gesicherten Bahnübergang. Er steigt auf die Bremsen, legt eine Vollbremsung hin und stoppt mitten auf den Schienen. Der Zug nähert sich. Die automatischen Schranken schalten sich ein; der Vorgang des Schließens beginnt. Auge um Auge, Zahn um Zahn erkennt der Zugführer den Sportwagen auf den Gleisen und löst sofort eine Notbremsung aus. Bremsen quietschen.

Kai flüchtet sicherheitshalber aus dem Auto. Sein Schulterzucken verrät, dass er sich von dem Wagen verabschiedet. Das Kreischen der Bremsen des Zuges geht durch Mark und Bein. Die Lokomotive nähert sich unerbittlich; quietscht, bremst, stöhnt, ächzt, kreischt. Dies alles mutet an, als daure es eine Ewigkeit! Nur wenige Zentimeter vor dem Sportcabrio kommt die tonnenschwere Maschine zum Stehen. Sofort öffnet der Zugführer das Fenster und lässt eine wahre Schimpfkanonade auf Kai los: „Sind Sie wahnsinnig? Sind Sie komplett bescheuert? Das kostet Sie den Lappen! Dafür gehen Sie in den Knast, Sie Idiot! Landfriedensbruch, Hochverrat, gefährlicher Eingriff in den Schienenverkehr, Unruhestiftung – alles! Lebenslänglich Wasser und Brot, mindestens!" – „Egal! Es geht um mein kleines Mädchen!" Die Passagiere der Lokalbahn öffnen die Fenster, um zu sehen, aus welchem Grund der Zug anhält. Kai rennt am Zug entlang von Waggon zu Waggon, öffnet schließlich eine der Zugtüren und klettert hinein.

Im Inneren setzt er seine Suche in derselben Geschwindigkeit fort, läuft schnellen Schrittes durch den Gang, rempelt Leute an und lugt in die Abteile. Da tritt ihm die Schaffnerin entgegen: „Junger Mann! Ich darf Sie ..." In diesem Augenblick entdeckt Kai Marie. Er schiebt die Schaffnerin einfach beiseite: „Sorry! Später!" – „Papa!" Marie springt erfreut auf. Dann liegen sich der junge Mann und seine kleine Tochter in den Armen: „Mein Kleines!" – „Papa!" Sie strahlt. Die Schaffnerin auch. Kai umarmt seine kleine Marie, hebt sie in die Luft und ... das perfekte Vater-/Tochter-Glück. Die Kleine drückt ihren Papa fest. Der atmet auf: „Was machst Du denn nur für Sachen? Weißt Du, was ich mir für Sorgen gemacht habe?" Die Schaffnerin beobachtet die beiden und freut sich; gerührt und versöhnlich lächelnd: „Und Du sagst, Dein Paps hätte Dich nicht lieb?"

Die Sonne tritt bereits an ihren Feierabend einzuleiten, als Kai vor dem Einkaufszentrum vorfährt. Und er wird erwartet. Als Kai das Cabrio abbremst und alle sehen, dass Marie wohlbehalten an Bord ist, brandet Applaus auf. Als sie aussteigen beginnt ein großes Umarmen. Alle sind fröhlich; selbst Vanessa drückt eine Träne der Rührung weg. Deverakis klopft Kai freundschaftlich auf die Schulter: „Naja, falls ein Knöllchen oder eine Anzeige von der Bahn kommt, rufen Sie mich an! Das bringe ich dann schon in Ordnung!" Kai bedankt sich mit einem kräftigen Händedruck bei dem Beamten. Nicht flüchtig, sondern ihm in die Augen sehend und verbunden mit ehrlicher Dankbarkeit: „Danke! Danke für ihren Beistand, Herr Kommissar!" – „Hauptkommissar! So viel Zeit muss sein! Also, ich wünsche Ihnen Glück! Aber ich glaube, Sie packen das schon! Sie und Ihre Kleine! Und wenn was sein sollte, immer anrufen, okay?" Sie schauen zu Marie, die bereits mit Lisbeth, Eckart, Narumi, Vanessa und Guiseppe herumalbert, von ihrer Reise erzählt und nebenbei anmerkt, Hunger zu haben. Dann will Deverakis gehen. Aber es kommt anders. Max ruft die Anwesenden zusammen: „So, nun gibt es was zu Feiern und Mutsch hat es anrichten lassen. Kommt rein!"

Wenige Minuten später finden sich alle an einem leckeren Buffet mit Brötchen und kleinen Schnitzeln wieder. Die gesamte Belegschaft des Marktes feiert mit. Auch Kunden, die noch im Haus sind, werden dazu gebeten. Kai hat allen Grund zur Freude: Narumi, Guiseppe, Vanessa, Max – sie alle bemühen sich um Marie. Er lächelt. Daran ändert auch Andersens Auftauchen nichts: „Habe noch nie erlebt, dass eine Aushilfe wie Sie so eine Sonderbehandlung bekommt! Eine improvisierte Feier für einen, der hier noch nichts geleistet hat, erst alles durcheinanderbringt, uns mit dem Verteilen der Flyer bescheißt und dann auch noch dafür belohnt wird! Absolut unfassbar!" Kai grinst sein Luftikus-Grinsen: „Tja, Herr Andersen, der eine hat's, der andere nicht!" Der Stellvertretende hat aber auch eine Botschaft für Kai: „Morgen herrschen hier wieder geregelte Zustände, klar? Und wenn Sie glauben, dass ich wegen der Geschichte mit Ihrer Tochter und wegen dem Tod Ihrer Eltern irgendwie zu Ihrem Freund geworden wäre, über Nacht, dann lassen Sie sich sagen: Sie irren! Neureiche Typen wie Sie kotzen mich an! Auch wenn sie keine Kohle mehr haben! Und für jeden kleinen Fehler lasse ich Sie zahlen, das schwöre ich Ihnen!" Kai ebenso gelassen wie voller Ironie: „Ich stehe auf geregelte Verhältnisse!" Er nimmt Andersen nicht ernst. Er hat ihn nie ernst genommen und bleibt auch nach den Geschehnissen um Marie bei dieser Haltung. Aber er lässt Andersen das Gefühl, als Sieger abtreten zu können: „Dann sind wir uns ja einig!" – „Sind wir!" In diesem Moment kommt Narumi auf Kai zu. Andersen geht. „Ich dachte Du musst gerettet werden.", lächelt sie: Wir haben uns ganz schön Sorgen gemacht!" – „Ja, das ist ein guter Gedanke von Dir gewesen. Auch wenn er von sich aus verduftet ist." – „Und, alles klar?"

Eine Stunde später. Ein traumhafter Sonnenuntergang verabschiedet Düsseldorf in den Feierabend. Lisbeth kontrolliert den Vorplatz des nun leeren Einkaufszentrums; dabei den Zettel mit dem Arzttermin und dem Päckchen mit Beruhigungstabletten in der Hand haltend. Sie wirkt nachdenklich und entdeckt Kai und Narumi – und schaut mit traurigen Augen zu. Die beiden stehen vertraut miteinander redend an das Sportcabrio gelehnt. Kai atmet tief durch: „Eine Menge passiert, die vergangenen drei Tage!" – „Ich würde gerne wissen, wie es weitergeht. Marie braucht Dich, sie braucht einen Vater, der ihr eine Existenz aufbaut, Klamotten, sie braucht eine Schule, die Behördengänge, Ärzte, ihre erste Liebe, die irgendwann kommen wird – jeden Tag aufs Neue eine Riesenherausforderung. Schaffst Du das? So ganz allein meine ich?" – „Bin ich denn wirklich allein?"

194

Narumi bleibt eine Antwort schuldig, aber ihr Lächeln ist Kai Antwort genug. Der erwidert das kurz, wird dann aber ernster: „Ich hoffe wirklich auf Eure Hilfe! Meine Eltern muss ich unter die Erde bringen. Die Firma, die Abwicklung; keine Ahnung, was da noch auf mich zukommt!" – „Naja, das Auto ist ja ein gutes Startkapital!" Kai schluckt; seine Hand ruht auf dem ihm so liebgewordenen Stück Edelblech. Narumi schaut Kai an. Sie ist in diesem Moment überzeugt davon, dass er den Wagen niemals verkaufen wird. Doch sie sagt nichts. Der Eindruck kann auch täuschen, überlegt sie, seine Hand nehmend. Da kommt Marie in Begleitung von Eckart und Max aus dem Supermarkt. Sie entdeckt Kai und rennt auf ihren Vater zu, der beide Arme weit öffnet: Engelchen flieg in Reinkultur!

Lisbeth lächelt jetzt angesichts der Harmonie, die dieses Bild ausstrahlt: „Und, was nun, Papa?"

Grafenberg

Am darauffolgenden Morgen scheint es vorbei zu sein mit der Sonne, denn der Himmel ist bewölkt. Das ist den Menschen, die auf der Galopprennbahn von Düsseldorf-Grafenberg die Pferde für das Training vorbereiten, gar nicht so unrecht. Die geringeren Temperaturen erleichtern den Vollblütern die Vorbereitung auf das kommende Rennen.

Die Anlage wurde ab 1909 gebaut und gilt durch ihre Lage im Grafenberger Wald als die schönste Rennbahn in Deutschland. Betrieben wird die im Laufe der Jahre Stück für Stück erweiterte und teils Denkmal-geschützte Anlage von Düsseldorf Galopp, dem 1844 gegründeten Düsseldorfer Reiter- und Rennverein e.V., dessen Mitglieder sich über die je nach gewähltem Kurs bis zu 15 Meter Höhenunterschied freuen können. Durch die Fernsehserie ‚Rivalen der Rennbahn‘ aus dem Jahr 1989 – dem Jahr der Erbauung der Haupttribüne – kam die Anlage auch außerhalb der Pferdesportszene zu großer Popularität.

Außer- und innerhalb wurde ein Golfplatz angelegt. Das gesamte Areal bietet einen Rennbiergarten, Gebäude für Presse, Rennleitung sowie Sanitäter, Räume für die Gastronomie und seit 2013 sogar ein Teehaus. Ställe und Reitwege runden das Konzept ab. Dr. Stefan Stock spricht mit seinem Trainer über sein Lieblingspferd, das er ‚Samuraj‘ getauft hat. Der stellvertretende Vorstand liebte die Fernsehserie mit dem unvergessenen Thomas Fritsch in der Rolle des Jockeys Christian Adler, die sich zur besten Werbung für den Galoppsport in Deutschland entwickelte, die man sich hat wünschen können. Doch das Gespräch wird unterbrochen, als sein Handy klingelt. „Stock?“ – „Ich bin es! Du wolltest, dass ich Dich anrufe?“ – „Ich bin sauer! Die Berichterstattung in der Presse betreffend! Dieser arbeitslose Autor nervt, weil Du und Deine Agentur mit seinen Drehbücher Kasse gemacht habt. Sogar die Marktleiterin aus Düsseldorf-Pempelfort hat mir eine Predigt gehalten! Löst doch endlich diese beschissene Zahlungsverpflichtungserklärung ein! Mit deren Abgabe habt Ihr zugegeben, dass seine Ansprüche berechtigt sind! Was wollt Ihr denn noch?“ – „Wechselst Du jetzt die Seiten? Wir haben gemeinsam entschieden, dass wir ihn am langen Arm verhungern lassen! Die Presse gibt bald Ruhe; erhält die kein neues Futter, verliert die das Interesse! Oder willst Du deswegen unser neues, gemeinsames Geschäft gefährden?“ – „Bolivien?“ – „Genau! Die Idee, ein Grundstück von einem Kaffeebauern zu kaufen, eine neue Firma zu gründen und ein paar Schilder mit dem Aufdruck ‚fair‘ auszustatten, war doch goldrichtig! Wir verkaufen denselben beschissenen Standardkaffee so für den doppelten Preis! Lohnt sich! Das dürfen wir doch nicht gefährden!“

Stock beißt sich verärgert in die Lippe: „Eure Werbung ist schon mies genug! Da hat die Düsseldorferin recht! Ändere endlich was!“ – „Die Kunden wollen beschissen werden; das war so und wird immer so bleiben! Wir können in die Flyer schreiben, was wir wollen; merkt keiner! Und solange wir mit diesem ‚fairen Mist‘ Kasse machen, ist alles gut! Das wird so, wie mit der

Schleichwerbung in der Sonntagskrimi-Reihe. Bisher hat keiner herausgefunden, wer von den Schauspielern sich hat bestechen lassen, um die Nobel-Automarke da zu platzieren! Wenn alle dichthalten, kann uns keiner! Die sind alle zu blöd! Gruß aus Bremen!" Stock atmet tief durch und widmet sich wieder seinem Rennpferd.

Wie es weitergeht?

„Ja, liebe Freunde, jetzt habt Ihr mich und mein Leben ein wenig besser kennengelernt. Und es wird noch spannend: Wie entwickelt sich das Verhältnis zwischen Lisbeth und mir? Schaffe ich es, Jenny zurückzuerobern? Oder bleibt sie bei Tobias? Sollte ich die Chance nutzen, gemeinsam mit meiner Tochter in eine Wohngemeinschaft einzuziehen? Wäre es besser, bei Eckart, Max und Lisbeth zu bleiben? Wie erklärt Guiseppe La Mamma, schwul zu sein, und was habe ich damit zu tun? Wie bewältigte ich die Beerdigung seiner Eltern, die Auflösung des Haushalts, die Kombination zwischen Vaterpflichten und beruflicher Weiterentwicklung? Welche Herzen pochen besonders laut?

Und dann noch das Geschäftliche: Kann Eckart aufdecken, weswegen Klesper Bau wirklich in den Konkurs getrieben wurde? Was ist mit diesem speziellen Grundstück? Schafft es Tobias, sich gegen die Mafia zur Wehr zu setzen? Kann ich ihm dabei helfen? Werden wir doch wieder Freunde? Fragen über Fragen, die „Was nun, Papa?" – einst als Fernsehserie konzipiert, von einem Privatsender geklaut und missbraucht von einer Werbeagentur zur persönlichen Bereicherung – Ihnen und Euch in den nächsten Ausgaben der Buchreihe beantwortet. Kann jemand die Verantwortlichen der Agentur zu Strecke bringen, oder gewinnt das Böse? Was ist damit, dass der Vorstand mit dem Label ‚fair' beim Kaffeeanbau seine Kunden betrügt? Dass im Kongo Jugendliche Seltene Erden abbauen, anstatt zur Schule zu gehen, damit unsere Smartphones und Elektroautos mit Akkus versehen werden können? Dass lediglich acht Prozent des Ka-

kaos für Schokolade auf faire Weise gewonnen werden? 80 Millionen Kinder in der Welt arbeiten für uns; 50 Sklaven also für jeden im sogenannten Westen. Aber wenn eine Supermarktangestellte einen gefundenen Pfandbon einlöst, dann ist die Empörung groß? Dies und noch viel mehr, erzählt in Düsseldorf und aus dem Kö-Bogen, dem Mikrokosmos von WNP-Kauf, auf Ausflügen in die glitzernde Modewelt der Showrooms sowie den Events rund um Geld, Macht und Liebe in den nächsten Ausgaben von ‚Was nun Papa?‘“

Bis bald! Euer Kai